Chez le même éditeur :

Les conquêtes véritables, Nicolas Marchal, réédition
éditions diagonale, 2014

La vie en ville, Damien Desamory,
éditions diagonale, 2014

Quand les ânes de la colline sont devenus barbus,
John Henry, éditions diagonale, 2015

Le Modèle, Manuel Capouet
éditions diagonale, 2016

Autour de la flamme, Daniel Charlez d'Autreppe,
éditions diagonale, 2017

Les mondes possibles de Jérôme Ferrari, entretiens sur l'écriture avec Pascaline David, coédition diagonale/ Actes Sud, 2020

Titre original : De zaak Magritte
Editeur original : Standaard Uitgeverij
Traduction française : Charles de Trazegnies

L'Affaire Magritte

L'Affaire Magritte

Toni Coppers

roman traduit du néerlandais

diagonale

À Annick.
Pour ses idées, son inspiration et son amour.

Chaque chose que nous
voyons en cache une autre.
Nous désirons toujours voir ce qui est caché
par ce que nous voyons.
René Magritte

Sans écho, il n'y a pas d'amour.
Theodor W. Adorno

Prologue

Paris, 10e Arrondissement

Et pourtant, il était bien là, se dit Claire Collinet, lorsqu'en ce début de soirée de novembre, elle ferma sa petite galerie de la rue La Fayette et jeta un regard craintif autour d'elle.

Quelques passants. Une petite vieille qui patientait pour pouvoir traverser sans danger. Un couple qui sortait de la pharmacie.

Mais aucun homme seul.

Ce n'est pas parce qu'il n'est pas là que j'ai tout imaginé.

C'est comme l'autre, celui du mois passé.

Elle baissa le rideau de fer, retira ses clés et se résolut à traverser la rue.

Tout avait commencé trois ou quatre semaines plus tôt. Un soir, alors qu'elle fermait sa galerie, elle avait vu un homme qui l'observait. Dans le soleil couchant, il s'appuyait à la boîte électrique devant le restaurant japonais en faillite.

Un petit maigrichon d'origine arabe avec un crâne rasé de près. En fermant à clef la porte extérieure de la galerie et en baissant le rideau de fer, elle l'avait cherché du coin de l'œil et avait remarqué qu'il suivait attentivement ses gestes. Aucune émotion dans son regard. Il inclinait légèrement la tête en la regardant comme un serpent venimeux étudiant sa proie, attendant le meilleur moment pour frapper.

Claire n'avait plus fait attention à lui et était partie d'un pas vif. Un original, avait-elle pensé, un pauvre type un peu perdu. Après tout, c'était Paris, pas la peine de se formaliser.

Mais elle le revit au moins quatre fois en deux jours et elle prit peur, surtout quand elle l'aperçut tout à coup devant son immeuble, le soir du deuxième jour. Un portable à l'oreille, il parlait tout en la regardant chercher fébrilement ses clés.

Sa première idée avait été d'aller à sa rencontre, de lui demander d'une voix assurée pourquoi il la suivait et de lui dire ensuite qu'il devait déguerpir. Mais elle avait vraiment eu peur et, au lieu de s'exécuter, elle s'était empressée de rentrer chez elle et de monter à l'étage. Ce soir-là, elle avait regardé au moins dix fois par la fenêtre, à moitié dissimulée derrière les tentures, mais elle ne l'avait plus vu. Pourtant, elle n'était pas parvenue à se calmer et, quand elle avait entendu son amie Marie-Paule rentrer de son travail de serveuse vers une heure du matin, elle l'avait attendue dans le couloir.

Son amie n'en fit pas grand cas. L'avait-il importunée ? Lui avait-il demandé de l'argent ou essayé de la toucher ?

Non, rien de tout cela. Il avait marché deux fois vers elle, une fois la veille au soir lorsqu'elle était sortie vers 23 heures de *Chez Jeannot*, sa brasserie préférée, et l'autre, cet après-midi, lorsqu'elle était passée en coup de vent déposer une jupe au pressing. Et il l'avait attendue deux fois, le matin précédent à la galerie et ce soir, ici, devant son immeuble. Un admirateur, estima Marie-Paule. Timide, certes… mais dans quelques jours, il t'adressera la parole, crois-moi.

Mais l'homme chétif au crâne rasé ne se montra plus jamais.

Les jours suivants, Claire se sentit mal à l'aise. Elle regardait sans cesse dans la rue, même lorsqu'elle était à sa galerie, et, en se baladant dans son quartier, elle jetait des regards à gauche et à droite tout en marchant à un rythme soutenu. Elle ne le vit nulle part.

Au bout de trois jours, ou peut-être quatre, elle retrouva son train-train quotidien et oublia l'incident, car Claire Collinet était une femme foncièrement gaie qui riait volontiers et savait jouir des petits plaisirs de la vie. C'était une femme de 66 ans, bien organisée, pleine de bon sens, qui avait acquis sa galerie comme son indépendance grâce à un cocktail de chance et de bon sens paysan. Quelqu'un qui devait à sa petite affaire de gagner davantage qu'elle ne dépensait et qui, pour le reste, aimait simplement flâner dans Paris.

Elle vendait surtout des reproductions de vues de villes, des nus oniriques et des aquarelles fraîches et colorées des campagnes françaises, et ça marchait très bien. Avec les revenus d'un petit héritage, elle joignait aisément les deux bouts. Elle avait de nombreux amis et habitait, estimait-elle, le plus bel endroit du monde. Chaque fois qu'elle le pouvait et que le temps le permettait, elle allait à pied de sa galerie à son appartement du quai de Valmy. Et, pour ce qui était du temps, les Parisiens avaient été gâtés la semaine précédente. Du matin au soir, le ciel avait été flamboyant et ensoleillé, avec cette lumière d'automne typique, tout en douceur, et un air aussi vif qu'un bonbon à la menthe. Alors qu'elle marchait dans sa rue et saluait le gros Tamil sur le seuil de son épicerie, sa ville se colorait d'un jaune sable, tirant sur l'ocre, avant de lui rappeler cette huile d'olive doucereuse que son vieux voisin du Midi lui rapportait de temps à autre.

Mais aujourd'hui, Claire ne profitait pas de sa promenade.

Quand elle était rentrée chez elle, la veille au soir, il y avait de nouveau un homme qui l'observait de l'autre côté de la rue.

Il s'appuyait à la rambarde noire du canal et l'observait, exactement comme le petit homme chétif un mois plus tôt. Celui-ci était grand, avec de larges épaules, des bras énormes et un torse qui semblait plus gras que musclé. Lui aussi la regardait chercher ses clés, mais, au contraire du premier, on pouvait lire une certaine émotion dans ses yeux. Claire y voyait une profonde mélancolie. L'homme paraissait affligé, un colosse au regard triste et, étrangement, en un instant, elle sentit fondre sa peur.

Elle enfonça sa clé dans la serrure avant de se retourner brusquement, le fixant sans crainte, presque curieuse.

L'homme n'avait pas bougé. Claire plissa les yeux pour mieux le détailler et constata que tout chez lui exprimait une certaine tristesse, jusqu'aux coins de sa bouche qui avaient tendance à s'affaisser.

L'espace de quelques secondes, elle lutta contre l'absurde pulsion de traverser la rue et d'aller lui dire qu'elle le comprenait : depuis un certain temps, son optimisme personnel laissait parfois la place à de soudaines crises de mélancolie et elle ne comprenait absolument pas d'où lui venait ce sentiment. Le sentiment que, si agréables que puissent être ses jours, la vie était en réalité imparfaite. Qu'il y manquait quelque chose d'essentiel, une sorte de vague nostalgie.

Une semaine plus tôt, elle avait essayé de l'expliquer à un artiste de sa galerie, un vieux Portugais dont les nus pudiques se vendaient assez bien, et il en avait déduit que c'était la saudade : une mélancolie de quelque chose d'indéfinissable, un mélange de peine et de soulagement, de souvenirs d'amours passées et à venir et d'autres qui ne se manifesteraient jamais. C'était surtout celles-là qui comptaient, avait-il dit en la regardant d'un air sérieux. Un sentiment de nostalgie de quelque chose qui n'a jamais existé.

Elle avait soupiré et était rentrée chez elle. Le reste de la soirée, elle avait écouté de la musique sur son vieux tourne-disque. C'était également quelque chose de neuf chez Claire Collinet : la nostalgie inattendue qui l'enveloppait le soir comme une couverture.

« Elle parle comme l'eau des fontaines. Comme les matins sur la montagne... Espagne » Elle a les yeux presque aussi clairs que les murs blancs du fond de l'Espagne. Francis Cabrel, *La fille qui m'accompagne.*

Elle avait été se coucher tôt.

Au coin de la rue du Faubourg-Saint-Denis, elle retint ses pas et regarda autour d'elle. La plupart des commerçants turcs et indiens étaient en train de rentrer leurs marchandises et, les uns après les autres, les volets grinçaient avant de tomber à grands fracas. De l'autre côté de la rue, la première prostituée africaine apparut.

Claire scruta la rue.

Elle ne voyait pas l'homme, mais cela ne faisait pas disparaître son émoi.

Ce matin, elle l'avait vu de nouveau, au même endroit.

Comme elle approchait du 9 rue La Fayette et sortait machinalement ses clés de son sac à main, elle avait de nouveau aperçu le grand balèze. Il se tenait de l'autre côté de la rue, devant le volet métallique de l'agence immobilière, et observait sa galerie.

Claire en fut comme paralysée. Le souffle lui manqua.

Elle était trop éloignée de lui pour voir si la même mélancolie se lisait sur son visage, mais elle ne voulait pas le savoir. Elle ne ressentait que de la peur.

Hier soir, devant sa porte, aujourd'hui devant sa galerie. Exactement comme l'autre type, le mois précédent.

Mais que me veulent-ils donc ?

Elle avait lentement reculé de quelques pas et, quand elle fut certaine qu'il ne l'avait pas remarquée, elle avait fait demi-tour et était repartie dans l'autre sens. Elle avait marché plus d'une heure. Dans un café du 3e arrondissement, elle avait bu un café et s'était perdue dans une contemplation indéfinie. Elle avait réfléchi aussi. Devait-elle alerter la police ? Mais que leur dire ? Il y a un mois, j'ai été suivie plusieurs fois par un homme ? Et depuis hier, ça recommence, mais c'est un autre homme ? Cela n'avait pas de sens. Une seule pensée ne cessait de lui occuper l'esprit, comme un mantra.

Mais que me veulent-ils donc ?

Quand elle revint à sa galerie vers 11 heures, l'homme avait disparu.

Claire traversa le carrefour de la gare de l'Est et arriva enfin dans sa rue. Devant elle glissait l'eau tranquille du canal Saint-Martin.

Dès le premier jour de son installation dans le quartier, le canal l'avait subjuguée. En été, les gens flânaient sur ses quais et, à certains endroits, il fallait naviguer entre les pique-niqueurs et les originaux qui vous invitaient parfois spontanément à boire un verre et, depuis qu'Amélie Poulain avait fait des ricochets dans l'eau du canal, les touristes l'avaient redécouvert. Claire n'avait jamais trouvé tout cela ennuyeux : plus les gens profitaient de sa ville, mieux elle se sentait. Et d'ailleurs, ne devons-nous pas tous encourager les autres à se rendre à Paris et à jouir de sa beauté ? De sa liberté ? La ville avait beaucoup souffert, elle méritait bien les encouragements. Mais, la semaine précédente, Claire avait écarté d'un geste las un jeune couple de Danois qui essayaient simplement de lui faire comprendre, dans un français un peu bancal, qu'ils étaient perdus.

Ces derniers temps, elle se sentait surtout fatiguée et amorphe, c'était la triste réalité. Et être observée par des hommes étranges, même s'ils exhalaient la mélancolie, n'arrangeait pas les choses.

Une fois encore, elle regarda attentivement autour d'elle.

Puis elle ouvrit rapidement sa porte d'entrée et se traîna jusqu'au deuxième étage.

Entre ses murs familiers, elle perdit un peu de son humeur sombre. Claire aimait son appartement. C'était terriblement en désordre avec des piles de livres et d'œuvres d'art et un véritable bric-à-brac constitué dans les marchés aux puces au fil des dernières décennies, mais c'était son chez soi et elle le trouvait sympa. C'était devenu peu à peu le seul endroit qui lui rappelait qui elle avait été autrefois : la bohème, l'aventurière sans foi ni loi qui cueillait les jours comme des pâquerettes dans une prairie d'été.

Elle se fit couler un bain, jeta négligemment ses vêtements en un tas et s'examina dans le grand miroir. Malgré une vie assez rude faite de boissons et autres excès, elle estimait qu'elle avait encore belle allure pour son âge.

Et maintenant, un peu de temps pour moi, pensa Claire.

Ce soir, elle avait fermé sa galerie un peu plus tôt, car elle avait rendez-vous avec un sculpteur présenté par ses amis, un bel homme agréable qui venait tout juste de retrouver son statut de célibataire. Je manque peut-être simplement d'amour, se dit-elle en se caressant presque machinalement les seins du bout des doigts. Le vieux Portugais a peut-être raison et je n'ai besoin que d'une peau qui me frôle et de mains qui me touchent. D'un corps chaud qui me couvre comme une couette.

Elle sourit. Commencer par un bon bain, puis choisir les vêtements ad hoc, et tout ce que la soirée apporterait serait à elle et à la Providence.

Elle inséra un CD dans le lecteur, mit le son au maximum et se fraya un chemin jusqu'à la baignoire parmi des tas de vêtements, de livres et de magazines. D'abord, une batterie rugueuse envahit la pièce, suivie d'un piano rythmique et d'une guitare et enfin de la voix d'Étienne Daho. Saudade. Un vieux morceau, Claire venait de le redécouvrir et elle l'écoutait presque tous les jours. La musique était forte, mais cela ne dérangeait personne, réalisa-t-elle, tandis qu'elle se laissait glisser dans l'eau chaude. Son vieux voisin du dessous, originaire du Midi, était sourd comme un pot, et sa voisine du dessus, son amie Marie-Paule, avait profité de deux jours de congé pour aller dans sa famille.

Elle fredonna les yeux clos tandis que Daho chantait les larmes qui se mêlent aux pluies de novembre, les larges bras où se blottir et la saudade évidemment... Mais au matin les dauphins se meurent de saudade...

C'est alors qu'elle sentit soudain sur son visage une main, grande et chaude, qui la poussa irrémédiablement vers le bas et la maintint sous l'eau, jusqu'à ce qu'elle ait cessé de remuer.

1

Elle est là, pensa Alex Berger. C'était la nuit.

Il était dans son lit, parfaitement réveillé, mais les yeux clos.

Il entendit un doux froissement, quelque chose qui se déplaçait sur le parquet de la chambre à coucher.

Elle est ici, dans la chambre. Je l'entends.

Si j'ouvre les yeux, je vais mourir.

Il ne pouvait pas bouger. Tout son corps était paralysé. Il voulait fuir, quitter ce lit, cette chambre, cet appartement, mais aucun muscle ne lui obéissait, malgré ses efforts désespérés.

Elle est tout près maintenant. Elle est au bord du lit.

Il sentit tout à coup son poids quand elle s'assit sur sa poitrine et se mit à comprimer ses poumons. Il fut pris d'angoisse.

Il voulut la repousser, mais ses bras gisaient comme morts le long de son corps. Il en avait presque le souffle coupé.

« Regarde-moi », dit-elle.

C'était sa voix, aucun doute possible.

La voix d'une enfant, d'une petite fille de douze ans. Elle était douce mais impérieuse.

« Regarde-moi ».

Alex ouvrit les yeux.

Et les referma aussitôt.

Son cœur battait si vite qu'il semblait près d'éclater à chaque instant. Il était mort de peur.

Il voulait crier, il voulait la supplier de partir, il voulait pleurer et hurler, mais son corps refusait la moindre consigne.

« Ouvre les yeux et regarde-moi ! ».

Il fit ce qu'elle exigeait.

Sa voix était celle d'une petite fille, mais l'être assis sur sa poitrine qui chassait lentement mais sûrement chaque parcelle d'oxygène de son corps était une femme adulte. Elle avait de longs cheveux blonds qui touchaient ses épaules.

Elle portait une haire immaculée.

« Pourquoi n'étais-tu pas là ? » demanda-t-elle d'une petite voix enfantine.

Elle maintenait ses mains pressées contre son ventre. Alex voyait désormais du sang suinter entre ses doigts. Le pan inférieur de sa haire était d'un rouge profond et son sang gouttait sur sa poitrine.

« Pourquoi n'étais-tu pas là pour me sauver ? »

Lorsqu'il ouvrit les yeux, il ne vit rien.

Autour de lui, le noir était poisseux et total, il remplissait ses pores et il était certain que la bouillie sombre allait l'étouffer d'un instant à l'autre, tel un sirop mortel. Son pouls était remonté dans sa gorge. Il sentait les gouttes de sueur poindre sur son front et couler sur ses tempes. Il était sous l'emprise totale de la panique.

Tu ne vas pas mourir.

Il essayait de maîtriser les battements désordonnés de son cœur.

Respire. Inspire, profondément et lentement.

Il sentait que son cœur pompait un peu moins vite.

Tu fais de nouveau un cauchemar. Tu ne vas pas mourir, tu es dans ton propre lit.

Les doigts tremblants, il trouva à sa gauche son téléphone portable et l'alluma.

04 h 58.

C'était de ma faute. Ce sera toujours de ma faute.

Il sentit immédiatement ses yeux s'humidifier.

Il descendit de son lit et se traîna jusqu'à la salle de bains.

Souvenir de l'époque où il lisait encore des livres, Alex Berger s'était récemment rappelé une citation qui collait parfaitement à la vie qu'il menait ces jours-ci. Elle était de Stephen King et il ne parvenait pas à en retrouver les termes exacts, mais elle disait à peu de choses près que le temps prend tout, que cela nous convienne ou non. Que le temps nettoie tout et qu'à la fin, seule l'obscurité nous attend. Il connaissait encore la dernière phrase : « Parfois nous trouvons nos semblables dans cette obscurité, parfois nous les y perdons à nouveau ».

Il l'avait retrouvée cette nuit, dans cette obscurité noir d'encre et terrifiante qui remplissait ses nuits depuis un an déjà. À moins que ce ne fût plutôt le contraire et qu'elle ne fût venue lui rendre visite ? Cette dernière hypothèse lui semblait plus plausible.

Il n'était pas un homme courageux, comme l'avaient montré les faits.

C'était un pleutre.

Et donc elle venait dans son sommeil pour lui montrer dans toute son horreur où sa vie inutile l'avait mené.

Berger sortit de sa douche, se sécha sommairement et se regarda dans le miroir. Il vit un homme qu'il reconnaissait vaguement. Assez grand, avec des cheveux noirs et raides, des yeux bleu clair et un corps svelte autrefois mais presque famélique aujourd'hui. Signe astrologique : vierge. Il avait eu 45 ans en septembre et les quatre cartes qu'il avait trouvées dans sa boîte le matin de son anniversaire, il les avait jetées dans la corbeille sans les ouvrir. Son téléphone avait sonné plusieurs fois ce jour-là, mais il avait rarement décroché, voire jamais.

Berger sortit de son armoire un jean et un pull noir à col en V. Il ne pouvait plus se rappeler quand il avait porté autre chose. Tandis qu'il passait son pull, il écarta de deux doigts les persiennes en bois et observa le boulevard de Dixmude par la fenêtre de son appartement. Il pleuvait légèrement. Le ciel au-dessus de Bruxelles était très sombre. Au loin, une ambulance braillait.

Quand Alex Berger était encore enquêteur à la Crim, comme on appelait le service des affaires criminelles de la police judiciaire de Bruxelles, il mettait presque tous les matins ses chaussures de sport pour aller faire du jogging le long de l'eau, sur le quai des Péniches. Il aimait ce canal qui traversait sa ville, les bateaux qui y étaient amarrés. Il lui donnait une sensation d'espace tout en ayant quelque chose de mélancolique, comme si les péniches qui allaient et venaient menaient une autre vie, une aventure à laquelle il ne participerait jamais. Un vague désir d'un monde qui n'existait pas…

C'était il y a plus de deux ans.

Une fois dans sa cuisine, il essaya de se concentrer. Rester calme. C'est un jour comme tous les autres. Il passerait aussi.

Parfois, quand il ne se levait pas du pied gauche, les jours étaient supportables. Il marchait dans Bruxelles, buvait quelques verres dans l'un de ses bistrots favoris, faisait une petite sieste sur le divan, et se préparait même quelque chose à manger le soir.

Les autres jours, rien n'allait.

Il prit ses médicaments et lut pour la dixième fois la lettre qui avait végété deux jours durant dans sa boîte avant d'échouer sur son bureau.

Que la soirée du lendemain commencerait à 8 heures dans un appartement de l'avenue Richerand à Paris. Que Paul et les autres amis seraient là. C'était dur et cela ne finirait sans doute jamais, mais Camille l'aurait certainement voulu.

Signé : Chloé.

Il froissa la lettre pour en faire une boulette qu'il laissa tomber sur le sol. Il regarda la photo de sa femme encore toute jeune fille accrochée au mur à côté de son bureau et attendit l'inspiration ou, à tout le moins, une impulsion pour agir. Mais la seule pensée qui surgit dans sa tête fut que l'odeur du café lui donnerait la nausée. Il se rendit à la cuisine et ouvrit le réfrigérateur.

Il ouvrit une canette de bière. Et la porta à ses lèvres.

La vie de l'ex-enquêteur Alex Berger était comme en suspens depuis que Camille, son épouse française, avait perdu la vie dans les attentats de Paris deux ans plus tôt, à quelques jours près.

Elle était partie un week-end avec des amis – une excursion pour laquelle il s'était désisté à la dernière minute – et se trouvait à l'extérieur du bar Le Carillon quand elle avait été abattue.

Depuis, Berger était une épave.

Ce qui s'était produit durant les six premiers mois après la mort de sa femme avait presque totalement disparu de son esprit, excepté le fait qu'il avait passé un week-end dans un hôpital pour imprégnation alcoolique. Et cet étrange soir d'avril lorsque, toujours en congé de maladie, il s'était traîné à la police judiciaire et avait jeté un fauteuil de bureau par la fenêtre. C'était un grand vieux machin à trois pieds, lourd comme le plomb, mais Berger l'avait tenu au-dessus de sa tête comme une plume et l'avait jeté dans la vitre en lançant un cri rauque.

Un peu plus tard, il avait obtenu une modeste allocation à condition de suivre un traitement.

Depuis, Berger avait été officiellement diagnostiqué comme dépressif et il percevait une indemnité-maladie. Avec quelques prélèvements sur ses économies, il parvenait à boucler tout juste ses fins de mois pour autant qu'il ne fît pas de bêtises. En dehors de son budget boisson et de la nourriture indispensable – il refusait le terme de « manger » –, il avait peu de frais : depuis la mort de Camille, il n'avait acheté aucun nouveau vêtement et il ne devait payer aucun loyer pour l'appartement où il vivait. Un cadeau du père de Camille, à l'époque haut fonctionnaire français à la Commission de l'Union européenne. Un homme bien nanti qui adorait sa fille et haïssait ouvertement son beau-fils et qui avait offert l'appartement comme cadeau de mariage pour la seule raison que son éducation et son rang l'exigeaient.

Et donc, Berger habitait au septième étage d'un des plus beaux immeubles de Bruxelles, le Saillant de l'Yser, un imposant bâtiment Art déco en face du tout aussi imposant et magnifique garage Citroën qui remontait aux années trente.

L'ironie voulait qu'en réalité ce logement ne l'intéressait pas et qu'il s'y accrochait uniquement parce que Camille y avait vécu. Elle y avait cuisiné et ri et, en vraie Parisienne qu'elle était, elle y avait pesté et juré, ils y avaient connu la joie et y avaient bu du vin et fait l'amour, et quand Berger se concentrait, il sentait encore son parfum dans les vêtements qui pendaient toujours intacts dans son armoire. *Cristalle* de Chanel. Agrumes, chèvrefeuille et un soupçon de jacinthe.

Après deux ans d'inactivité, les économies s'étiolaient peu à peu. Alex se rendait parfois compte qu'il n'avait pas d'autre choix que de retrouver du travail, même si cette seule pensée lui donnait la nausée, exactement comme l'odeur du café.

La matinée se déroula comme tous les autres mauvais jours. Il erra sans but dans son appartement, comme pris de léthargie, resta si longtemps à la fenêtre pour regarder à l'extérieur que ses jambes en devinrent insensibles et rêvassa devant les photos de Camille prises durant leur mariage. Tout en buvant tout ce qui se trouvait à sa portée.

À 9 heures, il se préparait pour sa session hebdomadaire obligatoire avec le psychiatre Léo Smits, lorsque le téléphone sonna.

Il commença par nier le fait.

La sonnerie continua et, quand Berger vit qui appelait, il hésita. Il finit par décrocher.

– Oui.

– Alex ? Ici Lucas. Lucas Leroux. Je ne te réveille pas ?

– Non.

Leroux était devenu commissaire aux affaires criminelles, mais il avait été un simple collègue. Et un ami aussi.

– Est-ce que je peux passer maintenant ? Dans un quart d'heure, je veux dire. Je dois te parler, c'est important. Il s'est passé quelque chose.

– Je dois sortir, dit Berger.

Et il raccrocha aussitôt.

Dire qu'il allait mieux depuis qu'il était en traitement chez Léo Smits serait exagéré, mais il était en tout cas évident qu'Alex se sentait moins tendu chez le vieil homme que chez la femme qui avait été son psychiatre précédent.

Il ne se rappelait quasiment rien de la première année après la mort de Camille. Il traversait les journées, bourré d'antidépresseurs, et posait une épaisse couverture sur ses sentiments pour cacher soigneusement les hauts et les bas. Il n'avait que de rares souvenirs de ses entretiens avec la thérapeute, plutôt jeune et sérieuse. Entretiens sur lui, sur Camille, sur son ancien boulot. Il y avait parfois quelque chose qui ressemblait à un véritable dialogue, parfois ne lui parvenaient que des sons discontinus comme de la paille hachée.

Et c'est alors, au bout d'un an, que Camille apparut soudainement dans sa chambre.

Berger se réveilla en pleine nuit, incapable de bouger.

Paralysé des pieds à la tête, il fut pris de panique alors qu'elle s'asseyait sur sa poitrine. Ce n'était plus la femme adulte avec qui il s'était marié, mais la fille de douze ans dont il avait fait la connaissance à l'école. Elle était vêtue d'une robe bleu clair avec des liserés en dentelle et portait une queue de cheval. Elle était d'une beauté éthérée et intacte. Elle ne soufflait mot.

Quand, ce même jour, il était passé chez sa psychiatre, dans tous ses états, elle avait écouté et mené ensuite une longue conversation téléphonique.

« Je vais vous envoyer chez un confrère », avait-elle dit après avoir raccroché.

« Chez mon mentor, l'homme qui m'a formée. Il pourra mieux vous aider que moi. Du moins je l'espère ».

C'est aussi son mentor, le psychiatre Léo Smits, qui mit un nom sur ce que Berger avait vécu la nuit précédente : la « paralysie du sommeil ». Un cauchemar qui semble si véridique et si traumatisant qu'il n'est pas rare que ceux qui le subissent à répétition aboutissent en psychiatrie.

Les entretiens avec Smits apprirent à Alex que ce phénomène avait existé de tous temps et dans toutes les cultures. Chez certains, un chat noir était assis sur eux, chez d'autres un démon, une grande silhouette noire qui les regardait avec des yeux d'un rouge ardent et, dans de nombreux cas, leur annonçait leur mort prochaine. Edgar Allan Poe en avait fait des récits d'horreur, le metteur en scène Wes Craven s'en était inspiré pour sa création, le croque-mitaine Freddy Krueger, mais un élément revenait sans cesse : la victime était incapable de bouger et devait subir, paralysée par la peur, ce qui se passait à ses côtés ou au-dessus d'elle.

Il en avait été de même pour Berger.

Après cette première apparition, il reçut ce genre de visite une à deux fois par semaine en moyenne. Il existait plusieurs versions de la jeune fille. Parfois elle parlait, parfois pas, parfois elle était fâchée, parfois pas, mais elle n'était jamais agréable. Souvent, il ne la voyait pas, mais l'entendait parfaitement : elle glissait alors le long des murs ou s'asseyait juste derrière sa tête sur un coussin et soufflait dans son oreille. Il était incapable de faire un geste, il ne pouvait que regarder fixement devant lui dans la chambre totalement obscure, mais il ne doutait pas un instant qu'elle fût là, à quelques centimètres de son visage. Au bout d'un moment, elle disparaissait sans dire un mot.

De temps à autre apparaissait aussi un visiteur sombre et menaçant.

La créature qui lui rendait visite ces nuits-là le terrifiait.

Elle ne se montrait pas non plus. Elle rampait sur le sol et respirait avec un bruit profond, râpeux, qui le pénétrait jusqu'à la moelle. Parfois elle était tout près, tout à côté du lit, parfois elle était assise à attendre dans un coin de la chambre. En ces moments-là, Berger était parfaitement éveillé et, tandis qu'il scrutait l'obscurité, il réalisait avec acuité que ce qui se trouvait dans la chambre était le Mal pur, qui attendait une occasion, le moindre mouvement, pour se précipiter sur lui.

Selon son psychiatre, cette présence terrifiante n'avait rien à voir avec Camille elle-même, mais elle avait un lien avec sa mort. Avec toute sa violence, sa fureur aveugle. Ce qui venait dans sa chambre ces nuits-là, lui expliqua Smits, était moins un « qui » qu'un « quoi ».

Les autres nuits, c'était la Camille qu'il avait connue. Parfois, c'était la frêle jeune fille de l'école secondaire qui s'asseyait sur sa poitrine et le regardait silencieusement de ses grands yeux clairs.

Une autre fois, c'était sa femme.

Parmi toutes ces apparitions nocturnes, c'était cette dernière qui lui faisait le plus mal : la Camille ensanglantée qui lui demandait d'une voix enfantine pourquoi il n'avait pas été près d'elle en ce vendredi de novembre. Pourquoi il n'avait pas été là pour la protéger quand elle était sortie du Carillon pour tenir compagnie à son amie fumeuse, juste au moment où une Seat Leon noire immatriculée en Belgique déboulait à l'angle de la rue Bichat et de la rue Alibert et que trois terroristes armés de kalachnikovs ouvraient le feu.

– Demain, nous sommes le treize, dit Smits.

– Oui, en effet.

Smits, le psychiatre, habitait au cœur de Bruxelles dans une grande et vieille maison de maître de la place Saint-Géry, face aux Halles, mais son cabinet était étonnamment vaste et lumineux, meublé avec sobriété. C'était un jeune sexagénaire aux épais cheveux blancs bouclés qui tombaient sur ses épaules. Il portait de fines lunettes très « mode » et était toujours tiré à quatre épingles.

– Ça va plus ou moins ?

– Plus ou moins.

– Hum. Racontez-moi vos rêves de cette nuit.

Berger s'exécuta.

– OK. Smits continuait à noter. La dernière fois, c'était il y a plus de trois semaines. Enfin, la version sanglante.

– Plus ou moins, oui.

– Y voyez-vous un rapport avec la date ?

Berger ne répondit pas. Il était habitué au fait que le psychiatre pose consciemment des questions rhétoriques, comme s'il se parlait à lui-même et n'utilisait son patient que comme une caisse de résonance.

– Votre dernière fois ensemble, commença Smits. La dernière fois que…

– Ah, arrêtez ! glissa Berger très irrité. Soit vous ne m'écoutez jamais, soit vous avez un sens de l'humour dépravé. Je vous ai déjà raconté plusieurs fois ce qui est arrivé. Je participais à un interrogatoire, je ne pouvais donc pas aller à Paris ce soir-là…

– Je n'ai pas voulu dire ça non plus, répondit posément Smits. Vous ne m'avez pas laissé finir ma phrase. La dernière fois que vous avez ri ensemble, vraiment ri, est-ce que vous vous en souvenez ?

Berger laissa sa tête reposer contre le dossier de son siège et fixa le plafond.

Il fit oui de la tête.

– Un lundi. Quatre jours avant sa mort. À Sept-Fontaines.

– Je ne connais pas.

– Une réserve naturelle. Du côté de Rhode-Saint-Genèse.

– Ah !

Le psychiatre prenait des notes et ne le regardait plus.

– Et qu'avez-vous fait là-bas ? Vous vous êtes promenés ?

– Nous avons pêché... Quelque chose d'approchant en tout cas.

Smits attendait la suite.

– Une fois par mois, nous avions un rendez-vous secret.

Il sourit tristement et continua à regarder vers le haut.

Même nos meilleurs amis ne l'ont jamais su. Cela se passait entre nous deux…

Smits opina, mais Berger ne s'en aperçut pas.

– Nous allions en voiture jusqu'à Sept-Fontaines. Et nous restions parmi les pêcheurs, au bord du grand étang. Moi avec une canne à pêche et elle avec un livre, le plus souvent un thriller. Quelque chose de facile à lire en tout cas.

– Quels poissons pêchiez-vous ?

– Aucun, grogna-t-il, irrité. Des brèmes. Des carpes. C'est important ? Puis, d'une voix plus douce :

– Cela m'était égal, nous n'étions pas là pour ça. Parfois, je pêchais quelque chose et je le remettais immédiatement à l'eau ; le plus souvent, je n'attrapais rien, heureusement. Nous avions toujours un pique-nique et une bouteille de vin. Nous étions… joyeux en ces moments-là. Nous nous faisions des plaisanteries. C'était quelque chose qui nous appartenait, à nous seuls, quelque chose de fou, quelque chose que personne d'autre ne connaissait.

– C'est un beau souvenir, dit Smits avec tendresse.

Berger lui jeta un regard mais ne répondit pas.

Quand, un quart d'heure plus tard, il sortit du cabinet et se dirigea vers l'arrêt de bus, la porte d'une voiture de police banalisée s'ouvrit juste devant lui.

Lucas Leroux en descendit.

Il avait une chemise bleue sous le bras.

La première réaction d'Alex fut de simplement passer outre, mais il hésita.

– Un petit quart d'heure, dit Leroux. Ne me dis pas que tu n'as pas le temps, car je sais que tu l'as. Donne-moi simplement un quart d'heure.

– Comment as-tu su où j'étais ?

Leroux haussa les épaules.

– Je ne t'ai jamais surpris à me mentir. Quand tu m'as dit ce matin que tu devais sortir, c'était donc la vérité. Et à part ton rendez-vous hebdomadaire avec Léo Smits, tu n'as pas grand-chose d'obligatoire, à mon avis…

Aucun des deux n'ajouta un mot.

Le commissaire Leroux était un grand type jovial avec un visage rond et ouvert qui trahissait un poids un brin supérieur à ce qui était bon pour lui. Il portait un borsalino noir qui avait connu des temps meilleurs. Son chapeau était sa marque de fabrique et il avait chez lui une collection respectable de couvre-chefs de seconde main achetés au fil des années au marché aux puces des Marolles. Alex n'avait jamais vu – ou très rarement – son collègue sans chapeau.

– J'ai envie d'un café, dit Leroux tout en désignant d'un signe de tête un établissement à la façade brune au coin de la rue.

– Un quart d'heure. Ce n'est pas trop demander quand même !

À l'intérieur, la moitié des chaises étaient encore les pattes en l'air, retournées sur les tables en bois.

Leroux fit signe au garçon, un jeune gars boutonneux qui s'approcha en prenant un air blasé.

– Je me contenterai d'un coca. Et toi ?

– Un vin blanc.

Leroux regarda discrètement sa montre.

– Il n'est que 11 heures…

– Plutôt une bière alors, grogna Berger.

– Comment vas-tu ? demanda Leroux après qu'ils aient reçu leurs boissons.

Berger ne répondit pas et regarda à l'extérieur.

La pluie de ce matin avait laissé place à un ciel bleu, impassible. À l'entrée des Halles Saint-Géry, un musicien de rue était prié par deux agents de police de vider immédiatement les lieux. L'homme fit des gestes indignés et tenta de parlementer un moment, mais pas très longtemps.

Ils venaient ici de temps à autre, Camille et lui, le plus souvent le vendredi ou le samedi soir. C'était un chouette quartier, très vivant, plein de cafés et de restaurants abordables.

– J'ai un job pour toi !

Berger le regarda d'un air un peu agressif.

Leroux fit un geste de dénégation.

– Je sais que tu ne veux plus entendre parler de la police, Alex. Tu me l'as certainement dit un million de fois. Il parlait calmement et avec douceur. Mais depuis lors, deux ans se sont écoulés et, comme je te l'ai déjà dit au téléphone : il s'est passé quelque chose…

Berger but une grande gorgée de son verre d'Omer, une excellente bière blonde, un peu forte.

– Novak s'est évadé, dit Leroux.

Berger ne réagit pas, puis il haussa les épaules.

– Et qu'est-ce que j'ai à voir là-dedans ?

John – « Johnny » – Novak était un criminel de troisième zone qui était chauffeur d'une bande lors d'un hold-up mortel dans une agence bancaire. Deux ans plus tôt, lors de sa toute dernière mission d'enquêteur, Berger avait arrêté le grand mécano taciturne.

– Il s'est évadé la semaine dernière, et pas tout seul. Tu n'en as pas entendu parler ?

– Non.

Il n'avait pas touché un quotidien ou un journal depuis les événements. Pas une seule fois en presque deux ans. Il en était incapable.

– Son copain de cellule était avec lui. Le commissaire sortit une photo de sa chemise. Marco Altieri, membre d'un grand cartel de la drogue marseillais. Il était dans la même cellule que Novak en attendant son extradition vers la France.

Berger examinait un carton de bière.

– Ils ont dû être aidés, poursuivit Leroux, de l'intérieur comme de l'extérieur. Saint-Gilles est une vieille baraque puante, trouée comme une passoire, mais elle reste une prison. Nous partons du principe que l'aide n'était pas destinée à Novak, mais à Altieri. Il était peut-être au courant de leurs plans et il a pu partir avec lui en échange de son silence.

L'enquêteur fourra la photo dans la chemise et avala le reste de son coca.

– Quoi qu'il en soit, c'est pour le moins curieux, cette évasion. Pour dire vrai, je n'y pige que dalle. Novak avait écopé de trois ans dont il devait purger deux ans maximum. Il aurait été libéré dans un mois ou deux.

Berger poussa son verre vide jusqu'au bord de la table.

– Merci pour la bière.

Avant qu'il ait pu se lever, Leroux posa la main sur son bras.

– Encore un moment, Alex. Accorde-moi cette faveur.

Berger soupira.

– Tu as parlé avec lui durant des heures. Quel genre d'homme est-il à ton avis ?

Une andouille, pensa Alex. Un grand type stupide manipulé par des gars nettement plus futés.

Il avait effectivement passé de nombreuses heures avec Novak, le plus souvent dans une salle d'interrogatoire. Il n'avait pas traité cet introverti mal dégrossi comme une brute épaisse, mais comme l'homme qu'il était : quelqu'un à qui la vie n'avait pas fait de cadeaux et qui, comme beaucoup, avait poussé, çà et là, la mauvaise porte et s'était retrouvé dans la misère. Et Novak avait été sensible à cette attitude. Il avait eu confiance en Berger, même si celui-ci avait mis du temps à se mettre à table et à faire envoyer les autres membres de la bande en tôle.

– Un idiot visiblement s'il s'évade juste avant sa libération.

– Un assassin aussi ?

Berger regarda son ex-collègue d'un air surpris.

– Novak n'a jamais porté une arme, Lucas, tu le sais parfaitement. Il n'a jamais eu recours à la violence. Sinon il aurait reçu bien plus que trois ans.

– Explique-moi alors pourquoi il a assassiné une vieille dame à Bruxelles, le lendemain de son évasion, dit Leroux. Et tant qu'on y est, explique-moi aussi pourquoi il a laissé sur les lieux du crime une allusion au peintre René Magritte.

Désormais, Berger était attentif.

– Il y avait une lettre à côté du corps, ajouta Leroux. Une lettre avec ces mots : Ceci n'est pas un suicide. Ce qui, pour dire vrai, me paraît assez logique car il a d'abord brutalisé cette femme, puis l'a noyée dans son propre évier.

Il sortit quelques documents de la chemise bleue. Le premier était une reproduction de la célèbre peinture *La Trahison des images* de Magritte avec la pipe et le texte

– Ceci n'est pas une pipe. Le deuxième était une copie du message trouvé sur les lieux du crime. Berger l'examina attentivement. *Ceci n'est pas un suicide.*

Même les caractères semblaient identiques.

– Et John Novak aurait fait ça ?

– C'est bien notre Johnny, approuva le commissaire, à coup sûr. Je ne vais pas t'ennuyer avec des considérations sur les empreintes digitales et l'ADN, mais crois-moi quand je te dis que c'était lui, c'était lui. J'en reviens donc à ma question : comment expliques-tu qu'un type doux et presque analphabète comme John Novak tue une vieille femme sans défense et laisse derrière lui une référence à Magritte ?

Berger regarda par la fenêtre, hocha la tête.

– Je voudrais t'intégrer dans l'équipe, dit Leroux. Comme agent temporaire. Il posa de nouveau sa main sur le bras de Berger. Tu es le seul d'entre nous à avoir tissé un lien avec lui, Alex.

Berger écarta son bras.

– « Nous » n'existe plus.

Il sentait que son corps se mettait à trembler. C'était encore très léger, comme si on frissonnait un instant sous la brise glissant par une fenêtre ouverte, mais cela allait rapidement devenir beaucoup plus fort, il le savait.

– Novak avait confiance en toi, plaida Leroux. Et tu pigeais ce qui se passait dans sa tête. Il y a six jours, il a assassiné une femme et nous ne sommes nulle part.

Berger se leva brusquement. Il s'agrippa des deux mains au bord de la table.

– Je ne peux pas, Lucas ! C'est du passé. Je veux que tu me laisses en paix.

Et aussitôt, il gagna avec difficulté la sortie.

Quand il se retrouva dans la rue, il tremblait de tout son corps. Il savait qu'il ne pouvait rester debout que s'il maintenait sa vitesse et il se mit à courir en titubant. Dans un réflexe, un vieil homme étendit la main pour l'aider, mais Berger le renversa, criant deux fois « Désolé ! », et poursuivit sa course désordonnée. Il courait au hasard à travers les Halles Saint-Géry et la rue du Pont de la Carpe. Il ne réalisait où il se trouvait qu'en reconnaissant en un éclair l'un ou l'autre café où il se rendait parfois – le *Zebra*, *Le Roi des Belges*, le *Café Kafka*... Il passa devant le supermarché thaï où Camille aimait faire ses courses, et se dirigeait vers le Vieux Marché aux Grains quand il constata que son tremblement diminuait peu à peu. Cependant, il ne ralentit pas avant de se retrouver tout à coup devant le

Monk Bar dont il poussa la porte et où il commanda un verre de vin.

Le 13 novembre 2015 était un jour pluvieux avec un lourd manteau nuageux à partir de midi, qui pesait comme un couvercle sur le pays et maintenait une température de 14° C, assez douce pour la saison. Ce jour-là, Berger était trop chaudement vêtu parce qu'il voulait absolument porter son pull favori, un pull gris en laine avec un col en V, un cadeau de Camille une semaine plus tôt.

Elle était journaliste de mode freelance pour plusieurs journaux et magazines et elle était descendue à Paris la veille pour assister à un défilé. Alex était censé prendre le Thalys de 18 h 13 et arriver à Paris-Nord à 19 h 35.

Alors qu'il avalait goulûment une gorgée de son deuxième verre de vin tout en observant le public jeune et excentrique qui se tenait au comptoir du *Monk*, il sut que sa vie durant il se souviendrait des plus infimes détails de cette journée.

Ils devaient aller manger à 20 h 30 à *La Marine*, quai de Valmy, puis marcher jusqu'au *Carillon* en longeant le canal Saint-Martin. Ils connaissaient bien le restaurant, une belle brasserie typique avec un zinc authentique et des carreaux colorés au sol. Alex aurait probablement pris un filet de dorade au fenouil accompagné d'une sauce hollandaise, quant à Camille, elle faisait toujours son choix en fonction de l'instant. Voilà comment les choses se seraient passées, exactement comme les fois précédentes.

Il but la dernière gorgée de son verre, alla jusqu'au comptoir et en commanda un autre.

Ce vendredi 13 novembre 2015, l'inspecteur en chef Alex Berger devait mener le quatrième interrogatoire en quatre jours de John Novak, le chauffeur rustre et taiseux d'une bande qui, lui mis à part, brillait par sa violence.

L'interrogatoire débuta à quatre heures de l'après-midi et il devait durer une heure, une heure et demie tout au plus. Personne n'en attendait grand-chose : Novak parlait peu et seulement de son propre rôle, malgré les efforts de Berger pour lui arracher un témoignage sur les meneurs de la bande. Dans la veste de Berger, qui pendait à une chaise de la salle de travail un étage plus bas, se trouvait à côté de son téléphone portable la pochette de cuir contenant les billets du Thalys. Et, à côté de la chaise, son sac pour le week-end attendait.

Mais quand Berger mit un terme à l'interrogatoire improductif à cinq heures moins le quart et s'apprêta à sortir, John Novak l'arrêta.

– Puis-je avoir quelque chose à manger ? demanda-t-il.

Berger avait opiné.

– Apportez-moi quelque chose, s'il vous plaît. J'ai faim. Puis il avait soupiré et ajouté : laissez-moi me reposer une petite heure. Et ensuite, on va parler. De tout.

Alex lui avait fait servir un repas et tandis que Novak mangeait, il avait appelé Camille.

Elle comprit avant même qu'il ait pu s'expliquer. Ce n'était pas la première fois, hélas.

– J'échange mon billet et je prends le premier train demain matin. Ça va ? dit-il d'une voix mal assurée.

– C'est bon, mon amour. C'est dommage, mais heureusement, je ne suis pas seule. Marie-Lou et Chloé vont dîner avec moi, bientôt. Je pense que nous sortirons avant huit heures et demie, j'ai déjà faim. Chloé a un nouveau compagnon qui nous accompagne aussi.

– Parfait. Je t'aime.

– Ne traîne pas demain matin, dit-elle.

Et elle avait raccroché.

L'interrogatoire de John Novak reprit à sept heures et demie du soir et, après un début lent et hésitant, l'homme fit ce qu'il avait promis. Il remonta à la création de la bande et expliqua comment il avait subi leur influence, lentement mais sûrement, sans qu'il s'en rendît compte, d'abord comme garagiste pour une de leurs voitures, puis comme chauffeur. Il parlait calmement et sans émotion, mais ce qu'il disait était dévastateur pour les hommes qui avaient commis le hold-up de l'agence bancaire d'Uccle et y avaient abattu trois personnes.

L'interrogatoire se termina à neuf heures et demie.

Quand John Novak eut été ramené dans sa cellule et que Berger entra dans la salle de travail pour écrire son rapport, il était dix heures moins le quart et il entendit son portable vibrer doucement. Le bruit s'arrêta, mais, avant qu'il ne parvienne à sa veste, il recommença.

C'était sa belle-mère. Il y avait une grande agitation à Paris... Savait-il où Camille était sortie ? Elle ne parvenait pas à joindre sa fille.

Il y avait aussi un appel manqué de Camille.

Elle avait essayé de l'appeler à 21 h 17. Quelque huit minutes avant sa mort, comme on le saurait par la suite.

Qu'avait-elle voulu lui dire ? Il ne le saurait jamais. Peut-être lui souhaiter une bonne nuit, peut-être lui raconter quelque chose d'amusant qu'elle venait d'entendre. Peut-être lui confier qu'il lui manquait.

Qu'elle avait envie de le voir.

Il ne le saurait jamais, pensa Berger en quittant le café pour marcher vers son appartement du boulevard de Dixmude, et cela, il ne pourrait jamais, au grand jamais, le pardonner à John Novak.

C'était une journée perdue, une journée comme il y en avait eu des centaines ces deux dernières années, et il l'avait évidemment pressenti quand il s'était réveillé ce matin. L'automne était toujours une période difficile et le mois de novembre particulièrement rude. Mais l'entretien avec Smits et, pire encore, la rencontre avec son ancien collègue Leroux avaient pompé le peu d'énergie de Berger.

Il en avait si peu en réserve…

Quand, à cinq heures de l'après-midi, il se réveilla les muscles raidis et la bouche sèche sur le canapé de son salon, il fit une nouvelle fois de son mieux. Il réchauffa des restes trouvés dans son réfrigérateur. Il se força à boire deux grands verres d'eau.

Mais deux heures plus tard, il déambulait fébrilement dans son appartement à peine éclairé en pensant à Camille, et alors, les montagnes russes ne purent plus s'arrêter. Elle était partie deux ans plus tôt, à peu près à la même heure. C'était un jeudi soir, ils avaient dîné tôt, il avait encore voulu faire l'amour, mais elle l'avait repoussé en riant et lui avait dit qu'ils auraient tout le temps à Paris ce week-end. « Ce week-end, mon grand », avait-elle dit dans un grand sourire, « Paris nous attend ! ». Puis elle l'avait embrassé, fermé la porte et Berger ne l'avait plus jamais revue.

Il se dirigea vers la cuisine et ouvrit un petit cubi de rouge.

Quand il se réveilla de nouveau, il était étendu tout habillé sur son lit et le soleil éclairait la pièce. Il avait un mal de tête, léger mais lancinant. L'horloge de son téléphone indiquait 11 heures du matin.

Le 13 novembre.

Berger se traîna jusqu'à la salle de bains et rampa sous la douche.

Il n'avait plus aucun souvenir de la soirée ou de la nuit sauf qu'il avait ouvert le cubi et qu'il l'avait emporté jusqu'au confortable fauteuil du living. Pas de souvenirs, pas de mémoire, pas de cauchemar… Cela pourrait être pire, songea Berger.

Tandis qu'il se séchait, la première pensée qui lui traversa l'esprit concernait curieusement John Novak.

Son comportement était totalement incompréhensible. Et pas seulement son comportement : s'il était déjà bizarre qu'un homme paisible et non violent comme Novak maltraite et assassine une femme, il était tout aussi étrange qu'il cite Magritte. Deux ans plus tôt, durant les interrogatoires, Berger n'avait certes pas abordé des questions artistiques avec lui, mais il était presque certain qu'à l'époque, Novak n'avait jamais entendu parler du maître du surréalisme. Ou plus généralement de n'importe quel autre peintre. Que lui était-il arrivé en prison ? Et pourquoi avait-il été assez stupide pour s'évader alors qu'il n'avait plus que deux mois à tirer ?

Après s'être habillé, il se traîna jusqu'à la cuisine, avala rapidement ses médicaments et but un verre d'eau. Le cubi était vide, constata-t-il.

Peu après, Berger mangea sur le pouce, s'agitant sans cesse. Sur le petit bureau dans un coin du living, une épaisse chemise brune, tellement gonflée que des documents semblaient vouloir s'en échapper. Il n'aurait rouvert cette chemise pour rien au monde, mais, en marge d'un des documents, il pouvait encore lire un mot qu'il y avait lui-même écrit : « Zastava ».

Il y avait eu une période, six mois après la mort de Camille, où Berger avait développé une obsession presque maladive de creuser les circonstances de ce funeste vendredi 13 novembre. Il avait accroché au mur une ligne du temps reprenant les événements minute par minute. Comme tous les autres détails de cette journée, il la connaissait par cœur.

21 h 20, première explosion suicide au Stade de France. 21 h 25, fusillade au *Carillon* et au restaurant d'en face, *Le Petit Cambodge*.

21 h 32, fusillade rue de la Fontaine au Roi à la pizzeria *Casa Nostra*.

Etc…

Il avait reporté sur une carte les neuf attentats suicide et fusillades de la façon la plus détaillée, y compris la prise d'otage et le carnage au *Bataclan*. Il savait que c'était une certaine Cassandra Garrison, une journaliste de Reuters, qui, avec ses « Breaking News » sur Twitter, avait eu la primeur de l'information. La photo jointe à son tweet montrait une jeune femme rousse qui regardait consciemment l'objectif. Il avait rassemblé des centaines de ces tweets vides de sens qui paraissaient pourtant d'une importance vitale parce qu'ils étaient pour lui la seule façon d'avoir une prise sur les événements. De s'en faire ne fût-ce qu'une idée.

Mais comment se faire une idée de la folie ?

Le plus grand nombre – et de loin – des documents de la chemise concernait l'attaque du *Carillon*.

Durant plusieurs semaines, Berger s'était jeté avec un acharnement amer sur chaque bribe d'information qu'il pouvait glaner. À cette époque, il ne sortait pas (ou si peu), il ne se lavait pas, il mangeait à peine. Il se plongeait dans la vie des deux terroristes dont on savait avec certitude qu'ils étaient au *Carillon*. À quoi ressemblait leur passé ? Quelles armes avaient-ils utilisées ? Abdelhamid Abaaoud, l'organisateur mais aussi l'acteur, l'homme qui, deux jours après les attaques, déclarait fièrement : « Les terrasses, c'est moi ». Brahim Abdeslam, le loueur de la Seat qui, un quart d'heure après le *Carillon*, allait se faire exploser au *Comptoir Voltaire*.

Il s'était plongé dans les explosifs des terroristes et avait appris notamment qu'il s'agissait de peroxyde d'acétone ou TATP, surnommé « la mère de Satan », qui avait été découvert en 1895 par Richard Wolffenstein. Pendant des jours, il avait surfé sur des sites de clubs d'amateurs d'armes pour savoir à quoi ressemblaient les différents modèles de leurs armes d'assaut. Ils avaient utilisé aussi bien des M92 que l'AK-47, nettement plus connu. Mais il n'avait trouvé nulle part lequel des deux avait été utilisé précisément pour l'attaque du *Carillon* et cela le rendait tellement furieux qu'une après-midi, il projeta sur le sol toute la vaisselle sale qui se trouvait dans l'évier, dans un pur accès de rage, assiette après assiette, tasse après tasse, jusqu'à ce qu'il n'y eût plus à ses pieds qu'un tapis d'éclats et de restes de repas.

Ce même soir, il tomba sur une interview d'une source proche de l'enquête où il était suggéré qu'il ne s'agissait pas de l'Автомат Kalachnikov 1947, mais vraisemblablement d'une version illégale du M92, la mitraillette du fabricant serbe Zastava. L'AK-47 tirait 600 balles à la minute, le M92 620, un peu plus.

La fusillade au *Carillon* dura une demi-minute selon les témoins.

Il n'avait pas pu la voir après sa mort.

Elle était l'une des victimes les plus mutilées par la fusillade et il n'avait pas pu la voir. Si elle avait été gravement blessée, elle aurait eu encore une chance de s'en tirer, voilà ce qu'il s'était dit des dizaines de fois ces jours-là. Supposons qu'elle ait reçu une ou deux balles, songeait-il presque tous les matins, supposons qu'elle ait reçu une balle dans le ventre et qu'elle ait été grièvement blessée, disons, elle aurait encore eu une chance, parce qu'il y avait au *Carillon* des médecins et des infirmières de l'Hôpital Saint-Louis tout proche qui ont immédiatement porté les premiers secours, alors que ces connards n'avaient pas encore atteint le coin de la rue avec leur Seat Leon.

Mais elle avait été tellement mutilée par les balles qu'Alex n'avait pas pu la saluer une dernière fois.

Il se frotta les yeux avec la manche de son pull et vit une boulette de papier sur le sol.

La lettre de Chloé, l'amie de Camille.

À propos de ce fameux soir et de Marie-Lou et des autres amis qui y étaient aussi.

À propos du fait que tout cela ne s'effacerait jamais, mais que Camille elle-même l'aurait souhaité.

Il fut pris de fureur en lisant cette dernière phrase. Il trouvait Chloé prétentieuse d'avoir osé écrire une telle affirmation, comme si quelqu'un d'autre que lui pouvait savoir ce que Camille aurait voulu ou pas. En même temps, il sentait que c'était exact, d'une façon ou d'une autre. Berger jeta des affaires de toilette et quelques vêtements dans un sac, mit sa veste et sortit.

2

Dans le Thalys vers Paris, il eut déjà des problèmes.

Il s'enferma longuement dans les toilettes, car il ne pouvait pas être en contact avec les autres voyageurs de son wagon, même un simple contact visuel. Il essaya de se préparer à la foule qui déambulerait gare du Nord, un magma indistinct de gens pressés tourbillonnant en tous sens telle une nuée d'étourneaux. Une atmosphère qui lui avait toujours donné un peu le vertige, même en des temps meilleurs.

Quand le train entra en gare, il dut faire un effort surhumain pour s'extirper de son siège.

Arrivé sur le quai, Berger parvint à marcher parmi les voyageurs et à se laisser emporter vers l'extérieur. Arrivé rue de Dunkerque, il respira un peu plus librement.

Il marcha le plus rapidement possible vers le centre, traversant le très animé boulevard de Magenta, et se retrouva cinq minutes plus tard devant l'énorme façade latérale d'un brun sale de l'église Saint-Vincent-de-Paul.

Cela n'avait jamais été très clair.

Toute sa vie, Camille avait été une croyante décomplexée et, aussi loin que remontaient les souvenirs d'Alex, cette église était une étape incontournable chaque fois qu'ils passaient un week-end ou un jour volé à Paris. Le bâtiment lui-même était un embrouillamini de styles, tantôt pompier tantôt ornemental, mais jamais vraiment beau ou élégant. On aurait dit que les architectes de l'époque n'avaient pas pu choisir entre un temple gréco-romain, un musée et une cathédrale et qu'ils avaient donc édifié les trois à la fois.

Pour Camille, c'était un must. Il se rappela tout à coup qu'elle n'avait expliqué qu'une seule fois pourquoi c'était précisément cette église qui l'attirait et que cela n'avait rien à voir avec l'architecture, à moins que ce ne fût une attirance de l'âme. Depuis le XVIIe siècle, la congrégation de Saint-Vincent-de-Paul protégeait les pauvres, les opprimés et les parias, avait-elle expliqué de sa voix claire et douce. La congrégation essayait, disait-on, d'adoucir leurs souffrances et de leur rendre leur dignité. C'était un credo que Camille trouvait particulièrement important et elle s'arrangeait chaque fois pour se rendre dans ce lieu et y brûler un cierge.

L'intérieur de l'église était impressionnant. Mal à l'aise, Berger resta un long moment à regarder la frise des saints de la nef et la voûte richement décorée. C'était la première fois qu'il était ici sans elle et, dans cette immense maison de la foi, il se sentait plus seul que jamais.

Des années plus tôt, tandis qu'elle allumait un cierge, elle lui avait raconté la première fois qu'ils s'étaient vus à l'école, à Bruxelles. Quand elle était rentrée chez elle, elle avait prié de tout son cœur, dans sa chambre, pour qu'ils s'aiment et restent ensemble le reste de leur vie.

« J'ai tout de suite été folle de toi », avait-elle dit avec cette franchise qu'il trouvait tellement irrésistible, « j'étais folle amoureuse de toi avant même de savoir ce que cela voulait dire ».

Ils avaient l'un et l'autre douze ans.

Alex était le fils d'une famille de mineurs d'Eisden, dans le Limbourg, Camille était issue d'un couple d'universitaires parisiens. Quand le père d'Alex décéda de la silicose, il fut contraint de déménager à Bruxelles, sa mère ayant trouvé un emploi dans le commerce de textile d'un oncle. Camille fut elle aussi contrainte de quitter « son » Paris, car son père avait obtenu un poste prestigieux au sein des institutions européennes.

Peu après, ils avaient fait connaissance sur les bancs de l'école. Lui, un petit gars de Flandre déraciné et rêveur dans une école francophone, un villageois dans une capitale inconnue ; et Camille, une enfant sophistiquée pour qui Bruxelles était tout aussi étrangère. Et, dès ce premier jour, ils avaient littéralement fusionné, une alliance qui ne s'était arrêtée qu'à sa mort, sur la terrasse du *Carillon*.

En tant qu'« athée éternel », il avait observé d'un regard bienveillant et amusé la dévotion de Camille. Pour lui, cette vie sur terre était la seule et la mort y mettait un terme définitif.

Et pourtant, pour la première fois de sa vie, il était en train de brûler un cierge. Elle n'avait atteint que sa quarante-deuxième année et ils s'étaient connus pendant trente ans. C'était bien plus qu'un amour pour la vie, pensa-t-il tout en maniant maladroitement le cierge. Comme l'avaient dit certains de leurs amis, ils avaient été de véritables jumeaux.

L'appartement de l'avenue Richerand, dans le 10ᵉ arrondissement, était très vaste pour Paris, mais il était pourtant plein à craquer et les gens s'y pressaient jusque dans la cuisine.

Berger estimait qu'une petite centaine de personnes s'étaient rassemblées ce jour-là pour commémorer les attentats. Les familles et les amis des victimes, des sympathisants et même des habitants du quartier pour qui l'attaque du *Carillon* et du *Petit Cambodge* avait aussi été une véritable agression contre leur mode de vie. Finalement, le massacre s'était produit à deux cents mètres à peine du lieu où ils se trouvaient et le 10ᵉ était un quartier vivant, essentiellement populaire.

Dans le hall, il salua Chloé et les autres amies de Camille.

Il était clair qu'elles avaient envie de parler d'elle, qu'elles voulaient évoquer des souvenirs, qu'elles voulaient suivre les rituels que les gens suivent lors des enterrements ou des commémorations, mais il ne maintint la conversation – ou ce qui en tenait lieu pour lui – que quelques minutes à peine et il louvoya entre les autres invités pour gagner les pièces adjacentes.

Dans le séjour se dressait un grand cadre noir orné d'une rose rouge. C'était un extrait encadré du

Huffington Post, un appel de dizaines de célébrités du monde culturel, lancé précisément une semaine après les attentats :

« Allumons lumières et bougies en occupant nos cafés, nos rues, nos places, nos villes, faisons entendre ces musiques qu'ils haïssent. Faisons du bruit et de la lumière pour qu'ils comprennent qu'ils ont perdu ».

Alex connaissait ce texte par cœur et continuait d'espérer qu'il débouche sur quelque chose. Mais s'ils avaient perdu, qui avait gagné ? Et s'il y avait un vainqueur, quel en était le prix ?

« Formidable, n'est-ce pas ? » dit une dame d'une cinquantaine d'années vêtue d'un tailleur de prix.

« Je voulais absolument que ce message soit transmis aujourd'hui. Pour la commémoration, vous comprenez ? Je veux que tout le monde réfléchisse bien au combat que nous menons. À la guerre dans laquelle nous sommes plongés ».

Elle se présenta comme la maîtresse de maison. Lors de la fusillade du *Petit Cambodge*, elle avait reçu une balle dans le bras, expliqua-t-elle. Il lui avait fallu des mois de revalidation pour pouvoir de nouveau le bouger normalement. Berger fut pris d'un accès de rage si vif et si intense qu'il balbutia des excuses et, sous le prétexte d'un besoin d'air frais, se fraya tant bien que mal un chemin jusqu'au balcon déjà plein à craquer.

Une demi-heure plus tôt, ils s'étaient tous rendus en un silencieux cortège dans la rue Alibert et là, même deux ans après les faits, nombreux étaient ceux qui s'étaient sentis mal.

Pour lui, c'était une épreuve.

Tandis que plusieurs d'entre eux déposaient des fleurs sur la terrasse du bar, il regarda la façade et pensa à toutes les photos qu'il avait épluchées depuis le soir des attentats. Une centaine au moins, si bien qu'il connaissait désormais chaque détail de la façade.

Depuis longtemps, la chemise qui était sur son bureau contenait une photo prise une demi-heure après l'attaque. On voyait la façade brun rouge du bar, ou du moins un de ses pans, avec à côté de la porte un tableau noir où se lisait notamment la mention que le wifi était gratuit. Alex savait qu'à droite de la double porte de verre, il y avait un tableau identique, juste sous la plaque nominative de la rue Alibert, avec la mention « Happy Hour ». Au premier plan, quelques chaises de plastique brun et deux petites tables.

La soirée était assez douce sur Paris, les gens étaient sortis pour fumer et causer.

Il y avait une dizaine de personnes sur la photo, pour la plupart des infirmiers et des pompiers. Entre ces hommes très affairés, presque à leurs pieds, gisaient des corps, tous recouverts de draps blancs.

Sous l'un de ces draps gisait Camille.

Ce coin de Paris, à l'est et à l'ouest du canal, était depuis des années l'un des lieux préférés d'Alex et de sa femme.

Ils avaient passé des dizaines de soirées au *Carillon*. C'était un bistrot inclassable et c'était peut-être pour cette raison qu'il leur plaisait tant : pas trop bourgeois mais pas davantage bohème, pas branché mais pas désuet, ni trop sale ni trop propre. Et il n'était pas difficile de s'y sentir chez soi. Le café était bourré de toutes sortes de tables et de chaises de diverses tailles et couleurs, un vieux piano trônait dans un coin, et au mur étaient accrochées quelques étagères de guingois sans livres. Tous les murs étaient peints en couleurs différentes. Les mojitos y étaient forts, la bière un peu fade, le vin bon et pas cher.

Quand la procession avait repris la direction de l'appartement en passant par la rue Bichat, Berger n'avait pu s'empêcher de penser – et ce n'était pas la première fois – à cette sinistre ironie de la vie : sa femme, qui avait toujours été une fervente anti-fumeuse et faisait très attention à sa santé, avait suivi Chloé à la terrasse du *Carillon* car son amie ne pouvait pas tenir un quart d'heure sans cigarette.

Et Chloé en était sortie indemne.

À 21 h 25, ils commémorèrent le moment précis de l'attaque en respectant une minute de silence. Quelques instants plus tard, Berger se prépara à lever l'ancre.

Il se rendit dans une des chambres à coucher qui servait de vestiaire temporaire et parvint à extraire sa veste d'un amoncellement d'autres vêtements.

Entre la chambre à coucher et le hall, des groupes bavardaient tout au long du couloir et Berger se glissa amicalement et le plus prudemment possible entre eux. Il était déjà en train de penser à la nuitée qu'il avait dû réserver contre son gré – après dix heures du soir, il n'y avait plus de train pour Bruxelles – quand il s'immobilisa tout à coup.

À sa gauche se tenaient deux personnes, un homme et une femme, dans les soixante ans, et l'homme avait dit quelque chose, des mots que Berger avait saisis inconsciemment, bien qu'il n'eût pas la moindre idée de ce que cela pouvait être.

Il se tourna dans leur direction et leur conversation s'interrompit…

– Excusez-moi, mais pouvez-vous répéter ce que vous venez de dire ?

– Pardon ?

– Je vous ai entendu dire quelque chose qui a ranimé un souvenir dans ma tête, expliqua-t-il. Il essaya de sourire.

Mais je n'ai aucune idée de ce que cela peut être. Puis-je savoir de quoi vous parliez ?

– D'une bonne amie à moi, Claire Collinet – l'homme lui jeta un regard méfiant –, vous la connaissez peut-être ?

– Non, je suis désolé, ce nom ne me dit rien. J'ai dû me tromper. Toutes mes excuses, dit Alex.

– Elle est morte, dit l'homme. De façon tragique, vous savez, une crise cardiaque dans son bain. Elle habitait à moins de 200 mètres d'ici, quai de Valmy. Elle avait une galerie d'art rue La Fayette. Nous nous connaissions depuis…, oh… cela doit faire vingt ans, si pas plus.

– Je suis désolé pour vous. Bonne soirée… Mais le vieux monsieur continua…

– Je disais justement que j'ai été ce matin dans son appartement avec sa nièce pour préparer l'enterrement – il sourit mal à l'aise –, il y avait un désordre indescriptible, vous savez peut-être comment sont ces gens du monde des arts.

Mais nous avons un peu rangé ses affaires et au milieu de ses vêtements, dans la salle de bains, il y avait une lettre avec ces mots : Ceci n'est pas un suicide. Quelque chose d'artistique, sans doute, Claire s'occupait toujours de nouveaux projets, mais c'est tout de même angoissant, n'est-ce pas, quand on sait qu'elle est précisément morte avant-hier ?

Alex le fixa. Sa tête tournait.

– Vous ne vous sentez pas bien ? demanda le vieil homme. Sans qu'il en fût conscient, des mots s'échappèrent subitement de sa bouche.

– Je m'appelle Alex Berger, haleta-t-il tout en cherchant dans ses poches un stylo et un bout de papier. Je suis un enquêteur belge. Je vous serais reconnaissant de me laisser noter vos coordonnées.

Le vieil homme regarda Berger d'un air un peu inquiet…

– Pour quelle raison ?

– Afin que nous puissions vous recontacter, si nécessaire.

Quelques minutes plus tard, il dévalait l'avenue Richerand jusqu'au quai de Jemmapes. Devant lui, un pont piétonnier franchissait le canal, une construction métallique verte complètement barbouillée de graffitis. Et quand il arriva au milieu du pont, il lui sembla tout à coup qu'il pouvait à nouveau respirer.

Ce qui venait de se produire dans l'appartement, quelles qu'en fussent les conséquences, n'était pas un hasard. Voilà ce dont Berger était absolument convaincu.

C'était un signe.

Il regarda le canal Saint-Martin et pensa aux dizaines de fois où ils avaient marché ici, main dans la main.

Elle veut me dire quelque chose.

Ce n'était pas une manifestation de l'au-delà ; du moins, il ne l'appréhendait pas ainsi. Il savait simplement que la vraie raison pour laquelle il était venu ce soir à Paris n'avait rien à voir avec la commémoration.

Elle voulait l'éclairer sur un point, par-delà la tombe. C'était Camille, la Camille qui, au cours de toutes ces années d'appels nocturnes et de week-ends gâchés, ne s'était jamais plainte de son boulot dans la police, non pas parce qu'elle le trouvait attrayant – car ce n'était pas le cas – mais parce qu'elle le voyait comme sa vocation, comme une nécessité.

C'est elle, pensa Berger qui sentait ses yeux s'humidifier, c'est elle qui dit que je dois remonter le fil, que je dois malgré tout faire ce dans quoi j'excelle.

Il chercha son portable dans ses poches et fit défiler les numéros.

Il fallut un certain temps avant que son ex-collègue Lucas Leroux décroche enfin.

– C'est moi, dit Berger. Comment sont tes contacts à Interpol ?

– Alex ? C'est toi ? Où es-tu ?

– À Paris.

– Je dormais… Je… Pourquoi es-tu à Paris ?

– Il y avait une commémoration ce soir.

Maintenant, Leroux était réveillé.

– Désolé, oui, évidemment…

– Comment sont tes contacts à Interpol ? Et dans la police française ?

– Euh, bons, je pense. Oui, bons, excellents même. Pourquoi ?

– Je marche.

Le commissaire Leroux ne réagit pas immédiatement.

– L'enquête sur John Novak, je marche.

À nouveau, un bref silence.

Berger lui expliqua en deux mots ce qu'il venait d'entendre dans l'appartement.

– Je prends le train demain matin, je serai chez vous vers 11 heures, dans la salle de réunion. OK pour toi ?

– Merci, dit Leroux.

– Non Lucas, dit Berger, c'est moi qui te remercie.

3

« Victime numéro un : Cécile Meurisse, quatre-vingt-un ans, ménagère retraitée. Victime numéro deux : Claire Collinet, soixante-six ans, directrice de sa propre galerie d'art. »

Le commissaire Lucas Leroux désigna énergiquement les clichés affichés sur le tableau dans un coin de la salle de réunion.

– Deux femmes, l'une à Bruxelles, l'autre à Paris. Quel est le lien entre les deux ?

– Nous ne le savons pas encore, dit l'inspectrice Kepler, c'est précisément ce que nous devons chercher à savoir.

Leroux soupira.

– Bien sûr que nous ne le savons pas encore, Emma. C'était une prémisse. Façon de dire : commençons par là.

– Alors, pourquoi tu ne le dis pas ? marmonna Kepler.

C'était un matin gris et ils étaient pour la première fois réunis dans une des grandes salles de réunion de la section criminelle, rue Royale. Officiellement, le modeste domaine de Lucas Leroux s'appelait depuis deux ans le « Département des homicides et enlèvements parentaux, Division de recherche 6 », une dénomination qui, selon le commissaire, semblait avoir été créée par un défunt fonctionnaire de l'époque stalinienne. Chacun continuait donc à parler de la « Crim ».

Quand, un peu avant 11 heures, Alex Berger quitta le métro à la station Botanique et s'engagea dans la rue Royale, le soir paraissait être tombé. Il régnait un brouillard terne, si épais que la faible lumière du soleil le traversait à peine et que toute la ville semblait avoir pris la couleur de la neige sale.

Il lui avait fallu puiser dans ses dernières forces pour prendre le train de Bruxelles ce matin-là et se risquer pour la première fois depuis longtemps dans les embouteillages matinaux. Ce qui s'était produit la veille à Paris, le message limpide de Camille – c'est ainsi qu'il le ressentait encore – donnait à Berger l'énergie nécessaire pour respecter son rendez-vous avec Lucas. Mais au moment de s'annoncer à la réception, avant de prendre l'ascenseur jusqu'au quatrième étage, il sentit ses genoux fléchir.

Tout le monde était déjà là, évidemment.

Leroux lui avait souhaité la bienvenue avec un léger rictus et lui avait présenté les membres du groupe comme l'aurait fait un maître de piste dans un cirque. Deux hommes, deux femmes. Les deux femmes lui avaient adressé un sourire encourageant, l'une avec un peu plus de chaleur que l'autre. Ils se connaissaient bien. Dans un secteur professionnel ordinaire, une absence de deux ans aurait sans doute signifié qu'il fallait tout reprendre à zéro, mais pas à la Crim. Des années durant, ils s'étaient tous fait aveuglément confiance dans des situations parfois très périlleuses et, en dix ans à peine, ils avaient vu bien plus d'horreur et de misère que d'autres en toute une vie. Cela créait un lien, un lien puissant qui, curieusement, se passait de mots.

– C'est bien que tu sois revenu, dit l'inspectrice Cavani en l'embrassant sur la joue tout en lui donnant une ferme poignée de main. Elle portait un T-shirt où se lisait : « I'm sorry for what I said when I was hungry ».

– Merci, Sara.

Sara Cavani était la plus liante du groupe, une enquêtrice criminelle dans la peau d'une caissière pétillante. Qui ne la connaissait pas voyait une femme frêle, étrangère au monde, avec des ongles manucurés, des T-shirts affichant généralement les phrases les plus insensées et des cheveux blonds, plutôt sauvages, qu'elle maintenait tant bien que mal à l'aide d'épingles à cheveux colorées. Elle paraissait fragile, une impression trompeuse qui avait déjà valu des moments pénibles à de nombreux criminels car, durant sa formation, Cavani avait obtenu le score le plus élevé dans les cours « Autodéfense » et « Neutralisation sans arme de suspects », ce qui était assez remarquable pour une femme qui avait horreur de la violence. Leroux s'appuyait beaucoup sur elle, pas pour ses qualités physiques mais parce qu'elle avait l'esprit le plus analytique du groupe. Elle était toujours pertinente et tirait toujours des conclusions claires. Par contre, elle avait un caractère assez frivole et pas sa langue dans sa poche.

La deuxième femme du groupe avait quelques années de plus que Cavani. L'inspectrice Emma Kepler, trente-cinq ans, avait des cheveux châtains bouclés qui tombaient sur ses épaules et un regard un peu rêveur. Cette fille maligne et rayonnante avait déjà obtenu un diplôme en informatique lorsqu'elle avait passé les examens d'entrée dans la police fédérale. Kepler était parfois plus rapide sur son ordinateur portable que ses collègues du Service Technique et elle n'hésitait pas à fracturer des systèmes et à les hacker si cela s'avérait important pour l'enquête. Mais elle avait aussi un côté fatigant, surtout pour ses collègues : elle avait peu d'imagination et les métaphores n'étaient pas son fort. Emma Kepler réagissait toujours à ce qu'on disait, pas à ce qu'on voulait dire.

– Bon retour parmi nous, Alex, dit-elle. Elle lui donna également un baiser sur la joue mais ses lèvres s'attardèrent sur sa peau un peu plus que nécessaire. Ou n'était-ce qu'une impression ?

Berger essaya de lui sourire, mais ce n'était pas facile.

– Bonjour Emma.

Ils avaient toujours été très proches quand Berger travaillait encore à la Crim, si proches que, cinq ans plus tôt, durant une mission de trois jours à Copenhague, ils s'étaient retrouvés au lit dans sa chambre d'hôtel le dernier soir. Ce jour-là, la mission ayant été menée avec succès, ils avaient un peu forcé sur la boisson, tous les deux, avant de monter dans sa chambre à lui pour boire un dernier verre. La conversation se faisant de plus en plus intime et sensible, au milieu de la nuit, elle avait essayé de l'embrasser, pour la deuxième fois. Berger l'avait laissée faire. Avant qu'ils ne réalisent ce qui leur arrivait, ils s'étaient retrouvés dans son lit. Le matin, elle s'était faufilée dans sa propre chambre et, quelques heures plus tard, ils prenaient l'avion pour Bruxelles. Ils n'avaient rien dit et ce n'était pas seulement à cause de l'alcool et du manque de sommeil. Par la suite, ils n'avaient plus jamais parlé de Copenhague, et Berger n'en était pas fâché. Hormis Camille, Emma Kepler était la seule femme avec qui il avait couché et il en avait profondément honte. Mais curieusement, le véritable sentiment de culpabilité n'avait surgi que juste après la mort de Camille, comme s'il ne voulait pas que quoi que ce soit puisse souiller sa mémoire.

– Contente de te voir, dit-elle.

Sa large bouche demeura un peu ouverte. Elle avait une peau très lisse et une cascade de petites taches de rousseur sur les pommettes. Au cours des deux dernières années, Berger ne l'avait croisée que deux fois au plus, et très brièvement, mais il avait été frappé par sa jeunesse et l'énergie qui émanait d'elle. Elle avait trente-cinq ans et elle était ravissante, il avait quarante-cinq ans et il se sentait vieux.

Par chance, Emma n'avait jamais vraiment insisté, même pas après l'incident, elle était beaucoup trop réfléchie. Ou alors elle n'avait guère de fantaisie, avait pensé Berger. Mais elle n'avait jamais fait mystère de son attirance pour Berger et le fait qu'il en avait été secrètement flatté le mettait aujourd'hui très mal à l'aise.

– Tu ne connais pas encore les deux gars qui sont ici, dit Leroux d'un ton paternel. Ils viennent des Stups, mais pour le reste, ils tombent à point. Messieurs, voici Alex Berger.

– Mahdouli, grommela un malabar tout en tendant la main.

– Tu as aussi un prénom ?

– Pourquoi ? Tu veux un rendez-vous ?

– Pas vraiment, non.

– Bilal, répondit-il. Mais au boulot, c'est Mahdouli.

– OK.

– Je dois t'appeler inspecteur en chef ?

– Pourquoi le devrais-tu ?

Mahdouli répondit par une simple grimace.

– Évidemment que non, je suis extérieur au corps, dit posément Berger. Je…

– Alex est un appui temporaire, intervint Leroux d'un ton sec. Expert recruté. Ce que tu sais parfaitement, Mahdouli.

– Et voici mon copain Derijcke, dit Mahdouli comme si de rien n'était. Il désignait un homme timide, maigre comme un clou. L'inspecteur Paul Derijcke. Si tu veux connaître ton horoscope, il suffit de le lui demander.

Derijcke sourit. C'était un type bizarre avec des cheveux raides et un costume démodé depuis au moins vingt ans. Il n'avait pas de cravate, mais le dernier bouton de sa chemise était fermé. Berger lui donna plus ou moins trente-cinq ans mais il pouvait facilement en avoir dix de plus.

– Nous avons beaucoup entendu parler de toi, dit Derijcke. Sa voix était quelque peu enrouée. J'ai hâte de travailler à tes côtés.

– On pourrait peut-être arrêter de se passer de la pommade et se mettre au boulot, qu'en pensez-vous ? grommela le commissaire.

Ils firent le point sur ce qu'ils savaient des deux victimes et il apparut que c'était bien peu de chose. L'examen post mortem de Claire Collinet avait indiqué que la galeriste parisienne avait des traces de pression de doigts à peine visibles sur le crâne.

– Elle a bien été assassinée dans son bain, dit Leroux. La petite lettre qui se trouvait dans le bric-à-brac de la chambre porte les empreintes digitales de John Novak. C'est aussi son écriture, comme sur le mot qui se trouvait à côté de Cécile Meurisse. Nous partons de l'idée que Novak a commis les deux crimes.

– Nous ? demanda Cavani. Que veux-tu dire avec ce « nous » ?

– L'enquête nous revient officiellement. Paris l'a encore confirmé ce matin. Novak est un citoyen belge qui a fait de la prison ici. Nous partageons naturellement toutes les infos, mais c'est notre affaire.

Lucas Leroux était un homme bienveillant, mais quand il s'agissait de son équipe et de ses compétences, il bataillait ferme.

– Avec qui devons-nous traiter à Paris ? demanda Berger.

– Prieux, de la DRPJ. Tu le connais, non ?

Alex acquiesça. Le commissaire Alain Prieux travaillait à la fameuse Direction régionale de la police judiciaire de Paris, quai des Orfèvres. Ils avaient participé ensemble à un congrès de trois jours quelques mois avant la mort de Camille, et dès les premières minutes, ils s'étaient bien entendus.

– Je l'ai eu ce matin au bout du fil, il a demandé de tes nouvelles, poursuivit Leroux. L'équipe Prieux et nous mettons nos découvertes dans le panier du BCN et eux se chargent de la transmission.

Interpol avait dans chaque pays membre une sorte d'antenne – le Bureau Central National – pour la communication entre le Secrétariat général et les autres BCN. Leroux écrivit quelques mots clés sur le tableau blanc.

– Pour le reste, nous ne savons pas encore grand-chose sur Claire Collinet. Elle est née en Alsace en 1951 et elle apparaît pour la première fois à Paris à 24 ans, l'été 1975. Elle est inscrite dans une haute école où elle est rarement présente (voire jamais). Mais selon toute vraisemblance, elle avait une activité à temps plein, car elle est arrêtée deux fois pour prostitution.

L'inspectrice Kepler voulut intervenir, mais le commissaire la devança.

– C'était ironique, Emma, ne te formalise pas. Ensuite, Claire va vivre un moment chez ses parents. En 1981, elle est de retour à Paris où elle fait la connaissance d'un homme âgé, un certain… Leroux balaya ses notes : … Victor Delarue.

Un antiquaire. Il a trente ans de plus qu'elle, pas moins, et il décède quatre ans plus tard d'un cancer.

Mais Claire et lui se sont mariés avant sa mort et elle a simplement repris l'affaire. Elle a suivi des cours du soir et a eu deux autres commerces d'art avant d'ouvrir sa propre galerie en 1991.

Il se tut et regarda autour de lui.

– C'est tout ? demanda Emma Kepler incrédule.

– Provisoirement, oui. L'autopsie a lieu aujourd'hui et le logement de Collinet est pris en charge par le labo, mais, selon Prieux, ils n'auront le rapport que demain au plus tôt.

Plusieurs camions de pompiers passèrent dans la rue Royale et le bruit des sirènes était si fort que Leroux dut s'arrêter de parler un moment.

– Les deux femmes ont été noyées et sur les deux lieux du crime, on trouve la fameuse lettre, dit-il lorsque le calme fut revenu. Il désigna la photo agrandie qui était accrochée au tableau. Pour le reste, nous avons bien peu à nous mettre sous la dent pour le moment. Cécile Meurisse habitait seule dans sa maison de Jette. Elle était veuve depuis longtemps. Novak lui a d'abord assené quelques coups, avant de lui maintenir la tête dans l'évier rempli d'eau.

– Mais non pas comme ça, protesta l'inspecteur Derijcke. Il ne l'a pas fait comme ça, justement. C'est une allusion claire à Magritte.

Leroux tendit les deux mains en avant comme pour se défendre.

– Paul en sait plus que moi sur Magritte, ce qui n'est pas difficile, car la peinture ce n'est pas mon truc.

Il regarda l'inspecteur :

– Alors, raconte.

Derijcke n'avait guère besoin d'encouragement.

– Il lui a mis un sac de soie sur la tête et l'a noyée ensuite. Avec la lettre, c'est une allusion très claire à Magritte.

Il sortit un gros bouquin d'un de ses tiroirs, l'ouvrit à une page marquée d'un post-it jaune et la montra à tous. Une reproduction pleine page d'une peinture. Un homme et une femme se tiennent l'un contre l'autre, devant un paysage vert, mais on ne voit pas leurs visages car leurs têtes sont cachées sous un voile.

– *Les Amants 2*, dit Derijcke. Sa voix était encore plus enrouée. Il y a aussi *Les Amants 1*, une peinture encore plus célèbre. Le nombre de personnages de Magritte qui ont le visage couvert est étonnant. Le plus souvent, c'est par un tissu ou un châle, mais il peut aussi s'agir d'une pomme ou d'un oiseau. Sa mère s'est suicidée en se jetant dans la Sambre et on l'a retrouvée la tête voilée. Magritte avait treize ans.

Sara Cavani secoua la tête, faisant tinter ses grandes boucles d'oreilles.

– Il y a quelque chose qui cloche. Novak sait à peine lire et écrire. Enfin, façon de parler.

Elle regarda Berger droit dans les yeux et il eut un mouvement de recul involontaire. Cavani fut elle aussi effrayée par sa réaction, mais elle se remit vite et poursuivit comme si de rien n'était :

– Ce que je dis a quand même un sens… Non ?

Berger opina.

– Et cette cruauté, reprit-elle. Il ne tue pas seulement une vieille dame, il la roue de coups. Comment interprètes-tu ça ?

Je n'interprète rien, voulut-il répondre. Je dois me dominer continuellement pour ne pas bondir et m'enfuir. Je vous trouve trop pressés, trop bruyants, trop nombreux.

Il haussa les épaules.

Emma Kepler vint à son secours.

– Novak n'a effectivement jamais eu recours à la violence, dit-elle comme si Berger avait répondu. Mais désormais c'est le cas. Qu'est-ce qui a changé ?

Pour la deuxième fois en une minute, Berger haussa les épaules d'un air fataliste.

Ils firent une brève pause et le commissaire entraîna Berger dans la cantine du bâtiment.

Ils s'assirent à une petite table et Leroux se pencha en avant :

– Du calme, Alex. Nous savions tous les deux que ce serait pénible, surtout les premiers jours. Mais on y arrivera.

Un an après le congé forcé de Berger, l'inspecteur en chef Lucas Leroux avait été promu et nommé commissaire, une fonction qu'il convoitait pour la seule raison qu'elle lui procurait une meilleure rémunération et une meilleure retraite.

Il détestait diriger. Il n'était pas bon comme commissaire, estimait-il, même si les choses allaient un peu mieux ces derniers temps. Il n'en restait pas moins que c'était l'inspecteur en chef Alex Berger qui avait dirigé l'équipe toutes ces années, à la satisfaction générale, y compris celle de Leroux lui-même. Mais entre-temps, il était devenu commissaire et l'homme qui, devant lui, remuait son café avec des gestes lents était une épave émotionnelle. Leroux doutait sérieusement de sa capacité à s'en remettre. Il l'espérait vivement, car il considérait Alex Berger comme un ami, mais à des moments comme celui-ci, il craignait d'avoir pris la mauvaise décision en l'impliquant dans cette affaire.

La tête de Berger tournait. Il avait envie d'un verre, mais impossible de trouver une goutte d'alcool dans tout le bâtiment.

– Si tu veux en rester là pour aujourd'hui, alors on peut…

– Bordel, siffla Berger, tu pourrais la fermer, s'il te plaît ?

Ils se turent un moment. À côté de leur table passèrent plusieurs personnes qu'Alex connaissait du temps où il était l'inspecteur en chef Berger, mais seuls les plus hardis – ou les plus grossiers – s'arrêtaient un moment et tentaient infructueusement de tailler une bavette : la plupart de ses ex-collègues comprenaient d'un coup d'œil que Berger n'était pas là pour entamer une conversation.

Quand le reste de son café eut refroidi, Alex demanda :

« Ces deux nouveaux, Mahdouli et Derijcke, comment sont-ils ? »

Leroux se pencha de nouveau vers l'avant.

– Bilal est un macho, mais un bon macho. Il fait du fitness quasiment tous les jours, ce mec a des muscles en béton. Mais il résiste aussi très bien au stress, il perd rarement patience. Je lui dois beaucoup. Tu ne dois pas faire grand cas de ses remarques de ce matin. Il aime bien titiller les gens qui l'entourent, mais ce n'est pas méchant. Simplement, il ne mâche pas ses mots, il n'a pas beaucoup de feeling social.

– Et Derijcke ?

– Paul est… Paul, c'est un peu un cas à part.

Alex se tut.

– Un malin, oui, je ne dis pas le contraire, poursuivit Leroux. Très intelligent. Mais il a des passe-temps assez étranges et cela ne colle pas très bien avec le reste. Mahdouli prend toujours sa défense, ils sont comme les deux doigts d'une main, mais vis-à-vis de Cavani et Kepler…

– Quel genre de passe-temps ?

– L'astrologie, pour n'en citer qu'un, grogna Leroux. De la frime, à mes yeux. Les horoscopes, le tarot, tout le bazar. Il est fasciné par le surnaturel, dit-il de lui-même. Et aussi superstitieux que possible. Moi, je m'en fiche du moment qu'il fait son boulot, mais avec les autres, ça passe moins bien.

Berger pouvait facilement imaginer les choses. Sara Cavani était la fille de deux médecins rigoureux qui avaient transmis à leur fille unique leur amour de la science. Elle était rationnelle à cent pour cent, exactement comme Emma Kepler, la femme qui, apparemment, aimait davantage les ordinateurs que les gens.

– Il en sait manifestement beaucoup sur Magritte, dit Berger tout en repoussant sa tasse vide vers le bord de la table et en se levant lentement.

– Non, pas spécialement, je crois. Leroux se leva à son tour. Ces peintures, c'est simplement son truc, c'est tout.

– Que veux-tu dire ?

– Pff… Comment dire… Il regarda Berger d'un air sceptique. As-tu déjà bien regardé ces peintures ? Des pommes volantes, des femmes avec des queues de poisson, un mec avec une cage d'oiseaux à la place du thorax…

– C'est ce qu'on appelle le surréalisme, dit Alex, alors qu'ils se dirigeaient vers l'ascenseur.

– Peu importe, cela ne me fait ni chaud ni froid. Mais à Derijcke, ça lui parle évidemment. Plus c'est dingue, plus il aime.

Au cours des heures suivantes, la salle d'enquête ressembla un peu à une ruche. Mahdouli et Derijcke menèrent les derniers interrogatoires dans le cadre d'une autre affaire criminelle qui avait été attribuée à l'équipe de Leroux.

Kepler était au tribunal pour témoigner dans le procès d'un homme qu'ils avaient mis sous les verrous un an plus tôt. Quand elle revint au bureau, Sara Cavani se rendit au stand de tir pour ses exercices trimestriels obligatoires.

Entre-temps, Berger parcourut les dossiers. Il étudia le procès-verbal et le rapport du labo. Il laissa volontairement sur le côté le dossier relatif à John Novak – deux ans plus tôt, il avait lui-même écrit la plupart des rapports qu'il contenait – et il examina plutôt les informations sur Cécile Meurisse rassemblées jusque-là. Le rapport du médecin légiste sur l'autopsie de la vieille dame l'occupa le plus longtemps. Cécile Meurisse, en effet, n'avait pas seulement reçu quelques coups : elle avait été particulièrement amochée. On lui avait fracturé un maxillaire et le nez, avant de la noyer dans son propre évier. Berger se demanda pour la énième fois ce qui avait bien pu arriver à Novak. Mais comme les fois précédentes, il ne trouva aucune réponse satisfaisante.

À la fin de l'après-midi, Berger et Leroux visitèrent la maison de la femme assassinée.

Cécile Meurisse habitait à Jette, au nord-ouest de Bruxelles, dans une rue assez animée pleine de boutiques, de maisons particulières et de garages. Son immeuble était petit et ancien, mais paraissait bien entretenu. Il avait été libéré par la police tout récemment, mais il semblait que personne n'était venu depuis. Derrière la porte d'entrée en bois s'était formé un dôme de prospectus publicitaires et de quelques lettres. Berger se baissa, sortit un stylo de sa poche intérieure et retourna les enveloppes pour connaître leurs expéditeurs. Une lettre de sa banque, une enveloppe qui portait la mention *Jette feest/Jette en fête !* et une facture d'électricité.

– Derrière à gauche, dit Leroux.

La cuisine était assez grande pour une petite maison, le jardin à l'arrière était minuscule avec une petite pelouse et un grand hibiscus. L'évier en céramique blanche se trouvait contre le mur de séparation.

– Et personne n'a rien entendu, dit Berger.

C'était une affirmation, pas une question, il avait également lu le rapport de l'enquête de voisinage.

Les voisins côté cuisine étaient partis à un mariage, et ceux de l'autre côté n'avaient rien vu ni entendu.

– Non... Mais tu sais comment ça va : plus la rue est animée, moins on est surpris lorsque quelqu'un sonne chez un voisin.

Sa lecture de l'après-midi avait appris à Berger qu'aucun membre direct de la famille de Cécile – les rares qui étaient encore en vie – n'avait jamais entendu parler de Novak.

Personne ne l'avait reconnu sur les photos qu'on leur avait montrées.

Il s'approcha de la table poussée contre l'autre mur de la cuisine. C'était une table en bois rectangulaire, plutôt petite. Comme elle était contre le mur, il n'y avait que trois places assises. Berger indiqua son côté gauche.

– Novak s'est assis à cet endroit, c'est ce qu'a établi la scientifique, non ?

Le commissaire opina. On avait trouvé sur la chaise du matériel ADN utilisable sous forme de pellicules de peau.

Berger se laissa prudemment choir sur la chaise de l'autre côté de la table.

– Et Cécile Meurisse était assise ici.

– Nous n'en sommes pas certains, Alex, c'est un présupposé. Selon sa nièce, qui venait de temps en temps, c'était sa place habituelle. Et la chaise gisait sur le sol quand nous sommes entrés la première fois.

– Elle a fait entrer Novak, dit Berger. La serrure de la porte d'entrée n'est pas forcée, il n'y a aucune trace d'effraction. Soit elle le connaissait effectivement, soit il l'a menacée avec une arme pour la contraindre à le laisser entrer.

– Novak ne se servait pas d'armes, dit Leroux.

– Il n'avait pas l'habitude de tuer non plus…

Leroux soupira.

– Continue…

– Ils se sont assis ici. S'il venait seulement pour tuer la femme, ce n'était pas du tout nécessaire. Mais ils ont parlé. Ou bien Novak lui a posé des questions, ce qui me semble plus logique.

Il dévisagea son collègue qui était derrière lui :

– Il ne venait pas seulement pour la tuer, Lucas. Il voulait savoir quelque chose.

Berger se tourna de nouveau vers la table et le mur :

– Nous ne savons pas s'il a obtenu des réponses. Il l'a frappée, elle est tombée de la chaise, et le reste s'est enchaîné.

Durant leur retour à la rue Royale, ils ne parlèrent pas beaucoup. Berger observait les maisons et la circulation. Le commissaire se concentrait sur sa conduite, les deux mains sur le volant.

– Prieux m'a demandé de tes nouvelles, grommela-t-il.

– Tu l'as déjà dit tout à l'heure, Lucas.

Il hocha la tête.

– L'un d'entre nous doit aller à Paris demain, poursuivit Leroux. Ils vont procéder à l'enquête de voisinage. Le logement, la galerie, etc. Nous devons également voir les lieux du crime, je pense.

Il y eut un silence.

Berger se revit tout à coup, le soir précédent, au milieu du pont piétonnier sur le canal Saint-Martin, en train de chercher son téléphone de ses mains tremblantes.

Elle était là hier, songea-t-il. Elle me parlait.

– Mais je comprendrais évidemment tout à fait que tu me dises…

– J'irai, dit Berger.

Le soir, il était lessivé.

Il n'avait plus l'habitude de travailler une journée entière, mais ce n'était pas cela qui lui avait paru le plus pénible. Il avait tout simplement énormément de difficultés à voir d'autres personnes. À devoir leur parler, surtout. C'était cela qui l'épuisait, pas l'effort de se balader toute la journée. L'année dernière, il avait erré tous les jours pendant des heures dans sa ville, des Marolles au Cinquantenaire, de la Grand-Place au quartier européen, mais au cours de ces randonnées, il n'avait quasiment parlé à personne. Il marchait dans les rues sans quitter sa bulle, il fichait la paix à tout le monde et tout le monde lui fichait la paix.

Il lui était très difficile d'engager des conversations et il ne comprenait plus très bien comment cela marchait. Il n'avait jamais été quelqu'un de spécialement sociable, il avait toujours détesté les commérages. Mais désormais, la plus simple des conversations lui était pénible. Était-ce uniquement dû à son chagrin ? Au fait qu'il était seul ?

Aujourd'hui, dans la salle de travail, il y avait aussi eu des moments très pénibles, mais heureusement, ses ex-collègues le connaissaient et les deux nouveaux enquêteurs, après quelques regards vers Leroux, étaient restés silencieux.

Il était dix heures du soir et Berger était assis dans un fauteuil, un livre d'art sur les genoux. C'était un gros volume intitulé *Les Maîtres belges*, l'un des rares dans le genre qu'il avait trouvé sur l'étagère dans le fond de l'appartement.

Camille s'intéressait un peu à la peinture, mais elle n'avait jamais jugé nécessaire de ramener à la maison des ouvrages sur ce sujet. Avant, Berger en achetait facilement, mais les arts plastiques l'intéressaient nettement moins que la littérature.

Leroux l'avait déposé à 19 h 30 au coin du boulevard de Dixmude, juste à temps pour qu'il puisse se précipiter à la supérette à cinquante mètres de chez lui. Il avait acheté un cubi de deux litres de vin et, après une brève hésitation, une fois de plus, un repas surgelé.

La jeune femme à la caisse avait passé ses achats au scanner et lui en avait indiqué le montant total. Berger l'avait parfaitement entendue, mais quelque chose en lui avait refusé d'enregistrer ce qu'elle disait, tout autant que ce qu'elle lui avait dit ensuite. C'était une jolie fille, elle avait aussi connu Camille, il fréquentait l'endroit depuis des années. Quand Berger la regarda et découvrit son expression, il réalisa qu'elle était de mauvaise humeur, vexée même, et c'est seulement à ce moment-là qu'il comprit qu'elle avait voulu entamer une conversation et qu'il l'avait brutalement ignorée deux fois de suite. Il voulut s'excuser et lui dire qu'il n'avait pas eu l'intention de la blesser, mais elle s'était ostensiblement détournée de lui pour se consacrer à un autre client.

Le soir était clair. Berger avait éteint toutes les lumières, excepté une lampe de lecture. Il buvait du vin tout en regardant de temps à autre le panorama de la ville et en feuilletant le bouquin à la recherche des œuvres de Magritte et de commentaires sur l'artiste. Mais son attention se relâchait sans cesse car il pensait à l'incident de la supérette.

Les choses finiraient-elles par s'améliorer ?

Il ne pouvait pas revenir en arrière, il le savait. Ce qui était arrivé était arrivé, il ne pouvait pas changer le passé. Mais il craignait de plus en plus que ce vendredi soir, deux ans plus tôt, ait irrévocablement déterminé son avenir, d'une façon ou d'une autre.

4

– Tu n'as pas changé d'un iota, dit le commissaire Alain Prieux.

C'était un homme plutôt petit, un peu trapu, qui portait des lunettes branchées et mettait une sacrée dose d'énergie dans tout ce qu'il entreprenait. Il répandait une vague odeur d'aftershave et de cigarette.

– Toi non plus.

Prieux sourit en retirant ses lunettes et en les pointant vers Berger.

– Dans ce cas, tu as urgemment besoin de quelque chose comme ça.

Berger ne réagit pas et regarda fixement devant lui.

Ils attendaient une voiture de fonction sur le trottoir, face au quai des Orfèvres.

Prieux et ses collègues venaient de déménager pour s'installer à Batignolles, dans un mastodonte de verre et de béton, mais Berger n'avait pas très envie de faire un tour du côté de la porte de Clichy ; et Prieux ne ratait pas une occasion de revenir à proximité de ses mythiques bureaux qui donnaient sur la Seine, à un jet de pierre de Notre-Dame.

Le mauvais temps de la veille avait visiblement suivi Berger à Paris. Quand il était parti de Bruxelles le matin même, le ciel était tout à fait dégagé et le soleil d'automne illuminait les arbres autour de la gare, mais ici, comme hier à Bruxelles, on aurait dit que la ville s'était assombrie. On voyait à peine l'autre rive de la Seine.

Une Peugeot bleu foncé apparut au coin de la rue. Au volant, un tout jeune aspirant inspecteur…

– Qu'est-ce que le temps est devenu merdique ! dit Prieux.

Il soupira, se tourna vers Berger.

Une demi-heure plus tôt, Berger était arrivé à son bureau. Le commissaire l'avait rapidement présenté à quelques collègues puis l'avait entraîné dans une petite cour intérieure pour y griller une cigarette.

– Ce n'est pas grand-chose, mais on a quand même un tuyau pour toi, dit-il. La voisine du dessus de la victime vient de rentrer de brèves vacances. C'était manifestement une amie proche et elle sait que nous passons la voir. Pour le reste, je n'ai que le lieu du crime à t'offrir.

– C'est bon, dit posément Berger.

Il leur avait fallu peu de temps pour retrouver dans leurs conversations la même dose de confiance qu'à l'époque du congrès, ce qui étonnait Alex autant que cela le soulageait : il avait craint de se refermer sur lui-même, de peur que Prieux ne lui pose des questions personnelles. Qu'il veuille parler de Camille… Au lieu d'entrer dans ce jeu-là, le petit commissaire nerveux jacassait sur presque tout, sauf sur la vie personnelle de Berger, et pour le reste, il était simplement pareil à lui-même : un Parisien quadragénaire pur jus heureux en ménage, mais qui ne voyait aucun problème à avoir la même maîtresse depuis huit ans. Que ce fût ou non avec l'assentiment de son épouse, Prieux n'avait jamais été clair à ce sujet. Berger se rappela tout à coup leur conversation le dernier soir du congrès, dans le petit bar de l'hôtel. Prieux avait reçu un appel de sa maîtresse alors qu'il venait de clamer son amour pour sa femme pendant une demi-heure. Quand Alex lui avait fait une remarque prudente à ce propos, le commissaire l'avait regardé d'un air compatissant et avait cité Jacques Dutronc :

« N'oublie pas que le mariage est devenu à la mode à une époque où l'espérance de vie était d'environ trente ans ».

Il n'avait pas attendu la réaction de Berger et avait ajouté :

« D'ailleurs, l'infidélité implique d'être malhonnête. C'est bon pour les sournois, pas pour moi ».

Ils traversèrent la Seine au Pont au Change. Le brouillard se levait au fur et à mesure qu'ils s'éloignaient de l'eau. Près de la place du Châtelet, le chauffeur dut freiner brutalement pour un livreur à vélo tout de noir vêtu. Le cycliste – un mec maigre comme un clou avec un casque rouge sang et un grand sac à dos – lança une bordée d'insultes. Le jeune aspirant-inspecteur resta stoïque et manœuvra prudemment la Peugeot pour longer le cycliste, tandis que des klaxons se déchaînaient à gauche et à droite.

– Bien joué Vasseur, dit Prieux avec objectivité. Il tourna la tête vers Berger et grommela : si j'avais été au volant, je l'aurais agrippé par la vitre avec son sac et tout son bazar.

– Étais-tu à l'autopsie ? demanda Berger.

– Bien sûr. Vous recevrez une copie du rapport dès que le médecin légiste daignera se mettre à l'écrire. Compte un jour ou deux.

– Mais tu peux déjà m'en dire quelque chose, je suppose.

Ils roulaient assez vite vers le nord, sur le boulevard de Sébastopol. Prieux jouait avec son paquet de cigarettes.

– Noyée. Et elle avait de légers hématomes à peine visibles sur le visage, correspondant à la pression d'une main, mais ça, vous le savez déjà. Le labo est toujours plongé dans l'analyse des traces trouvées dans l'appartement. Quand tu sais dans quel état c'était chez elle, je dirais un mois d'attente.

– Si longtemps ?

– Si longtemps, grogna Prieux. Il planta une cigarette entre ses lèvres et dit :

– Ce n'est pas sale, en fait, pas du tout même. Simplement un bordel inimaginable. C'est comme si elle n'avait rien jeté depuis vingt ans.

Le jeune chauffeur les déposa devant l'immeuble de Claire Collinet, quai de Valmy.

Prieux alluma finalement sa cigarette et inhala profondément. Il fumait des cigarettes au menthol, des « pets d'ours blanc » comme il les appelait, et pas un peu : il grillait près de deux paquets par jour de ces trucs, presque une performance en soi, car il passait l'essentiel de ses journées dans des lieux où il était désormais interdit de fumer.

Ils se trouvaient devant la double porte d'entrée vert foncé. Prieux fumait, Berger regardait d'un air absent le trafic qui se pressait le long du canal Saint-Martin.

– Deuxième étage, grommela le commissaire.

– C'est la quantième fois que tu viens ici ?

– La troisième en deux jours, mais cela n'a pas d'importance. Si je venais vous rendre visite, j'aimerais aussi voir les lieux du crime.

Une légère hésitation, puis, quasi négligemment :

– Ça va un peu, toi ?

– Non.

Prieux opina comme si c'était la seule réponse correcte. Après avoir envoyé son mégot en l'air du pouce et de l'index, il sortit une clé d'un trousseau de marque de couleur brune et l'introduisit dans la serrure.

Le commissaire n'avait pas exagéré. Chaque bribe d'espace ou presque était occupée par la plus étrange des collections d'objets. Les murs étaient tapissés d'œuvres d'art, les dizaines de petites tables cédaient presque sous le poids des statuettes, la plupart d'origine africaine. Quand tous les endroits à portée de main avaient été occupés, Claire avait dû s'attaquer au sol. Au fil des années, des piles de livres et de magazines, de boîtes et de valises, de bibelots du marché aux puces et de peintures dans des cadres ouvragés s'étaient amoncelés spontanément jusqu'à former des îlots entre lesquels serpentait un maigre sentier, comme dans la forêt vierge. Berger n'avait jamais rien vu de tel.

– Ma femme ne veut jamais rien jeter, marmonna Prieux, mais c'est une amatrice en comparaison.

Dans la salle de bains, la situation était un peu plus dégagée, mais on y trouvait aussi des piles de magazines et des boîtes en fer blanc aux couleurs vives qui paraissaient anciennes à première vue. Le miroir au-dessus du lavabo était entouré de dizaines de photos et surtout de cartes postales. Berger les examina. C'étaient des vues de villages et de petites localités toutes plus ou moins semblables : des images un peu kitsch, avec des rivières et des maisons à colombages le long de rues fleuries et des villages viticoles avec des noms comme Riquewihr, Hunawihr ou Dambach-la-Ville.

– Toutes de l'Alsace, dit Prieux. Il s'était approché de Berger et indiquait les cartes postales d'un doigt impérieux. Sa région natale…

– A-t-elle encore de la famille là-bas ?

Prieux comprit où il voulait en venir.

– Une vieille tante et un neveu, mais qui ne nous ont rien appris. La police locale est allée les voir tous les deux. Claire n'avait plus aucun contact avec sa famille depuis très longtemps, visiblement depuis qu'elle s'était installée à Paris.

Il consulta sa montre.

– Je vais en fumer une en bas et il sera l'heure de notre rendez-vous.

– Je suis tout simplement effondrée, je ne peux toujours pas y croire.

Marie-Paule Lapierre était une femme robuste d'un peu plus de soixante ans avec des cheveux gris, légèrement bouclés. Son nez était effilé et sa bouche assez large mais mince, avec de fines lèvres qui rendaient son visage plutôt sévère, au contraire de ses yeux qui étaient doux et grands et regardaient le commissaire Prieux avec tristesse.

– Dans quel état d'esprit était Claire avant votre départ, madame Lapierre ? Elle n'entendit pas sa question ou n'y accorda aucune attention.

– Je veux dire… assassinée, ce n'est pas possible ! C'est tout simplement impossible !

– Vous avez dit que vous étiez en visite dans votre famille en Alsace, commença Berger. Connaissiez-vous Claire auparavant ?

Elle secoua la tête.

– Non, pas du tout, nous nous sommes connues ici à Paris, dans cet immeuble. Je loue cet appartement depuis plus de vingt ans. Nous nous connaissons depuis ce temps-là.

– Et vous travaillez dans un restaurant ?

– *Chez Jenny*, boulevard du Temple. Elle sortit un mouchoir de son sac à main et frotta prudemment le bord de ses yeux.

– Avait-elle un comportement différent ces derniers temps ? répéta Prieux. Vous a-t-elle raconté quelque chose qui pourrait nous aider ?

Marie-Paule secoua lentement la tête en réfléchissant.

– Elle était un peu raplapla, oui. Un peu découragée…

Elle sourit tristement.

– Elle devenait un peu tristounette, je dirais. Ce mot la faisait toujours sourire.

– Tristounette, grommela Prieux.

Elle acquiesça, en ajoutant :

– Claire se comportait toujours comme une Parisienne pur jus, monsieur. Elle n'était pas née ici, mais elle ne voulait rien en savoir. Seulement, ces derniers temps… Elle le dévisagea. Elle venait même manger de temps à autre chez nous, au restaurant. Nous servons une cuisine alsacienne typique, sachez-le, Claire aurait préféré mourir de faim auparavant, je peux vous le dire.

La dame baissa les yeux et se mit à pleurer doucement. Prieux lui donna le temps.

– Ces derniers mois, elle venait au moins une fois par semaine, dit-elle doucement. Elle referma la main sur son mouchoir et fit front. Elle s'asseyait toute seule à une table. Elle ne voulait pas de compagnie, même pas la mienne et nous sommes… nous étions de très bonnes amies.

– Il n'y avait jamais personne avec elle ?

– Jamais. Toute la soirée, elle regardait dans le vide. Elle commandait toujours la même chose, une choucroute et un ou deux verres de pinot blanc. Pas de dessert, pas de fromage.

– À quoi était-ce dû, selon vous ? Au fait qu'elle devenait mélancolique ?

Marie-Paule haussa les épaules.

– Elle se sentait vieille, disait-elle, mais elle avait juste soixante-six ans.

La dame implora Prieux du regard.

– Ce n'est pas vieux pourtant ?

Comme il ne réagissait pas, elle ajouta :

– Elle ne souffrait physiquement de rien, non, mais elle manquait d'énergie, elle en avait vite assez. Avant, nous allions danser ensemble certains soirs ou boire un verre, mais ces derniers temps, elle voulait seulement rester à la maison. Elle mettait des disques et elle parlait d'elle, ce qu'elle ne faisait jamais auparavant.

– Que disait-elle alors ? demanda Berger. À son sujet, je veux dire…

– Rien que je ne sache déjà. Surtout qu'elle avait été très heureuse dans sa jeunesse. Elle regarda Berger. Claire n'entrait jamais dans les détails, avec moi non plus, mais c'était une fille assez sauvage dans ses jeunes années, vous savez. Elle a quitté la maison quand elle n'avait que dix-sept ans.

Elle vit que Prieux réfléchissait et ajouta : c'était à la fin des années soixante, l'époque des hippies. Elle est aussi partie avec toute une bande, elle était amoureuse, même si elle ne m'a jamais dit comment il s'appelait. Elle a voyagé à travers toute l'Europe, ces années-là.

– Et c'était sa période la plus heureuse, c'est ce qu'elle disait ?

Marie-Paule opina.

– Elle disait toujours qu'elle ne s'était plus jamais sentie aussi libre qu'à cette époque. Plus jamais. Elle se tut et regarda fixement devant elle.

– Claire avait-elle un ami ? demanda Berger.

– Non. Elle était seule depuis deux petites années, son dernier ami était un Espagnol qui est rentré au pays. Cela lui pesait aussi, je veux dire d'être seule, elle le supportait mal. Marie-Paule eut un regard navré. Ce n'est pas qu'elle manquait de prétendants, vous savez, elle était tout simplement assez difficile.

– Et vous n'avez rien remarqué qui pourrait nous être utile ? dit Prieux. Cela sonnait comme un constat plutôt qu'une question. Il ne s'est rien passé d'inhabituel ces derniers temps ?

– Que voulez-vous dire ?

Prieux eut tout à coup l'air de mauvaise humeur, comme s'il n'avait pas envie d'expliquer sa question.

– Des visiteurs extérieurs, des menaces téléphoniques, ce genre de choses.

– Non. Elle regarda de nouveau devant elle. Elle a été un peu importunée par un gars il y a un mois, mais pour le reste, rien. Oui, simplement importunée.

– De quoi s'agissait-il ? demanda Berger.

– Oh, rien de grave. Un homme l'avait suivie, elle l'avait vu devant sa galerie rue La Fayette et ici, devant la porte en bas. Je lui ai dit que c'était simplement un admirateur, elle recevait parfois la visite dans sa galerie de gars qui cherchaient ensuite le contact. D'ailleurs, il ne s'est plus jamais montré, donc…

– Et c'était il y a un mois, dites-vous ? Marie-Paule opina.

– Plus ou moins, oui.

Prieux sortit un carnet de la poche intérieure de sa veste de velours côtelé légèrement usée. Il avait l'air subitement plus attentif.

– Vous a-t-elle raconté à quoi ressemblait cet homme, madame Lapierre ?

– Ça, vous m'en demandez, des choses… Un petit homme, je m'en souviens, et elle pensait qu'il était d'origine marocaine. Elle secoua la tête, fronça un instant les sourcils.... chauve ! Sa tête était toute lisse. Pas du tout son type, vous savez.

– Qu'en penses-tu ? demanda Prieux.

Berger ne répondit pas. Il fixa le café qui se trouvait devant lui. Son corps tout entier pleurait après un verre de bière fraîche, un petit blanc, n'importe quelle boisson suffisamment alcoolisée.

Ils buvaient au zinc d'un petit bar bruyant dans une rue donnant sur le quai de Valmy. Le commissaire remua son café crème, puis fouilla sa poche intérieure à la recherche de son paquet de pets d'ours blanc.

– C'est possible évidemment, dit Prieux. Je veux dire : que ce n'était qu'un simple admirateur. Il prit une cigarette et remit le paquet à sa place.

– Ce n'était sûrement pas Novak, il est grand et musclé, grommela Berger.

– Hum. Il soupira, regarda sa montre. OK si nous mangions quelque chose en une demi-heure ? Et j'appelle Vasseur, il pourrait venir nous prendre ici.

En fin d'après-midi, Berger prit le train qui devait le ramener à Bruxelles. Avant même la fermeture des portes, il rejoignit le wagon-bar et commanda du vin rouge. Le vin du Thalys était un Minervois et les bouteilles étaient petites, à peine 25 cl. Deux modestes verres, juste assez pour dompter la boule d'anxiété dans sa poitrine. Il commanda tout de suite une deuxième bouteille.

Berger frotta son visage avec ses paumes. Il était fatigué, alors qu'il n'avait pas trop mal dormi la nuit précédente. Il avait fait un rêve confus avec un paysage et une tombe, il s'en souvenait encore assez bien, une tombe avec une haute pierre de taille et un paysage avec des vaches et des arbres, mais il ne voyait aucun lien entre les deux, ni dans son rêve, ni maintenant alors qu'il avalait la dernière gorgée de son vin ordinaire.

Camille n'était pas venue. Depuis le soir de la commémoration, depuis son intervention décisive dans cet appartement de l'avenue Richerand, elle ne s'était plus montrée. Même si ses cauchemars lui faisaient chaque fois tellement mal qu'il se traînait péniblement toute la journée suivante, il ne savait pas s'il devait ou non se sentir soulagé.

– Nous avons fameusement bouloté pendant que tu faisais du tourisme à Paris, dit Bilal Mahdouli.

Personne ne réagit. Il était presque six heures et il faisait déjà sombre comme au cœur de la nuit. Les deux grands plafonniers jetaient une lumière crue sur les enquêteurs de la brigade criminelle. Au dehors, une pluie fine mouillait les pavés de Bruxelles.

Le commissaire Leroux se tenait devant le tableau blanc et paraissait fatigué.

– Tu commences, Alex.

Berger rapporta ce qu'ils avaient vu sur le lieu du crime et leur conversation avec l'amie de Claire Collinet.

– Un admirateur qu'elle n'avait jamais vu auparavant. Qui la provoque devant son commerce comme devant sa maison, puis disparaît sans laisser de traces, dit Sara Cavani. Sans avis, sans fleurs, sans lui avoir une seule fois adressé la parole. Bizarre…

– Peut-être bien, intervint Emma Kepler. Mais cela ne nous avance pas à grand-chose pour le moment.

Elle fit un signe bref vers l'inspecteur Mahdouli et posa une mince chemise bleu foncé sur le bureau de Berger.

– Comme Bilal l'a déjà signalé si élégamment, nous avons de nouvelles informations sur la deuxième victime. Les voici.

Emma passa ensuite sa veste, souhaita le bonsoir et quitta le local.

Comme l'indiquaient les informations recueillies par l'équipe, Cécile Meurisse était une fille simple qui s'était mariée en 1954, à dix-huit ans, avec un mineur de cinq ans son aîné. Ils s'étaient installés à Charleroi. Deux ans plus tard, son mari était mort dans la catastrophe de Marcinelle et Cécile était revenue dans sa région natale, à Jette, une commune de Bruxelles. Avec l'argent de l'indemnisation et ses quelques économies, elle avait acheté une maison où elle avait vécu le reste de ses jours et où, une bonne semaine plus tôt, elle avait fait entrer son assassin.

Lucas Leroux chercha l'attention de Berger.

– Où en es-tu ?

– À son retour à Jette.

Leroux montra un peu d'impatience.

– Après la mort de son mari, elle a exercé trois métiers, dit-il.

Berger referma la chemise.

– Elle a d'abord travaillé dans une usine d'engrais, puis a été femme d'ouvrage dans une école primaire et enfin femme de ménage. C'est ce dernier emploi qui nous paraît assez… intéressant, dit Leroux.

Il attendit une réaction et Alex embraya en effet :

– Pourquoi ?

– Bonne question. Parce que de 1981 à sa retraite en 2001, elle était femme de ménage au domicile de Jean-Jacques Gallard.

– Ah… dit Berger.

Gallard était un homme en vue, qui était déjà passé par tous les cénacles politiques quand il avait été nommé chef de cabinet du ministre de la Défense, tout en exerçant une série d'autres mandats. En 1998, six mois avant les élections législatives, il avait subitement renoncé à tout. Une décision pour le moins surprenante, car il était souvent cité par ses amis et ses ennemis pour occuper un poste ministériel après les élections. Quelques semaines plus tard, plusieurs journaux en donnèrent l'explication : Jean-Jacques Gallard était en mauvaise posture, son nom figurant au centre d'une affaire de pots-de-vin dans le cadre d'une énorme adjudication de matériel militaire.

– L'affaire n'a jamais été élucidée, dit Leroux, mais nombreux sont ceux qui soupçonnent Gallard d'avoir été grassement récompensé pour avoir usé de son influence.

– Mais cela n'a jamais été prouvé, dit Paul Derijcke.

Il y avait comme une pointe de regret dans sa voix. Il était prêt à rentrer chez lui avec son copain Mahdouli.

– Non, en effet…

Berger hésitait. Le commissaire le devança.

– Je sais, il n'y a pour le moment aucun lien avec l'affaire, en tout cas à notre connaissance. Les allusions à Magritte ne riment également à rien.

– À moins de partir du point de vue que la politique belge est de toute façon surréaliste, lança Cavani.

– Nous signalerons tout cela à Prieux, poursuivit Leroux, pour le cas où il y aurait un lien avec Paris. Entre-temps, demain matin, nous creuserons la carrière de notre cher politicien.

– Où en est-il aujourd'hui ? demanda Berger.

– Président d'une intercommunale et membre de quelques conseils d'administration. Bien peu de choses donc, dit Leroux. Il consulta sa montre. Allons-y, c'est assez pour aujourd'hui.

Un quart d'heure plus tard, ils étaient tous les deux installés au *Petit Faon*, un petit bar de la rue Royale. Il était tenu par un ancien collègue de la traite des êtres humains, un garçon doux et taiseux, qui avait été déclaré inapte au travail après un grave accident de la circulation. Ce n'était pas la plus sympa des crèches, mais c'était l'un de ces bars à flics de ce quartier de bureaux où l'on pouvait décompresser entre collègues après le boulot. Personne ne savait pourquoi le lieu s'appelait *Le Petit Faon*. Au fil des ans, la demi-douzaine d'exploitants qui s'étaient succédé avaient quasiment tout changé à l'intérieur, mais le nom était resté, peut-être parce qu'il était vraiment insolite et que le client occasionnel pouvait aisément le retenir pour y revenir ensuite.

– Tu prends quoi ? demanda Leroux.

Ils avaient trouvé une petite table libre à l'arrière.

– Une Omer.

Tandis que son collègue se frayait un chemin vers le comptoir, Berger sortit son téléphone et ouvrit le message d'Emma Kepler. Cinq minutes après son départ du bureau, elle lui avait envoyé un message : « Peut-on se parler un petit moment après le boulot ? E. ». Il pianota rapidement : « Pas possible, à demain », et éteignit l'appareil.

– J'ai pris la même chose que toi, je n'avais pas envie de réfléchir, dit Leroux. Il posa les verres sur la table et se laissa tomber sur la banquette de cuir brun. « Cheers. »

Ils burent un moment sans rien dire en regardant devant eux.

– Novak a noyé deux femmes, sommes-nous d'accord sur ce point ? demanda Leroux.

– C'est ce qu'il semble, en effet.

– Et il a laissé près des deux victimes le message : *Ceci n'est pas un suicide.* Les seuls points communs jusqu'ici... Tout le reste, pfff...

Leroux fronça les sourcils et avala une bonne gorgée de son verre.

Berger répéta ce qu'il avait dit dans la maison de Cécile Meurisse.

– Elle a été malmenée, au contraire de Claire Collinet. Elle savait quelque chose, elle détenait des informations, ne me demande pas sur quoi. Novak avait besoin de ces infos, peut-être pour trouver sa victime suivante.

– C'était une femme simple, soupira Leroux. Une femme de ménage à la retraite. Il y avait dix livres chez elle dont trois de recettes et une bible. Elle est partie quatre fois en vacances dans toute sa vie, chaque fois à la mer du Nord.

Deux fois à La Panne, deux fois à Bray-Dunes. L'album de photos se trouvait dans la penderie de sa chambre à coucher. Elle n'avait rien à voir avec Magritte, encore moins avec une galeriste de Paris.

– Mais son employeur peut-être, dit Berger. Peut-être Jean-Jacques Gallard…

À huit heures du soir, Alex Berger poussa une lourde porte métallique de l'avenue de Stalingrad, salua quelques vieillards qui attendaient sur des bancs de bois et se rendit à l'arrière, dans la partie cuisine.

Six ans plus tôt, Camille avait lancé avec des bénévoles une association pour sans-abris. Une fois par semaine, elle passait quelques heures de sa soirée derrière de longues tables sur chevalets et partageait un dîner. Pour Camille, c'était un prolongement de son engagement chrétien et, pour autant qu'Alex pût s'en souvenir, elle avait rarement raté un soir, même en plein hiver quand le vent s'engouffrait dans le vieux bâtiment de l'association et qu'elle pouvait à peine marcher sur le chemin du retour car le froid avait insensibilisé ses orteils. Après quelques années, il l'avait accompagnée de temps à autre pour donner un coup de main et, la dernière année avant sa mort, il était devenu bénévole effectif.

Quand Camille était morte, il avait laissé tomber, exactement comme tout le reste. Mais depuis deux ou trois mois, Berger avait recommencé à venir, de façon sporadique au début, puis très vite à un rythme hebdomadaire, comme quand Camille était encore en vie. Il ne se complaisait pas dans la pensée que c'était son choix et qu'il apportait cette aide parce qu'il était un homme bon. Il le faisait simplement parce que Camille aurait trouvé ça bien.

Il n'y avait guère de visiteurs ce soir. Il ne faisait pas vraiment froid. Berger distribua la soupe, une soupe aux brocolis aujourd'hui. Il connaissait de vue une dizaine de sans-abris, parce qu'ils venaient souvent pour un repas. Il avait déjà parlé avec quelques-uns d'entre eux. Il y avait Stanislas ou « Stany », un jeune Polonais rigolo qui était resté à Bruxelles après avoir travaillé quelques années pour un entrepreneur en bâtiment. Il y avait aussi Marthe, une vieille femme triste qui paraissait plus triste encore chaque fois qu'Alex la voyait. Et il y avait Daniel, l'homme avec lequel il avait le meilleur contact depuis le début.

Daniel était un quinquagénaire, un ancien prof de langues anciennes qui avait décidé un jour de mettre en pratique les leçons de ses illustres modèles, Nietzsche et Sartre. Ils affirmaient que s'il est vrai que la vie n'a aucun sens, l'homme, dans cette existence absurde et dénuée de sens, doit utiliser sa liberté pour construire sa propre éthique. Il se trouvait dans sa classe lorsqu'il avait subitement réalisé, avec une terrible acuité, la conséquence de cette pensée. Il avait quitté le local, avait démissionné avec effet immédiat et s'était mis à errer à travers l'Europe, puis dans des cercles de plus en plus étroits jusqu'à atterrir finalement dans la ville qu'il avait quittée des années auparavant.

– Bonjour Daniel, dit Berger.

– Salut, répondit amicalement l'homme.

C'était une véritable perche, et si maigre que ses vêtements semblaient flotter autour de son corps. Il avait une longue barbe broussailleuse, des cheveux négligés qui semblaient blanchir sans cesse, de mois en mois.

L'homme examina d'un air intéressé les grandes marmites posées sur des réchauds.

– Ah, de la soupe aux brocolis ! Hélas. Je trouve ça délicieux mais Kairos n'apprécie pas. Cela s'accompagne peut-être d'un morceau de pain ?

– Comme toujours Daniel, dit Berger.

À sa grande surprise, il remarqua qu'il avait légèrement souri en prononçant ces mots. Il ne pouvait pas se souvenir de la dernière fois où c'était arrivé.

– Dans ce cas, le partage est très clair ce soir. Kairos reçoit le pain, moi la soupe. S'il te plaît.

Alex savait par d'autres que Daniel avait tout donné ou abandonné derrière lui quand il avait pris sa décision plus de cinq ans auparavant. Il habitait dans un squat avec des vagabonds dont la plupart étaient deux fois plus jeunes que lui, lui et son chien Kairos, un brave berger bien soigné qui ne s'éloignait jamais de son maître.

– On pourrait manger ensemble un bol de soupe alors ? demanda Daniel. Ou est-ce contre les règles ?

Après quelques bières avec Lucas Leroux, Berger s'était rendu directement avenue de Stalingrad et il n'avait pas dîné, comme cela arrivait souvent. Il oubliait souvent de manger, mais tout aussi souvent, il avait l'impression d'avoir la gorge si nouée qu'il ne pouvait rien ingurgiter.

– C'est une bonne idée, dit-il doucement.

Après la distribution de la soupe, il avait aidé à la vaisselle et au rangement, avant de partir vers le centre. Le soir était doux pour la saison et il y avait pas mal de monde dans les rues.

Berger marcha jusqu'à la Bourse. L'imposant bâtiment néo-classique avec ses hautes colonnes n'était plus opérationnel depuis des années et allait devenir dans un avenir indéterminé un des temples de la bière, une évolution qui en disait peut-être davantage sur son pays que bien des commentaires savants dans les journaux.

Sur les marches du perron de la Bourse se tenait un jeune gars en frac. Il serrait entre les dents une rose rouge à longue tige et tenait un écriteau en carton sur lequel figurait en majuscules un simple prénom : ÉLIANE.

Berger passa devant lui, à la recherche du premier café de la soirée.

Il pensait à Cécile Meurisse.

L'histoire de l'épouse de mineur dont le mari était mort dans la catastrophe de Marcinelle, comme un rat, étouffé par la fumée et les gaz toxiques à près de mille mètres sous terre, hantait son esprit depuis qu'il avait consulté le dossier d'Emma Kepler. Son propre père avait été un mineur de fond taciturne, un homme timide au corps sec, habitué à travailler dur et, pour le reste, à faire ce dont les chefs le chargeaient. Un homme qui, après le dur labeur quotidien dans le charbon, se frottait vigoureusement la peau dans les douches communes afin que sa femme et ses enfants ne soient pas effrayés quand il rentrait. Un homme qui ne se plaignait jamais, même quand il avait dû aller de plus en plus souvent chez le médecin, car il manquait de souffle et qu'on avait constaté des traces de pneumoconiose ou de silicose. Il mourut au bout de deux ans. Au contraire du mari de Cécile Meurisse, c'est lentement qu'il avait étouffé.

Et sa mère ?

Sa mère était drôle, autrefois, pensa Berger quand il sortit du Kafka pour entrer dans le café suivant de sa liste imaginaire. Drôle et gentille, se souvenait-il. Il n'y avait jamais beaucoup d'argent à la maison, mais toujours assez, et avec ce qu'il y avait, elle faisait des miracles. Quand elle ne pouvait pas payer ses manuels scolaires, elle parcourait des kilomètres à vélo pour aller en acheter en seconde main auprès de la mère d'un élève plus âgé.

Berger l'avait vue changer peu à peu après la mort de son père. Aujourd'hui, elle vivait depuis quelques années dans un home. Anna, la sœur d'Alex, lui rendait souvent visite. Lui ne pouvait plus, ce n'était tout simplement pas possible pour le moment. La moitié du temps, sa maman ne savait plus qui elle était. Elle dépérissait, très progressivement, ce qui tout bien considéré était aussi une forme d'étouffement, pensait-il, alors qu'il se trouvait au comptoir du Laboureur et commandait son énième verre.

5

Quand, le matin suivant, son téléphone sonna vers huit heures, il fallut un petit temps à Berger pour comprendre que ce n'était pas Leroux ou un autre collègue de la Crim qui appelait, mais son psychiatre.

– Bonjour. Comment allez-vous ?

Berger se déplaça péniblement sur ses jambes.

– Qui est-ce ? chuchota-t-il d'une voix enrouée.

– Léo Smits. Je vous ai réveillé ?

– Vous me téléphonez pour me demander comment je vais ? grinça Berger incrédule. Il avait du brouillard dans la tête et sa voix paraissait émerger des profondeurs du tapis.

– Aussi, mais ce n'est pas la première raison. Je vous appelle surtout car nous n'avons pas un mais deux rendez-vous aujourd'hui et je serais ravi que vous ne manquiez aucun des deux.

Berger essaya de déglutir mais il chercha en vain de la salive dans sa bouche. Sa langue était en carton.

– Quels rendez-vous ?

Le psychiatre soupira.

– J'avais donc raison, Alex. Aujourd'hui, c'est vendredi. À huit heures du soir, vous avez votre séance chez moi. Mais à six heures, vous êtes aussi attendu au CAS, ne l'oubliez pas.

– OK, siffla Berger et il raccrocha.

Il dut attendre la fin de sa douche pour comprendre de quoi Smits parlait. Le CAS était le Centre d'Action Sociale et l'un des accords qui le liait à son psychiatre voulait qu'il y aille de temps à autre pour rencontrer les gens qui s'occupaient notamment de l'aide aux victimes. Il se rappelait aussi qu'il y avait ce soir au programme la réunion mensuelle du groupe, et cela déclencha en lui une telle panique qu'il se traîna aux toilettes pour évacuer jusqu'à l'âme de ses entrailles.

« Jean-Jacques Gallard », dit le commissaire Leroux. Il se tenait devant le tableau en tapotant une des photos.

Il était largement passé 9 heures et, à part Mahdouli – qui suivait une formation obligatoire – ils étaient tous assis ensemble pour la prière du matin, comme ils appelaient traditionnellement la première réunion du jour.

– Songez-y, c'est un politicien et, jusqu'à nouvel ordre, il n'est soupçonné de rien. Il n'y a qu'un seul lien : la femme qui est morte était sa femme de ménage. C'est peu…

– Ce n'est pas peu, c'est moins que rien, précisa Cavani avec un certain scepticisme.

L'inspectrice avait rassemblé ses cheveux rebelles en une espèce de chignon qu'elle avait fermement fixé à l'arrière de sa tête avec une épingle aux couleurs nationales belges. Elle portait un cardigan noir, ouvert, au-dessus d'un T-shirt rouge sang qui portait l'inscription : « Dyslexics have more nuf ».

Leroux ne jugea pas nécessaire de répondre à sa remarque.

– Kepler et Derijcke rassemblent des infos sur Gallard. Il regarda Berger. Puis il y a John Novak. Nous en savons déjà un bout sur lui, mais ce n'est pas assez. Alex ?

Il opina. La nausée avait en grande partie disparu, remplacée par un mal de tête lancinant.

– Cavani va t'aider, dit Leroux. Je veux des progrès pour ce soir, les enfants. Adelante !

Il y avait peu de choses dans le dossier de John (Johnny) Novak que Berger ne connaissait pas encore. Le mécanicien taiseux et balèze avait fréquenté de nombreuses écoles dans sa jeunesse avant de décrocher totalement à seize ans et d'aller travailler comme apprenti dans un garage. Mais il n'était pas casé pour autant. Son CV était une triste litanie de jobs temporaires et d'occasions manquées. À dix-huit ans, Novak avait déjà accumulé trois condamnations pour cambriolage et recel et avait passé deux mois dans un centre fermé pour jeunes. Quand Berger en arriva à son mariage dans le dossier, il cala. Il fit de son mieux pour se concentrer et poursuivre sa lecture mais dans sa tête il ne voyait que des amas de lettres et de chiffres qui n'avaient aucun sens. Plus il lisait sur Novak, plus il retournait en ce mois de novembre 2015. Il revoyait le dernier interrogatoire, la longue et ultime conversation avec Novak en cette soirée du vendredi 13 novembre, puis les appels téléphoniques, et le froid qui l'avait envahi et ne l'avait plus quitté depuis.

– Rien de neuf pour toi, hein, ce dossier ? dit Leroux d'un air impassible. Il avait bien senti les affres de Berger et il reprenait l'initiative. Sauf peut-être le diagnostic posé par le médecin de la prison. Novak souffrait d'achluophobie.

Berger avait repéré le diagnostic, mais il avait du mal à se dépêtrer dans l'agglomérat de mots et de documents.

– Il avait une peur panique de l'obscurité, d'être seul dans le noir. On n'aurait pas dit ça d'un tel malabar, hein ?

– D'une certaine manière, cela le rend un peu plus sympathique, dit Cavani. Vous ne trouvez pas ?

Leroux écarta la réflexion d'un geste de la main.

– En tout cas, aucune trace depuis son évasion. Son logement d'Anderlecht est vide depuis deux ans et il n'a pas été voir sa sœur. Elle…

– Alicia le haïssait, dit Berger. Ils n'avaient plus de contact depuis des années.

Les parents de Novak étaient morts et il était devenu un étranger pour ses rares cousins et cousines depuis un bon bout de temps. Sa sœur cadette Alicia constituait sa seule famille proche, mais il n'était vraiment pas question d'amour entre eux.

– Elle s'est mariée depuis et vit aujourd'hui du côté de Huy, dit Leroux. Nous avons demandé à l'antenne locale de la tenir à l'œil, on ne sait jamais.

– Il me semble que Novak s'est marié lui aussi, non ? dit Cavani. Que sait-on sur sa femme ?

– Son mariage n'a duré que trois ans. Leroux feuilletait la copie du dossier. De ses vingt et un à ses vingt-quatre ans. Juste après la séparation, il a ouvert sa propre affaire. C'est ça non, Alex ?

C'était une manière habile de le maintenir éveillé, réalisa Berger, mais malgré son humeur sombre, il ne pouvait guère en vouloir à Lucas.

– Un atelier de réparation de voitures. Il vivait au-dessus, dans un petit flat de deux pièces.

– Selon sa comptabilité, son affaire tirait le diable par la queue quasiment depuis le premier jour, dit Leroux.

Berger jeta le dossier sur son bureau.

– On a déjà été voir ?

Le commissaire acquiesça.

– Oui, bien sûr, le jour de sa disparition. Et il y a des patrouilles quotidiennes de la police locale.

– Je veux y aller, dit doucement Berger. Puis je veux aller à la prison pour parler au gardien de Novak. Et je veux aussi voir sa sœur Alicia, je veux entendre de sa bouche qu'elle ne l'a ni vu, ni entendu.

– Une fameuse collection de « Je veux », releva Cavani sans avoir l'air d'y toucher.

Elle déchira l'emballage d'un biscuit. Ses ongles avaient la couleur de la barbe à papa.

Berger jeta un regard vers Leroux.

– C'est OK pour toi ?

– OK pour moi, oui. Sara, tu accompagnes Alex. Soyez là à temps pour la prière du soir.

Berger roulait prudemment dans le trafic assez dense. Il avait insisté pour conduire lui-même, bien qu'il n'ait pas souvent tenu un volant ces dernières années et qu'il ait tendance à céder à la panique au moindre incident. Mais depuis ce matin, après le coup de téléphone de son psychiatre, il avait l'impression de perdre le contrôle et la perspective de s'asseoir passivement à la place du passager lui était tout à coup insupportable.

– Je pense que cet hiver, je vais opter pour l'acajou, dit Sara Cavani en s'examinant dans le miroir du pare-soleil. L'année dernière, c'était couleur champagne, mais ce n'était pas le meilleur choix ! Des copains trouvaient que je ressemblais à un échantillon d'urine sur pattes…

Elle regarda Berger. Ses grandes boucles d'oreilles se balançaient furieusement.

– Tu conduis de façon assez hard, désolée de te le dire…

Il opina.

– Raconte quelque chose, dit Cavani. N'importe quoi, du moment qu'il s'agit de Novak.

Curieusement, l'approche comique et tranquillement « nosense » de l'inspectrice était précisément ce dont il avait besoin. Il sentit qu'il se calmait.

– Comment est-il entré dans cette bande ? demanda-t-elle en rectifiant son rouge à lèvres, ce qui n'était pas une sinécure vu la conduite brutale de Berger.

– Étape par étape, comme dans la plupart des cas.

Il obliqua à gauche à une allure d'escargot. On klaxonna derrière eux.

– Un an avant le hold-up mortel, il avait déjà été pincé. Il se trouvait dans sa voiture en face d'une bijouterie. Le propriétaire s'était méfié et avait appelé la police. Ils avaient chassé Novak, sans plus. Le bijoutier avait été attaqué le lendemain, le butin était important.

– Et ?

– Et rien. Novak a naturellement été arrêté. Il a affirmé que sa présence en face de la bijouterie la veille était un pur hasard. Il a prétendu qu'il avait eu un malaise et qu'il s'était arrêté là pour récupérer dans sa voiture. Ils n'avaient rien à sa charge, ils ont donc dû le relâcher.

– Donc, moins innocent que ne le pensent certains, dit Cavani.

Berger haussa les épaules.

– Suffisamment innocent pour se faire abuser par la bande en tout cas. Des mois plus tôt, il avait commencé à faire des bricoles pour eux, d'abord comme guetteur, puis comme chauffeur. Ils se sont spécialisés dans les braquages de boutiques mal sécurisées. Novak conduisait la fourgonnette. Le butin était partagé honnêtement, pensait Novak. Pas vraiment... Il est apparu par la suite qu'il ne recevait que des miettes.

Il y eut un moment de silence dans la voiture.

– Parle-moi de cet Altieri, demanda Berger.

Depuis le premier jour, une copie de son dossier traînait sur son bureau mais il n'avait pas trouvé l'énergie de l'ouvrir.

– Marco Altieri, vingt-huit ans, un mètre soixante-dix-sept, dit Cavani tout en mettant du fond de teint sur ses joues avec un pinceau. On aurait dit que Berger avait poussé sur un bouton et que l'information jaillissait illico de son esprit. Fils et successeur de Paolo Altieri. Le clan est l'un des plus importants du trafic de drogue à Marseille. Ils contrôlent notamment une grande partie du port. Le petit Marco habite avec sa femme et ses deux enfants dans la jolie bourgade de Cassis, à une vingtaine de kilomètres de Marseille.

Enfin, habitait, car ces quatre derniers mois, il était ici en préventive, dans l'attente de son extradition vers la France et personne ne l'a vu depuis son évasion.

Berger fut assez maladroit dans une courbe et la main de Cavani dérapa. Elle le regarda en fronçant les sourcils.

– C'est quel genre d'homme ? demanda-t-il comme si de rien n'était. Qu'est-ce qu'on sait à son sujet ?

– Si je te le dis, tu feras un effort pour conduire sérieusement ?

Il soupira.

– Le cerveau du clan, c'est certain. Elle rangea son matériel de maquillage dans son sac à main et regarda d'un air peu assuré le résultat dans le miroir. Marco est le crack, le stratège. Papa Altieri est un peu plus rustre, plus mafia d'autrefois. Mais plus Marco s'occupe des affaires familiales, plus le vent leur est favorable. Le père mène ses troupes d'une main de fer, le fils organise et prépare le clan à affronter l'avenir. Ils auraient récemment acquis le monopole de l'importation de coke colombienne en France, mais les collègues des Stups ne peuvent pas encore l'établir avec certitude.

Berger se concentra sur le trafic.

– Pourquoi est-il emprisonné ici et non en France ?

– Les Altieri aiment venir à Bruxelles. Ils y investissent une part de leur argent dans l'immobilier et y ont aussi des liens familiaux. La dernière fois qu'il est venu ici, le petit Marco a été dénoncé. Ils l'ont arrêté à six heures du matin dans un appartement d'Uccle, il était au lit avec deux putes de luxe.

L'atelier de Novak jouxtait un terrain vague. C'était un bâtiment étroit à un seul étage. Il y avait à l'arrière une annexe tout en longueur, dont une partie de la toiture manquait.

Ce n'est qu'arrivé devant la porte que Berger pensa tout à coup qu'il n'avait pas demandé les clés de la maison à Leroux. C'est à ce moment-là qu'il vit Sara Cavani plonger la main dans son sac. Il réalisa que l'inspectrice ne laissait jamais rien au hasard, même quand elle l'accompagnait.

L'atelier automobile était un peu plus grand que dans ses souvenirs de sa visite deux ans plus tôt. À l'exception de pneus déchirés et d'une pile de cartons, l'espace était vide. Cela sentait le renfermé, l'air vicié et l'huile de moteur. Au milieu du garage, il y avait une fosse de deux mètres de profondeur au moins. La grille d'acier qui servait de trappe était posée négligemment de travers sur la fosse.

Berger regarda autour de lui. Il se demandait pourquoi il avait insisté pour revenir ici. La chance d'y trouver un indice était quasi nulle. Alors pourquoi ? Autrefois, quand il était inspecteur en chef, il tenait à voir de ses propres yeux les endroits les plus banals d'une enquête criminelle. Selon Leroux, c'était affaire de tempérament.

C'était le même Leroux qui lui avait dit un soir au *Petit Faon* que son surnom à la brigade n'était pas pour rien « le pêcheur ».

« Tu lances des lignes », avait dit son chef, « comme ces pêcheurs chevronnés que tu vois le dimanche matin le long du canal et qui ont trois ou quatre lignes en même temps dans l'eau. Tu travailles de la même façon ».

Berger ne l'avait pas compris. Il était fatigué, toute l'équipe était sur la brèche depuis quelques jours. Leroux avait commandé une nouvelle tournée et expliqué : « Tu vas voir les endroits les plus insensés et tu parles avec tous ceux qui, de près ou de loin, ont quelque chose à voir avec l'affaire, et ce n'est qu'ensuite que tu interroges un suspect. Tu lances tranquillement tes lignes et tu attends que ça morde ».

Berger savait que, parmi ses collègues, on disait qu'au bout d'un moment, les suspects se mettaient spontanément à table sans qu'il ait fait grand-chose pour ça, du moins en apparence. Il devait dégager une aura de père confesseur, quelque chose qui donnait confiance à ses interlocuteurs, qui se mettaient à nager tranquillement dans l'océan de leurs souvenirs tandis que lui, de son côté, attendait calmement qu'ils mordent à l'hameçon. Ce qu'ils finissaient par faire la plupart du temps.

Il songea avec ironie que, durant des années, il avait été réellement pêcher une fois par mois, ou en tout cas avait fait comme si, pendant que Camille lisait, appuyée sur son épaule et que le monde entier se résumait à ce seul endroit et à ce seul étang.

– Viens, dit Cavani, montons examiner les lieux.

Dix minutes plus tard, ils étaient ressortis, et se tenaient près de la voiture. Le flat de Novak – deux grandes pièces quasi identiques, l'une avec un vieux bloc cuisine – était tout aussi abandonné que son atelier, à cette différence près qu'il était sale et sentait le moisi et la pourriture.

Le téléphone de Cavani sonna. *Walking on Sunshine* de Katrina & The Waves retentit dans le terrain vague. Cavani écouta, tout en articulant silencieusement et de façon exagérée les mots « inspectrice Kepler » avec ses lèvres peintes. Berger ne put s'empêcher de sourire, malgré son mal de tête.

– C'est compris, dit Cavani. Elle rangea le téléphone et expliqua : Emma m'envoie l'adresse d'Alicia Novak. Elle n'habite pas à Huy mais un peu plus loin, à Tihange.

– Mais nous allons d'abord à la prison !

Elle acquiesça.

La prison de Saint-Gilles était une maison d'arrêt où la plupart des détenus séjournaient dans l'attente de leur procès, ce qui pouvait durer des années compte tenu de l'arriéré judiciaire. Le bâtiment était surpeuplé et vieillot. Depuis des années, on parlait des conditions scandaleuses dans lesquelles croupissaient les détenus. Dans certaines sections, l'hygiène était clairement inférieure aux normes. Les personnes en préventive étaient souvent quatre dans une cellule prévue pour deux, ce qui les contraignait à dormir sur des matelas à même le sol. Outre les prisonniers en préventive, on trouvait également des suspects qui attendaient leur extradition, comme c'était le cas pour Marco Altieri, le co-évadé.

Leroux avait annoncé leur venue, mais il fallut néanmoins un sacré bout de temps pour finalement franchir avec succès les points de contrôle et se retrouver dans un petit bureau au bout d'un couloir éclairé d'une lumière vive, face au gardien Rob Deluyker. C'était un petit homme jovial avec une petite moustache et une barbe soignée. Il avait près de soixante ans, comme Berger l'avait lu dans le dossier, mais il paraissait moins.

Ils avaient reçu du café dans des petites tasses en porcelaine blanche aux bords usés. Tandis qu'ils s'activaient tous les trois avec le sucre et les petites cuillères, on entendait au loin des bruits typiques d'une prison : la fermeture d'une porte métallique, les claquements de verrous, des voix qui résonnaient entre les hauts murs…

Cavani commença à lui expliquer le but de leur visite, mais Deluyker leva la main.

– Ce n'est pas nécessaire, mon chef m'a déjà expliqué pourquoi vous êtes ici. Il avait une voix douce et claire.

– Il ne s'agit pas de l'évasion proprement dite, précisa Berger, d'autres s'en occupent. Nous voulons seulement parler un peu de John Novak.

Deluyker haussa les épaules. Son ventre robuste tendait la chemise de son uniforme.

– Et même si c'était le cas, il n'y aurait pas de problème. Il eut un petit sourire… Dans deux mois, je prends ma retraite, cela vous déstresse sacrément !

– Avez-vous toujours travaillé dans cette section ? demanda Berger. Je veux dire, durant les deux années où Novak…

– Oui, en effet.

– Donc, vous le connaissez un peu.

Il se sentit soudain fatigué et maladroit. Il lui semblait que toutes les questions qu'il posait ne parvenaient pas à rendre ce qu'il voulait dire. Pendant des années, il avait mené des entretiens avec les témoins et les suspects les plus variés, il s'était toujours imaginé qu'il pensait plus vite que la majorité des gens et ses collègues admiraient souvent sa façon de poser les questions. Berger, expliquaient-ils aux collègues des autres services, ne posait jamais une question au hasard : il anticipait, comme un joueur d'échecs, et il était patient comme un pêcheur à la ligne. Mais en ce moment précis, entre ces murs gris sale de la prison, il se sentait plutôt tel un poisson pataud qui se débattait sur le sol tout en aspirant désespérément à se retrouver dans l'eau.

– Je le connaissais un peu, répondit Deluyker. Pour autant qu'on puisse connaître un détenu, évidemment.

– Comment se comportait-il en prison ?

Le gardien regarda devant lui d'un air songeur.

– Bien. Très bien même, personne ne s'en est plaint.

– Et ces derniers temps ? Juste avant son évasion je veux dire ? Y avait-il des signes qui pourraient vous faire dire après coup qu'il la préparait ?

– Non, vraiment pas. La direction m'a déjà posé au moins dix fois la question. Je n'ai rien remarqué de bizarre chez lui, c'était un prisonnier modèle. Sauf la nuit, c'était une autre paire de manches. Il regarda alternativement Berger et Cavani. Vous savez qu'il avait peur du noir ?

– L'achluophobie, dit Cavani, c'est le terme exact.

Deluyker sourit.

– Si vous le dites. En tout cas, ce n'était pas gai, ni pour lui ni pour nous. Au début, il frappait des poings contre les murs chaque fois que la lumière s'éteignait dans sa cellule.

Des cris et des hurlements pour qu'on rallume immédiatement, qu'il allait mourir dans le noir, ce genre de choses.

Il n'obtenait jamais gain de cause, évidemment, on ne peut pas travailler sur mesure ici. Quand il sortait le matin, il y avait parfois du sang sur les jointures de ses poings. Il but une gorgée de café. Quand Altieri l'a rejoint dans sa cellule, les choses se sont curieusement améliorées.

– Pourquoi « curieusement » ?

Deluyker hésita.

– Je ne sais pas… Peut-être parce qu'on craignait justement qu'il y ait des problèmes. Ce caïd de la drogue avait une sacrée réputation. Au début, il y a eu quelques frictions, mais elles se sont rapidement estompées, et ont complètement disparu après cette agression contre Altieri.

Cavani le dévisagea.

– Quelle agression ?

– Vous ne saviez pas ? Novak a protégé Altieri. Un après-midi, ils revenaient de la promenade, et un autre détenu s'est précipité. Il a attaqué Altieri avec un bout de bois taillé en pointe qui venait de l'atelier de la prison. D'après ce qu'on a dit, il visait carrément le cou d'Altieri. Novak a paré l'attaque, il a presque cassé le bras de ce type.

– Et ça s'est passé quand ?

Deluyker prit un temps de réflexion…

– Peu après l'arrivée d'Altieri… deux ou trois mois, plus ou moins. Il vida sa tasse. En tout cas, ces deux-là ont été liés par quelque chose d'étrange ensuite. Altieri traitait Novak comme l'homme qui lui avait sauvé la vie. Quand on voyait l'un, on voyait l'autre, dans la cuisine, durant la promenade, partout. Et ces peurs nocturnes de Novak ont cessé.

Dix minutes plus tard, ils étaient sortis de la prison. Il s'était mis à pleuvoir, une bruine légère qui, avec le vent âpre, les refroidit rapidement.

Alors qu'ils marchaient vers la voiture, Cavani siffla :

« Pourquoi diable n'étions-nous pas au courant ? Kepler a constitué le dossier, pourquoi n'a-t-elle pas mentionné cet incident ? »

Berger regarda par-dessus son épaule et vit que sa collègue était très mal lunée.

Il ne répondit qu'au moment où ils s'installèrent dans la voiture, et en grommelant, car il se sentait subitement épuisé.

– Ce n'est pas si étonnant, Sara.

– Que veux-tu dire ?

Berger ne mit pas le contact.

– Il est regrettable que cela ne figure pas dans le dossier, soit, mais c'est compréhensible. Il n'y a aucun lien entre Altieri et les deux femmes que Novak a tuées. Et donc, Emma s'est concentrée sur les deux victimes, pas sur l'homme avec lequel il s'est évadé de prison.

Cavani renifla.

Berger était toujours parti du point de vue que le reste de l'équipe n'avait jamais rien su de son histoire avec Kepler, mais il n'en était pas totalement certain, évidemment. Il sentait naître une légère irritation à la pensée qu'aux yeux de Cavani, il défendait peut-être Emma pour d'autres raisons que purement professionnelles.

Sa collègue soupira, arrangea ses cheveux et dit :

– OK, résumons. Altieri estimait qu'il avait une dette envers Novak parce qu'il lui avait sauvé la vie. Dans un milieu aussi macho, ce n'est pas rien. Il a peut-être annulé sa dette en le faisant s'évader avec lui.

Berger opina lentement.

– Tu ne parais pas vraiment convaincu, dit-elle.

– Je pense que tu as raison, mais ce n'est pas toute l'histoire à mon avis. Je pense qu'Altieri l'a également aidé en lui fournissant des infos. Il est déjà incompréhensible en soi qu'un gars comme Novak surgisse tout à coup à Paris et qu'il tue deux femmes.

– Et laisse chaque fois une allusion à Magritte, ajouta Cavani.

Berger acquiesça.

– Mais cela devient en effet tout à fait bizarre si tu pars du point de vue qu'il a fait tout ça tout seul. La dette d'Altieri date de trois mois avant son évasion. C'est bien ça ?

– Oui.

– Il a dû se produire quelque chose avec Novak, quelque chose qui l'a poussé à s'évader et à assassiner ces deux femmes. Altieri a dû employer ce temps pour mettre ses hommes à l'extérieur de la prison au service de Novak. Il a dû lancer son organisation pour rassembler les infos dont Novak avait besoin.

– Mais pourquoi donc ? soupira Cavani. Suppose que les choses se soient passées comme ça, et cela me semble parfaitement plausible, cela n'explique toujours pas pourquoi Novak a fait ce qu'il a fait. Ni lui, ni Altieri n'avaient de lien avec les victimes.

Berger ne répondit pas...

– Cela dit, on prend racine ici ? demanda-t-elle en frissonnant.

Il regarda fixement devant lui.

– Es-tu d'accord si je vais voir seul la sœur de Novak ?

Elle le regarda d'un air interrogateur.

– Pourquoi ?

Il attendit un moment avant de répondre.

– Je ne sais pas, dit-il.

Elle opina.

– Dépose-moi à la porte de Hal, j'y ferai quelques courses pour ce soir, puis je prendrai le métro jusqu'au bureau.

– Je peux aussi faire un détour par la Crim, si tu veux.

Cavani étendit presque anxieusement ses mains devant elle et secoua la tête. Ses boucles d'oreilles dansaient de tous côtés.

– Non, non, laisse tomber ! cria-t-elle. Plus vite je serai sortie de ce cercueil sur roues, mieux ce sera. Et, d'une voix plus douce, elle ajouta : je ferai rapport à Leroux. Tâche d'être de retour à temps pour la prière du soir, Alex !

La rue Bonne Espérance à Tihange, dans l'entité de Huy, était une étroite voie asphaltée et bosselée aux maisons simples, avec des garages et des remises assez laides faites de bric et de broc, qui servaient d'ateliers ou d'entrepôts.

Berger gara la voiture le long de l'accotement et en descendit. Des oiseaux gazouillaient dans les arbres. Un chien aboyait au loin. Devant lui, à quelques centaines de mètres, trois énormes tours de refroidissement emplissaient le ciel d'un défilé de gros nuages blancs. Quel hasard ou quelle dose d'humour noir avait-il fallu pour tracer une voie à côté de trois réacteurs nucléaires et la nommer « rue Bonne Espérance » ?

Le bungalow où habitait Alicia Novak n'avait probablement jamais été blanc. Au fil des ans, il avait été agrandi des deux côtés. Deux dobermans sortirent d'une des annexes et se précipitèrent jusqu'à la grille de fer qui délimitait le terrain, avant de s'arrêter, comme s'ils l'attendaient.

Ils n'aboyaient pas, mais grondaient, un grognement profond, un râle qui jaillissait entre leurs dents à nu. En une seconde, ce fut la nuit et Berger se retrouva couché paralysé dans sa chambre, dans le noir, avec caché dans un coin, une entité, quelque chose qui le menaçait, quelque chose qui respirait d'un souffle rauque et hargneux et attendait la meilleure occasion pour se jeter sur lui. Il fut pris de vertige et sentit la sueur couler entre ses omoplates. Il dut faire un effort surhumain pour empêcher ses genoux de s'affaisser.

– Rex ! Mira !

Une femme un peu potelée d'une quarantaine d'années sortit de la maison. Elle portait une robe de laine vert foncé et un cardigan noir un peu avachi, fermé jusqu'au cou. Elle s'avança à mi-chemin et s'arrêta.

– Ici ! Au pied !

Les chiens obéirent immédiatement et allèrent s'asseoir à ses côtés.

– Madame Alicia Novak ? demanda Berger. Petit à petit, il reprenait le contrôle de sa respiration.

– C'est pour quoi encore ?

Elle le regarda avec une agressivité non feinte, comme les deux chiens. Elle avait peut-être été belle autrefois, mais ce temps était définitivement révolu. Son visage était bouffi et ses joues étaient enlaidies par de multiples éruptions cutanées. Ses cheveux bruns, mi-longs et sales, pendaient négligemment. Elle tenait dans la main droite une serviette qu'elle serrait nerveusement tout en regardant Berger d'un air irrité et méfiant.

Il se présenta.

– Nous cherchons votre frère, John. Il s'est évadé de la prison de Saint-Gilles il y a une bonne semaine, mais vous le savez peut-être déjà.

– Et qu'est-ce que j'ai à voir avec ça ?

C'est alors que Berger remarqua le désordre qui régnait sur le terrain autour de la maison d'Alicia Novak. Il se rappela vaguement que le dossier indiquait que son mari avait dirigé une petite entreprise du bâtiment au bord de la faillite depuis des années. Partout où tombait son regard, il voyait des tas de gravats et de déchets de construction. Entre un amoncellement de barres métalliques près de la maison, un peu d'herbe poussait. Une vieille fourgonnette sans roue qui portait encore l'inscription « Entreprise de construction Francis Marboux » servait de niche aux dobermans.

Berger ne répondit pas tout de suite. Il regarda la scène de la femme bourrue avec ses chiens à ses pieds et, derrière elle, la gigantesque tour de refroidissement d'un des réacteurs qui se découpait sur le ciel gris.

– Vous êtes le seul membre de sa famille. Il n'a personne d'autre !

La femme renifla.

– Je ne sais pas où il se cache et cela ne m'intéresse pas, compris ? Je n'ai plus de contacts avec lui depuis des années. Pour moi, il n'est plus de ma famille depuis longtemps. Et maintenant, vous pouvez déguerpir... Et dites à ces flics de Huy qu'ils arrêtent de se garer tous les jours devant ma porte, ça rend les chiens nerveux.

Un quart d'heure plus tard, Alex Berger était assis dans un bistrot aux murs jaunis par le tabac, avec vue sur le fort de Huy. Il prit coup sur coup deux grandes gorgées de son verre de bière. Ses mains tremblaient.

En bas, une longue péniche étroite descendait lentement la Meuse. Il n'était que trois heures et demie, mais la lumière commençait déjà à faiblir. Le brouillard s'installait.

Son tout premier voyage scolaire – ou plutôt le premier dont il se souvenait – avait amené sa classe de Saint-Willibrord d'Eisden à Huy et dans les jardins d'Annevoie. C'était la fin du mois de mai, sa cinquième primaire était presque finie. Il avait onze ans. Il était avec Kathy, ils allaient se marier, ce n'était qu'une question de temps.

Kathy était sa voisine, un petit lutin pétillant avec des yeux invraisemblablement beaux et un rire qui murmurait comme un ruisseau de montagne. Une semaine avant le voyage, ils s'étaient embrassés pour la première fois. Ce n'était pas pour Alex un désir brûlant mais il comprenait que, pour des raisons un peu obscures, c'était important.

Durant le trajet en autocar vers Huy, il avait fait le mariole avec ses copains, mais dans la cabine du téléphérique, il s'était glissé un peu hésitant sur la banquette à ses côtés. Ils avaient plané au-dessus de la Meuse pour arriver à l'imposante forteresse. Ses cheveux sentaient la lavande et son souffle les bonbons au miel, et Alex était certain qu'en ce moment précis, planant dans les cieux au-dessus des flots, sa vie avait réellement commencé.

Un bon mois plus tard, dans les premiers jours de ces longues vacances d'été, il fit si chaud qu'ils eurent la bonne idée d'aller nager dans la grande carrière derrière l'ancien site minier. Ils y allaient le plus souvent à six : quatre garçons, Kathy et sa meilleure amie. Ils étaient tous enthousiastes en pensant à leur plongeon dans l'eau toujours froide. Tous, sauf Alex, qui se sentait un peu fatigué et resta à la maison à lire des BD sur le divan jusqu'à leur retour.

Plus tard, quand le chagrin et la stupeur eurent un peu décru, il ne put faire autrement que constater, ahuri, l'arbitraire de la vie ou pire encore, la banalité de la mort. Un instant, Kathy était encore la fille joyeuse aux yeux invraisemblablement beaux qui, toute à sa joie, se jetait dans le lac, le moment suivant, elle était une adolescente que la vie avait quittée. Victime d'une crampe foudroyante, elle s'était noyée sous les yeux de ses amis.

Quelques jours plus tard, il alla saluer la dépouille avec sa mère. Elle était son premier amour, mais aussi le premier cadavre qu'il voyait dans sa vie.

Cinq mois plus tard, son père décéda de la silicose.

Berger s'était senti indirectement coupable de la mort de Kathy. Il se rappelait très précisément le moment où cette pensée s'était imposée à son esprit pour y rester définitivement. Il était en train de marcher dans l'église vers le petit cercueil blanc, sa main s'était posée sur le bois verni et il avait marmonné un inaudible « désolé… ».

Dans le bistrot, la lumière était désormais allumée, des lampes murales bombées et vétustes qui répandaient un éclat d'un jaune apaisé sur les lambris et donnaient un peu au café l'allure d'une brasserie parisienne.

Son téléphone vibra. Il évita sciemment de regarder l'écran, préférant lever son verre vide en direction du garçon pour lui faire comprendre qu'il le préférait rempli.

C'est en ce moment précis, alors qu'il attendait sa bière et que, par la fenêtre, il fixait d'un air absent la courbe du fleuve, que Berger fut persuadé que, quelle que fût sa volonté d'en arriver là, il ne serait plus jamais le même. C'était impossible, il ne pouvait pas en être autrement.

Durant quasiment toute sa vie d'adulte, il s'était vu comme un homme simple, paisible, presque ennuyeux, qui menait sa petite existence en essayant de ne pas faire trop de dégâts. Un homme aux plaisirs simples qui cherchait presque toujours le juste milieu, qui portait de préférence un jean et un pull noir avec un col en V, aimait boire et manger mais s'aventurait rarement hors des sentiers battus et qui, pour le reste, aspirait au calme. À la Crim, on disait autrefois qu'il était un battant, mais Berger n'avait jamais pu se représenter sous ce jour. Il pensait être quelqu'un de simple, qui essayait d'être éthiquement responsable et qui, pour cette raison précise, s'accrochait parfois à une affaire au nom de la justice. Un homme généreux aussi, qui acceptait les défauts de chacun et inspirait aisément un sentiment de sécurité à ses proches.

Pourquoi les choses avaient-elles tourné de façon aussi horrible ? Était-ce un hasard idiot si la première et la dernière femme qu'il avait aimées étaient mortes toutes les deux ? Un jeu grotesque du destin ? Ou était-ce réellement de sa faute, songeait Berger en reprenant une gorgée de bière. Avait-il été celui qui, en ces rares moments qui avaient compté dans sa vie, avait fui, avait tourné le dos à ceux qu'il aimait et donc à leur vie ?

Son téléphone vibra une nouvelle fois.

Durant les premières semaines après la mort de Camille, le chagrin s'était parfois transformé en crises de rage, une colère aveugle contre tout et tout le monde, mais surtout contre John Novak, l'homme qui, à ses yeux, était responsable de son absence au *Carillon*. Il avait ressenti tant de haine pour l'homme qu'il pouvait alors presque la sentir. Il avait rêvé d'introduire frauduleusement une arme dans la prison pour abattre Novak dans sa cellule d'une seule balle, pile entre ses deux yeux ébahis. Même aujourd'hui, deux ans après les faits, Berger sentait qu'il ne s'était pas réconcilié avec Novak.

Il savait où le mèneraient ces pensées et ce n'était pas un endroit fréquentable. Il but une gorgée et tenta de se calmer.

Elle avait essayé de l'appeler, ce vendredi soir. Huit minutes avant sa mort, elle l'avait appelé, mais il était avec ce satané couillon dans une salle d'interrogatoire et elle n'avait pas laissé de message. Qu'avait-elle voulu lui dire ? Il espérait que c'était simplement des mots d'amour. Qu'elle l'aimait, etc.

Camille ressentait toujours un vide quand elle était sans lui. Exactement comme lui sans elle, d'ailleurs.

Il essaya de chasser la boule qui ne cessait de gonfler au fond de sa gorge.

Quand son téléphone s'ébroua pour la troisième fois, Berger décrocha.

– Bonjour, Lucas.

– Tu es sur le chemin du retour ?

– Non, pas encore.

Il y eut un moment de silence.

– Nous avons du neuf, dit le commissaire comme s'il n'avait pas entendu la réponse de Berger. Pas grand-chose, mais tout de même. Une caméra de surveillance d'une filiale de la BNP Paribas Fortis à Jette a filmé Novak alors qu'il passait par là. L'heure correspond avec le moment supposé du décès de Cécile Meurisse. Nous le savions déjà, mais désormais nous avons au moins une certitude…

– OK.

– Dis-moi, dit Leroux, comment s'est déroulée la rencontre avec la sœur de Novak ?

Berger soupira.

– Pas grand-chose à en dire.

Il résuma brièvement la confrontation.

Le commissaire voulut poser une question, mais Berger le coupa.

– Il n'est pas ici, Lucas. Novak n'est pas ici.

– Non, et il n'est pas non plus dans son garage de Bruxelles. Alors, où se planque-t-il, ce connard ?

Silence.

– Je ne viendrai plus aujourd'hui, Lucas, grommela-t-il. Ça ne va pas.

Avant que Leroux puisse réagir, Berger avait coupé la communication.

– Il faisait son check-in quand la première bombe a explosé, dit la femme.

Sa voix était fragile comme du verre. Elle était belle, pas d'une manière ostentatoire mais simplement belle, comme si cela allait de soi. Sans qu'elle se soit donné la moindre peine pour paraître sous son plus beau jour. Les visiteurs du CAS le faisaient rarement. S'ils venaient parler d'un amoureux brutalement disparu, ils ne se souciaient guère de leur apparence.

– Il allait rendre visite à ses parents. Ils sont très âgés et vivent depuis trente ans au Canada. Il ne les avait plus vus depuis plusieurs années, il était impatient.

Il était passé six heures du soir, dans la salle de réunion un peu lugubre, à la blancheur quasi clinique, du Centre d'action sociale. La troisième bénévole du groupe de parole de l'Aide aux victimes avait fait savoir qu'elle était malade et Berger était donc assis face à une femme dont le conjoint était mort dans l'attentat terroriste à l'aéroport de Bruxelles.

Berger lui fit un signe de tête et se tut.

Que pouvait-il lui dire en vérité ? Que c'était horrible ? Elle le savait parfaitement.

Ils alternaient prises de parole et regards fixés vers le sol. Ils n'avaient littéralement rien à se dire.

Finalement, Berger posa la seule question qui, à ses yeux, importait encore.

– Avez-vous pu prendre congé de lui ?

– Non. Elle chuchota, réprima un sanglot. Il était tout près de l'explosion, je n'ai pas pu le voir une dernière fois.

– Moi non plus, murmura Berger. Moi non plus.

Il sanglota.

– Je n'ai pas pu la saluer, j'aurais bien voulu mais je n'ai pas pu…

On entendait la pluie frapper les carreaux. Des voitures klaxonnaient sans cesse, le trafic dense de ce vendredi soir causait une nouvelle fois des embouteillages.

Une heure plus tard, Berger se trouvait chez Léo Smits, dans son cabinet, place Saint-Géry.

– Comment ça s'est passé au CAS ?

La réponse fut lente à venir.

– Terrible. C'est la dernière fois que j'y vais, c'est clair… Ce n'était pas une fanfaronnade, seulement une annonce sobre, et c'est ainsi que Smits la prit : il opina brièvement comme pour montrer qu'il avait compris et il nota quelque chose dans son carnet de cuir noir posé comme d'habitude sur ses genoux.

Le reste de la séance se déroula plus ou moins selon le même schéma. Smits lui posait des questions sur son appétit et son manque d'appétit, sur son sommeil et sa collaboration avec son entourage puisqu'il avait désormais retrouvé un cadre de travail ou ce qui en tenait lieu. Berger avait toujours pensé que cela n'avait pas de sens de duper son psychiatre sur un élément ou l'autre car finalement cet homme était là pour lui faire du bien ou essayer de lui en faire tout au moins. Et il répondait donc le plus honnêtement possible, ce qui dans son cas revenait à ne rien dire quand il ne voulait pas répondre et, pour le reste, il essayait simplement de ne pas mentir.

Quand un silence se fit au milieu de l'entretien, Berger dit : j'ai beaucoup pensé à Kathy aujourd'hui.

– Ah ? Et dans quel contexte ?

Il raconta sa visite à Tihange et son voyage scolaire à Huy.

– Et que ressentiez-vous quand vous pensiez à elle ?

Du chagrin, voulut-il répondre. Un profond chagrin lié à la stupidité de la vie, à l'arbitraire.

– Rien de très particulier.

Smits continuait à l'observer silencieusement.

Berger soupira.

– La culpabilité. Je me sentais coupable. Encore et encore.

– Croyez-vous que vous auriez pu la sortir de l'eau à temps si vous aviez été là ?

– Oui. Il lui jeta un regard perçant. Vous, vous n'auriez pas pu ?

– Peut-être, dit Smits. Je n'en sais rien. Il parlait doucement et formulait ses phrases avec prudence comme s'il cherchait à susciter le moins d'irritation possible. Je ne sais pas parce que je n'étais pas là, Alex, et vous non plus. Nous ne le saurons jamais. Il hésita, poursuivit cependant : exactement comme pour Camille….

Berger lui jeta un nouveau regard perçant.

– J'aurais pu la sauver, murmura-t-il. Elle ne serait probablement pas sortie avec Chloé. Camille serait restée avec moi et Chloé aurait été fumer toute seule. Si j'avais été à ses côtés, elle vivrait toujours.

– Peut-être, dit Smits.

Le reste de la soirée et de la nuit, Berger essaya de noyer son chagrin, tout en sachant pertinemment que l'alcool ne le rapprocherait pas d'un pouce d'une solution et ne réussirait qu'à étouffer un moment son chagrin. C'était comme si un immense trou s'était creusé au plus profond de son âme.

Tandis qu'il passait d'un bistrot à un autre, il devint de plus en plus évident à ses yeux qu'il n'était plus à sa place à la brigade criminelle et qu'il n'y serait peut-être plus jamais. Il avait été idiot de répondre à l'invitation de Leroux.

Je me promène dans les rues de Bruxelles avec un pistolet sous le bras, mon dieu.

Et d'ailleurs, où était donc son pistolet ? Où l'avait-il abandonné, ce fichu pistolet ? Il réalisa brutalement qu'il l'avait laissé dans son casier de la salle commune. Et il sentit une sueur froide descendre dans son cou. Qu'est-ce qui se passait dans sa tête ? Un jour, il errait encore dans son appartement et il vivait comme une plante, et le lendemain, il partait à la recherche d'un assassin ? Business as usual ? « Mon cul oui ! » marmonna-t-il. Quand les clients du bistrot lui jetèrent un regard effrayé, il réalisa qu'il avait davantage crié que murmuré. Le patron augmenta le son de la musique. Berger grommela une excuse, qui s'évanouit sous la voix de Michael Kiwanuka : *I believe she won't take me somewhere. I'm not supposed to be. Papa padampan podom podom.* Il s'enfuit du bistrot pour entrer dans un autre et boire un autre verre, mais c'est alors que John Novak fit subitement irruption dans sa tête et c'était la dernière personne sur terre qu'il aurait invitée pendant sa tournée des grands-ducs. Novak souffrait donc d'achluophobie, ce qui était drôle, d'une certaine façon, estima Berger un moment plus tard alors qu'il cherchait à se retenir à un porte-manteau surchargé dans un autre bistrot, car il avait aussi peur du noir, de l'obscurité. La nuit, dans le noir, Camille ou l'être qui la remplaçait venait lui dire de la façon la plus angoissante qu'il était un lâche, un fuyard, qu'il n'avait pas de couilles, qu'il n'en avait jamais eu. Il avait perdu l'amour de sa vie il y a plus de deux ans et la seule manière dont il pouvait encore la voir, c'était dans un cauchemar, et cette prise de conscience lui laboura l'âme si profondément que la douleur le fit sangloter.

Cette nuit-là, Berger fit l'un de ses plus sinistres cauchemars depuis la mort de Camille.

Tandis qu'il était paralysé dans son lit, il reçut la visite de créatures successives. Il y avait un homme horriblement mutilé dont des morceaux de chair et des os tombaient du corps alors qu'il essayait de les reprendre de ses mains ensanglantées. Son visage était une blessure béante pourvue d'une bouche. « J'étais à côté de la bombe quand elle est partie », disait la bouche. « Je voulais rejoindre mes parents car ils sont très âgés, mais cette bombe a explosé. »

Puis vint Camille.

Ce n'était pas la gentille Camille qui s'asseyait parfois sur sa poitrine et le regardait d'un air compatissant. Celle-ci avait un regard sévère et tourmenté et elle le regardait en silence tandis que son ventre se colorait peu à peu de rouge et que le sang coulait finalement sur son corps en giclées épaisses.

Alors apparut la créature sombre dont il avait toujours peur, le Mal en personne, comme l'avait appelée Léo Smits, et c'était la pire apparition de toutes. Elle qui, auparavant, s'était toujours tenue dans un coin de la chambre et lui avait flanqué la frousse par sa seule présence, se faisait voir maintenant, et comment !

Au début, elle rampait sur le sol comme avant. Sa respiration rendait déjà Berger fou de peur : un bruit lent, lourd, rauque, comme un égout que l'on purge et qui se remplit ensuite en bouillonnant.

Berger essaya de s'enfuir de la chambre, mais il était incapable de faire le moindre mouvement. Quels que fussent ses efforts pour crier, aucun son ne sortait de sa gorge.

D'abord, il sentit que la chose se rapprochait de plus en plus du pied de son lit.

Ensuite, elle se dressa de toute sa longueur et se jeta sur lui.

C'était une créature affreuse.

Sa tête ressemblait à la gueule des dobermans qui l'avaient menacé cet après-midi et tout ce que Berger voyait, c'étaient des dents et de la bave qui tombait sur son corps à gros bouillons. Elle grommelait et s'agitait continuellement, elle plaçait sa tête monstrueuse tout près de celle de Berger et c'est alors qu'il vit les yeux de la créature, et il les reconnut. C'étaient des yeux petits et ronds, pleins de haine et de colère, mais même dans sa peur mortelle, il réalisa que c'étaient les yeux de quelqu'un qu'il connaissait.

C'étaient les yeux de John Novak.

La dernière chose que vit Berger, c'était la façon dont la créature ouvrait son énorme gueule et s'apprêtait à l'avaler.

Il se réveilla dans un marécage.

Son lit était un embrouillamini de couvertures trempées dans une obscurité d'un noir d'encre, on aurait dit qu'il était mort et se trouvait dans les profondeurs du sol, entouré d'une mer de boue et de planches pourries.

Dans sa panique, il se débattit sauvagement. Sa main droite toucha quelque chose de dur et de rectangulaire et, sans qu'il pût s'en rendre compte, il agrippa son téléphone et l'alluma.

06 h 09.

Son cœur bondit dans sa poitrine.

L'horreur s'estompa très lentement et tandis qu'il essayait de se réveiller en haletant, il sentit que les choses autour de lui entraient dans la réalité.

Ta chambre à coucher. Ton lit. Des draps moites. Tu n'es pas mort, tu faisais un cauchemar.

Lorsque son rythme cardiaque revint plus ou moins à la normale, il s'extirpa péniblement de son lit et se traîna jusqu'à la salle de bains.

Un quart d'heure plus tard, Berger marchait sur le quai des Péniches. Il s'assit prudemment sur le premier banc rencontré.

Il faisait encore sombre. Les lampadaires jetaient des cercles de lumière d'un jaune terne sur les pavés détrempés.

L'eau du canal était noire.

Malgré la nuit terrible qu'il avait passée, Berger se sentait remarquablement calme. Lucide aussi, comme si l'horreur qui avait paradé cette nuit au pied de son lit n'avait pas seulement emporté avec elle sa gueule de bois, mais aussi la toile d'araignée qui grandissait dans son cerveau. Il sut tout à coup ce qu'il devait faire.

Il devait trouver Novak.

Si sa douce Camille l'avait mis sur la voie dans cet appartement de l'avenue Richerand, cette nuit, il avait reçu le deuxième signe. C'était Camille qui l'avait plongé dans l'affaire, il le savait. Le fait qu'il avait entendu cet homme à Paris parler de la mort de Claire Collinet et du message *Ceci n'est pas un suicide* n'était pas un hasard.

De même que l'apparition cette nuit de John Novak dans son rêve sous la forme du Mal en personne.

Il réalisait désormais que tout ce qu'il avait fait depuis la mort de Camille l'avait conduit ici, à la seule bonne solution, la disparition de sa douleur et de ses affreux cauchemars. Au bord du canal en ce matin un peu blême, sur ce banc de bois brun du quai des Péniches, l'ex-enquêteur de la Crim, Alex Berger, savait exactement ce qu'était sa mission.

Il devait trouver John Novak.

Et s'il le trouvait, il devrait pointer son arme de service entre ses deux yeux ébahis et lui tirer enfin une balle dans la tête.

6

Du vivant de Camille, le samedi était le jour où elle s'occupait de ses paperasses administratives et où elle établissait ses notes de frais à l'intention des divers journaux pour lesquels elle travaillait.

Elle se levait généralement de bonne heure et était déjà à la table du séjour, devant son portable, alors qu'il n'était même pas encore sorti de la salle de bains, abruti par le sommeil. Berger se rappela tout à coup de façon très nette qu'elle était souvent là, penchée sur ses notes et ses comptes, avec la lumière matinale qui tombait sur son corps et lui qui se tenait à ses côtés, l'observant une tasse de café à la main, comme une nature morte bercée par le lointain bourdonnement du trafic. En raison du rituel de Camille, le premier jour du week-end avait été longtemps « son » jour à lui, un jour où il errait en ville, entrait dans des librairies ou des musées et faisait des courses pour lui préparer le soir un délicieux petit plat.

Peut-être était-ce à cause de la décision prise ce matin sur le quai des Péniches qu'il faisait ce samedi matin des choses qu'il ne faisait plus depuis deux ans. Il se versa une tasse de café qui, pour une fois, ne lui parut pas si mauvaise. Il rangea l'appartement, prit une douche, se rasa. Une demi-heure plus tard, il sortit et marcha. L'air était si vif et si pur qu'on pouvait l'entendre craquer dans ses pensées.

Assez curieusement, sa décision d'abattre Novak dès qu'il l'aurait trouvé l'apaisait. Cette nuit, il s'était une nouvelle fois ouvertement interrogé sur sa place au sein de l'équipe et en avait conclu que ses jours à la Crim étaient comptés. Mais pas parce qu'il allait abandonner. Partir n'était plus une option après la prise de conscience de ce matin, au contraire : la meilleure – la seule – manière de trouver John Novak et de faire ce qu'il devait faire était de rester dans l'équipe et de se servir des informations qu'ils pouvaient récolter ensemble. Il ne craignait pas les conséquences de son acte : quand il pensait à son propre avenir, il ne voyait littéralement rien, mais il en était ainsi depuis ce fatal vendredi soir. Pour dire vrai, ce qui arriverait ou n'arriverait pas au bout du compte le laissait totalement indifférent.

Ce que Berger craignait par contre, c'était la confrontation avec ses collègues lundi matin. N'allaient-ils pas lire sur son visage comme dans un livre ouvert ? N'allait-il pas se trahir lui-même par l'une ou l'autre remarque ? Il était content d'avoir ces deux jours du week-end pour établir un plan, pour bien réfléchir à la façon dont il allait s'y prendre.

Alors qu'il marchait vers le centre et pensait à la tournure décisive qu'allait prendre sa vie, il était encore plus étonné par le fait que sa décision s'était intégrée sans peine dans sa propre éthique. L'idée même que quelqu'un puisse assassiner l'un de ses semblables avec préméditation lui avait toujours semblé repoussante. Elle l'avait fasciné toute sa carrière, dans la mesure où, dès qu'il avait saisi de quel type d'assassin il s'agissait, il s'était focalisé sur sa psychologie. Il savait depuis longtemps que la grande majorité des malfrats étaient de pauvres types ordinaires qui échouaient à leur grande surprise dans une salle d'interrogatoire, parce qu'ils s'étaient laissé dominer par leurs pulsions. Colère, envie, jalousie. L'ego même. Il faisait de son mieux pour les comprendre et obtenir leurs aveux, et puis c'était à la Justice de jouer. Mais ce petit groupe d'individus qui, de sang-froid, avaient ôté la vie à d'autres, qui avaient planifié leur acte, qui avaient tué un de leur semblables de manière impitoyablement rationnelle, ceux-là captivaient toujours Berger. Comment pouvait-on agir de la sorte ? Quel monstre fallait-il être pour en arriver là ?

Lui, en tout cas, n'était pas un monstre, pensait-il en se baladant ce matin-là sur le marché de la place Sainte-Catherine et en regardant d'un air absent les fleurs et les produits alimentaires exposés. Il n'avait pas du tout l'impression d'en être un. Bien au contraire : la mort imminente de John Novak lui apparaissait plutôt comme un cas de justice immanente. S'il voulait se donner encore une chance, une chance ultime de faire quelque chose du reste de sa vie – ce qui était possible –, s'il voulait arrêter ses cauchemars et surtout sa douleur, cette douleur délétère et affolante qui lui rappelait chaque jour qu'il n'avait pas protégé Camille, qu'il n'avait pas été là à son dernier souffle, il n'avait pas d'autre choix. Il devait faire avec Novak ce qu'il avait déjà voulu faire contre lui-même, dans sa rage aveugle, juste après la mort de Camille. Il aspirait au repos, au sommeil, à la paix de son âme, et tout cela était hors de portée aussi longtemps que John Novak était en vie.

Quand il rentra à la maison dans l'après-midi, il vit Emma Kepler devant la porte de son immeuble.

– J'ai fait du shopping et je me suis retrouvée par hasard dans ton quartier, donc…

Elle suspendit la fin de la phrase.

– Que veux-tu ? demanda Berger.

Cela semblait plutôt grossier mais il n'y pouvait rien. Il n'avait ni l'envie, ni le besoin de voir des gens et surtout pas ses collègues.

– Simplement…

Je l'ai choquée, releva-t-il. Elle essayait de se donner une contenance.

–Je l'ai dit, je passais dans le coin et je voulais simplement voir comment tu allais. Cinq petites minutes, Alex, ce n'est pas la fin du monde, tout de même…

Berger introduisit la clé dans la serrure et la regarda.

– Entre une minute alors.

Dès qu'il eut ouvert la porte de son appartement et que, mal à l'aise, il l'eut précédée dans le living, il dut lutter contre l'envie de se retourner, de prendre Emma par les épaules et de la pousser dehors. Elle était apparue sans crier gare, elle était entrée. Quelqu'un avait pénétré dans son chez lui, et il ressentait ce constat comme une véritable intrusion dans sa vie privée. Le fait qu'il s'agissait d'Emma Kepler, une collègue avec laquelle il avait étroitement collaboré pendant près de douze ans et la seule femme, en dehors de Camille, avec qui il s'était retrouvé dans un lit, le faisait douter. Il réalisa subitement combien il avait changé ces deux dernières années : l'ami et collègue équilibré et assez sociable s'était glissé dans la peau de l'homme qui se trouvait devant l'inspectrice, un mec grossier, contrarié, ne supportant plus la moindre compagnie et visiblement irrité par cette visite impromptue. Était-ce donc cela la conséquence d'une grande perte ? Tous ceux qui perdaient leur amour devenaient-ils des asociaux, des solitaires ? Berger revit tout à coup devant lui la femme qui avait perdu son mari dans l'attentat à l'aéroport de Bruxelles. Après la séance du groupe, un homme était venu la chercher et l'avait câlinée dans la rue et prise par la main. Il savait pertinemment qu'il n'était pas en état de se comporter de la sorte, ni même de permettre à quelqu'un de le toucher. Mais la pensée de cette femme digne qui, malgré sa tristesse, ne se coupait pas du monde suffit à Berger pour inviter Emma Kepler à s'asseoir, non sans quelques remarques maladroites, et même pour lui demander si elle voulait une tasse de thé ou de café.

Le quart d'heure qui suivit, ils firent l'un et l'autre un effort louable pour mener une conversation normale. Kepler était suffisamment intelligente pour ne pas faire allusion à leur passé commun et ne pas le provoquer. Quant à Berger, il commença peu à peu à se dégeler.

– Comment va ta mère ? demanda Emma.

Il haussa les épaules. Ce n'était pas un geste d'indifférence mais d'impuissance.

Quelques mois avant la mort de Camille, Berger avait pris deux jours de congé pour installer sa mère dans une maison de repos. Sa sœur l'avait accompagné. Une nouvelle fois, on lui rappelait par petites touches qui il était…

Depuis, il n'avait été la voir que de loin en loin.

La jeune inspectrice fit comme si elle n'avait pas posé la question et plongea son regard dans sa tasse vide. Comme à l'accoutumée, sa bouche resta entrouverte. En un geste routinier, elle repoussa ses cheveux châtains derrière ses oreilles et s'appuya contre le dossier du fauteuil.

Une ambulance passa dans la rue.

– Tu tiens le coup, Alex ?

Elle avait parlé d'une voix douce mais avec une intonation un peu nerveuse, comme si elle craignait sa réaction.

Elle poursuivit avant qu'il ne puisse répondre.

– Je veux seulement dire… Je pense qu'il est important que tu fasses attention à tes limites, tu vois ce que je veux dire ? Lucas est content que tu sois revenu dans l'équipe, même si c'est temporaire, et nous sommes dans le même état d'esprit naturellement.

Elle se perdit dans ses propres pensées et se tut abruptement.

Alors elle se leva, lissa du plat de la main quelques plis invisibles de sa robe et ajouta :

– Je veux seulement dire que tu dois être prudent. Cette enquête sur Novak… Cela te touche personnellement, comment pourrait-il en être autrement ?

Berger sursauta. Son combat intérieur devait se voir d'une façon ou d'une autre dans ses yeux ou son attitude, car elle se dépêcha d'expliquer :

– Personne ne doute de toi, Alex, vraiment personne. Et moi encore moins. Nous ne te laisserons pas seul. Tu es le meilleur d'entre nous…

Elle eut un petit rire réprimé, un peu gênée par son épanchement. Puis elle se dirigea vers la porte, se retourna et dit doucement : « Nous y arriverons ensemble ».

Une demi-heure après son départ, Berger sortit sa voiture du garage et partit vers l'est.

Pendant un moment, il eut des difficultés à se concentrer sur le trafic. La conversation avec Emma l'avait perturbé et le fait qu'il était incapable de dire à quel moment précis cette sensation s'était imposée à lui le rendait nerveux. S'il voulait vraiment être honnête avec lui-même, il savait fichtrement bien comment c'était venu. Il se rappela quelques vers, il ignorait de qui ils étaient, c'était quelque chose que sa mère récitait parfois quand elle voulait lui faire comprendre qu'il ne pouvait pas recevoir l'une ou l'autre babiole car elle était trop chère : « Entre le rêve et la réalité, il y a la loi et les difficultés pratiques ». La loi était depuis des années son terrain de jeu et la visite d'Emma Kepler lui avait fait comprendre qu'il aurait à surmonter de nombreuses difficultés pratiques.

Le « Campus résidentiel pour personnes âgées dépendantes » se trouvait tout à côté du centre de

Maaseik, une petite ville toute proche de la frontière néerlandaise, et il ne semblait pas aussi effrayant que son nom pouvait le laisser penser.

Quand Berger se gara devant le grand bâtiment tout en longueur et descendit de sa voiture, les muscles raides, il était deux heures de l'après-midi. Il se sentait légèrement nauséeux et il réalisa qu'il n'avait pas encore mangé.

Il dut demander deux fois le chemin de la chambre 84. Alors qu'il avait enfin trouvé le bon couloir et qu'il se dirigeait vers la bonne porte, il fut arrêté par une jeune femme en short bleu clair. Elle sourit quand il déclina son identité. Sa mère devait recevoir ses soins, pouvait-il attendre un petit quart d'heure ?

Berger regarda autour de lui. Il ne voyait aucune chaise dans le couloir.

– L'hôterie est ouverte, dit la jeune femme avec un accent chantant.

– Pardon ?

– C'est ainsi que cela s'appelle, expliqua-t-elle, comme si elle avait dû prononcer cette phrase des centaines de fois.

– La cafétéria, cela vous convient mieux ? Mais vous pouvez aussi y manger un bout. C'est un endroit agréable. L'escalier qui descend, à gauche au fond du couloir. Je viendrai vous chercher quand votre mère sera prête, cela évitera que je me sente surveillée.

L'hôterie était assez vaste, avec de grandes fenêtres donnant sur le jardin. Hormis deux vieilles dames, elle était vide. Derrière le large comptoir, un gros bonhomme lisait sa gazette.

Berger commanda un café, paya et alla s'installer à la table qui faisait face aux vieilles dames. L'une était en chaise roulante, l'autre assise toute droite sur la banquette. Elle semblait regarder dans le vide, vers le jardin.

Elles se connaissent bien, spécula-t-il. Davantage même, à la façon dont elles se comportaient l'une envers l'autre en toute confiance. Il décida qu'elles avaient dû se connaître en dehors du centre de soins et qu'elles étaient des amies, peut-être depuis plusieurs décennies.

La plus âgée devait agripper l'accoudoir de sa chaise roulante de sa main droite osseuse pour éviter de trop trembler. Quand elle parlait, son dentier claquait.

– Quel jour sommes-nous ?

– Samedi, répondit la plus jeune après un moment.

– Ce n'est pas possible. Vraiment ?

– Vraiment.

Un profond soupir, puis : « La kiné vient demain ».

– Non, Denise, dit son amie, la kiné ne vient pas demain. Elle ne vient jamais le dimanche.

Il y avait de l'irritation dans sa voix, ce n'était visiblement pas la première fois qu'elle avait dû lui expliquer.

Berger but son café.

Les dames se turent et la salle fut si silencieuse qu'on entendait l'homme derrière le comptoir tourner les pages de son journal.

– Je ne sais plus à qui j'ai donné mes chaussures, c'est curieux, tu ne trouves pas ? dit tout à coup la plus vieille.

Son amie regarda vers le jardin et resta muette. C'est alors que la porte s'ouvrit et que l'infirmière passa sa tête par l'ouverture, à la recherche de Berger.

Un an auparavant, sa mère avait été contrainte de passer d'une chambre « Supérieure » à une chambre « Confort ».

Depuis le début, la sœur de Berger avait de la peine à payer la moitié des lourdes charges mensuelles de leur mère, mais Camille et lui intervenaient régulièrement sans faire de tapage. Après la mort de Camille, cependant, quand Alex dut également s'imposer des restrictions financières, le beau et vaste studio s'avéra impossible à payer. Sa mère vivait depuis lors dans une des cent vingt chambres identiques de la maison de soins, un espace de cinq mètres sur cinq avec un lit, une table et deux chaises, un fauteuil confortable, une télévision et une penderie intégrée.

Elle était dans son lit quand il entra. Elle fixait le plafond.

Berger tira une chaise et alla s'asseoir près d'elle.

Durant les quatre ou cinq années qui venaient de s'écouler, elle avait sombré peu à peu dans ce monde inhospitalier auquel elle seule avait accès, un monde étrange où elle se mettait tout à coup à chanter des comptines ou à pleurer, à moins qu'elle ne passe des heures à regarder fixement devant elle d'un air égaré, comme ça lui arrivait souvent. La dernière fois que Berger lui avait rendu visite, c'était il y avait plus d'un an et demi. Camille était morte depuis quelques mois, il était alors très mal dans sa peau. Il avait pris une double dose de pilules, mais la douleur était si forte qu'il s'était arrêté en chemin et s'était envoyé trois bières avant de pouvoir reprendre la route jusqu'à la maison de repos.

Pendant plus d'une demi-heure, ils étaient restés face à face sans dire un mot, deux épaves, l'une usée par la vieillesse, l'autre par le chagrin, et Berger avait réalisé à un certain moment qu'il ne pouvait pas remonter le temps, y compris pour sa maman : sa vie telle qu'il la connaissait depuis ses douze ans s'était arrêtée et sa propre mère ne le savait pas, ne s'en rendait pas compte, ne pouvait plus consoler son fils de sa perte.

Il s'était alors levé et avait quitté la pièce.

– Hier, elle était beaucoup plus lucide, dit la jeune infirmière. Aujourd'hui, je crains qu'elle soit moins active, mais je suis certaine qu'elle est très contente de vous voir, croyez-moi.

Berger examina la chambre. À part quelques photos jaunies et une vieille robe de chambre dont il lui avait fait cadeau, rien de personnel n'était visible. Depuis le début, la direction avait clairement fait comprendre qu'il n'était pas question que sa mère aménage elle-même sa chambre, c'est-à-dire qu'elle y mette ses propres meubles. Depuis, elle passait ses journées entre ces murs et faisait la navette entre son lit et son fauteuil avec l'aide d'une infirmière. Telle est la vie de ma mère, pensa Berger tout en regardant son visage creusé aux yeux clos : un long et pénible voyage vers toujours moins, toujours plus petit, toujours plus aride. La première moitié de sa vie d'adulte passée dans la cité-jardin près de la mine de charbon avec un espace verdoyant et ouvert, puis un transfert au troisième étage d'un immeuble bruxellois, contrainte et forcée, à cause des sous, et pour la dernière phase de sa vie, condamnée à vivre dans une chambre impersonnelle de vingt-cinq mètres carrés, à peine plus grande que la cellule de Novak.

Quand elle fera son tout dernier voyage et que nous rassemblerons ce qu'elle possède, pensa Berger les larmes aux yeux, un simple sac en plastique suffira.

Les yeux de sa mère étaient ouverts, mais elle ne le regardait pas. Elle préférait fixer le plafond tout en fredonnant doucement une mélodie inconnue. Si elle s'arrêtait, elle recommençait quelques secondes plus tard, toujours le même air.

– Bonjour maman, dit-il.

Elle continua à fixer le plafond.

Berger ne savait pas du tout pourquoi il était venu ici en ce jour précis. Peut-être était-ce la question d'Emma qui avait libéré quelque chose en lui. Peut-être était-ce simplement dû au fait que ce matin, pour la première fois depuis longtemps, il s'était senti un peu mieux et avait même marché jusqu'à la place Sainte-Catherine, comme il le faisait toujours le samedi dans sa vie d'avant. Une autre pensée l'avait turlupiné durant le long trajet depuis Bruxelles : le fait qu'après sa résolution sur le banc du quai des Péniches, il cherchait d'une certaine manière l'approbation de sa mère. Approbation n'était pas le mot exact, elle ne pourrait jamais être d'accord avec ce qu'il projetait de faire. Un peu de compréhension peut-être. Une forme d'absolution.

Mais quand elle détacha finalement ses yeux du plafond et regarda dans sa direction, Berger comprit avec une pointe de douleur que la maigre femme aux cheveux gris et raides qui le regardait était au-delà de toute forme d'absolution. Le regard qu'elle lui offrait était celui d'une étrangère absolue. Aucune reconnaissance dans ses yeux gris bleu, ni pour le monde qui l'entourait, ni pour son seul fils qui était là pour elle et qui, quelques secondes plus tard, s'enfuit de la chambre, la tête dans les épaules.

Quand, de retour à Bruxelles, il rentra sa voiture dans le garage et se dirigea vers son appartement, il était presque cinq heures. Il faisait froid et particulièrement sombre.

Berger ne se souvenait pas du retour : pendant plus de deux heures, il s'était tenu derrière le volant comme un robot, et il avait conduit en pilotage automatique. Il avait serré les dents tellement fort qu'il en avait mal à la mâchoire.

Arrivé chez lui, il alluma un minimum de lumière et attrapa un cubi de vin et un verre pour s'effondrer sur sa chaise près de la fenêtre.

C'est alors qu'il se mit à trembler de façon incontrôlée, de tout son corps.

Au cours de la soirée, quand le cubi fut bien allégé et que ses mains eurent cessé de trembler, entre deux gorgées, Berger contempla d'un air absent les contours sombres des bâtiments dans le lointain.

Une demi-heure plus tôt, il avait songé à une conversation avec Camille et cette pensée ne le lâchait plus : des années auparavant, sur une terrasse de Paris, ils avaient eu un entretien animé sur l'amour, et plus précisément sur la question de savoir si l'amour était quelque chose que l'on donnait, avant de le recevoir.

Camille n'avait pas pris directement position, ce qui ne l'avait pas empêchée de discuter avec passion, comme la pure Parisienne qu'elle était. De son côté, Berger était depuis toujours convaincu que l'amour était quelque chose qu'on donnait, pas qu'on prenait. L'amour était dirigé vers l'extérieur et, selon lui, on ne pouvait s'aimer soi-même qu'en ayant de l'amour sincère pour quelqu'un d'autre. Si on recevait soi-même de l'amour, argumenta-t-il avec verve cet après-midi-là, si on recevait une quantité d'amour comparable à celle qu'il avait reçue d'elle sous toutes les formes en trente ans – mais cette dernière réflexion, il ne l'avait pas faite –, alors on savait que c'était lié à cette autre personne. Ce que tu étais pour lui ou pour elle, ce que tu représentais pour cette personne. L'amour était un cadeau, avait-il encore ajouté, c'était absolument certain. Camille avait seulement ri en mordillant la pointe de sa langue, ce qu'elle faisait toujours quand elle était joyeuse et détendue, et elle avait fait signe au serveur.

Mais qu'en est-il de mon côté désormais, pensait Berger en avalant une énième gorgée de son vin et en laissant tomber sa tête en arrière. Que reste-t-il d'exact dans cette histoire maintenant que Camille n'est plus là ? Si sa vie tournait autour de sa relation avec l'autre, comme il l'avait toujours cru, où en était-il lui-même aujourd'hui ?

Il avait entre-temps appris que le deuil est une forme très spécifique d'amour. L'autre n'étant plus à tes côtés, tu ne reçois plus aucun feedback sur ce que tu as fait ou pensé, de sorte que ce deuil a aussi quelque chose de désespéré. Comment pourrait-il cesser d'aimer Camille ? C'était une pensée absurde. Mais c'était précisément cet amour sans limites qui lui faisait tous les jours tellement mal qu'il ne parvenait pas à mener une vie normale.

Son téléphone vibra.

Contre ses habitudes, il décrocha.

– Alex ? Prieux ici. Je te dérange ?

Berger respira profondément, essayant de se concentrer.

– Non. Non, tu ne me déranges pas. Quelque chose de neuf ?

– Non, au contraire. Prieux grommela des mots inintelligibles, alluma une cigarette. Un moment, je dois régler quelque chose…

Berger éloigna le téléphone de son oreille pour voir l'heure : 22 h 08.

– Me revoilà, dit le commissaire. Je suis à l'angle de la rue Norvins et de la place du Tertre, cela te dit quelque chose ?

Montmartre, pensa Berger. Les pavés, les peintres ambulants, les brasseries, les platanes… La vue sur le Sacré-Cœur. Le Paris des prospectus.

– Tu me téléphones un samedi soir pour tailler une bavette touristique ?

Prieux ricana.

– Je ne te téléphonerais jamais pour une bavette touristique, plutôt mourir.

Alain Prieux avait une haine ardente et inexpliquée envers les touristes, se rappela Berger. Ils en avaient bien ri le soir où ils avaient fait connaissance : vivre dans l'une des plus belles villes du monde, aimer sa ville du fond du cœur et ne pas supporter de voir des touristes s'y promener. Mais c'est précisément parce que c'est ma ville que je suis comme ça !, avait argumenté Prieux.

Berger l'entendit tirer sur sa cigarette.

– Tu es la seule personne que je connaisse qui fume des cigarettes au menthol, dit-il.

Pour une raison qui lui échappait, il était content de parler avec Prieux. Il ne saisissait pas pourquoi il avait décroché le téléphone et encore moins pourquoi cela lui faisait plaisir d'avoir le commissaire au bout du fil, mais c'était ainsi.

– Il y a une chose que je déteste encore plus que les touristes, c'est de parler de mes pratiques de fumeur, dit sèchement Prieux.

– Pourquoi me téléphones-tu, Alain ?

– Je suis à deux pas d'un restaurant où nous avons arrêté un certain Abdelkader Bouhlal il y a un quart d'heure. Ce nom ne te dit certainement rien, mais ce n'est pas grave. C'est une des petites mains de Marco Altieri. Le chef des petites mains, disons plutôt.

– Ah ?

– Nous n'avons aucune trace d'Altieri et de Novak depuis leur évasion, mais Bouhlal va peut-être nous faire avancer. Il a la confiance d'Altieri.

– Est-ce qu'il a du plomb dans la cervelle ?

– Disons que lorsque les neurones ont été

distribués, il n'était pas au premier rang, mais ce n'est pas non plus une buse.

– Alors il ne parlera pas, répondit Berger.

Prieux toussa. On entendit des bribes de musique et une porte qui se fermait brutalement.

– On verra bien, dit Prieux d'un ton bourru. Dis à Leroux que je lui enverrai une copie du rapport. À tout bientôt !

Berger déposa son téléphone sur le plancher et but une gorgée raisonnable de son verre. Puis il se leva subitement, mit sa veste et sortit.

Altieri s'est chargé de John Novak, songea Berger dès qu'il se retrouva dehors dans le froid et qu'il se mit à marcher de façon impulsive vers le nord, le long du canal. Il ne l'a pas seulement entraîné dans son évasion, il l'a également aidé en lui fournissant des tuyaux. Et Novak les a utilisés pour tuer Cécile Meurisse à Bruxelles, puis Claire Collinet à Paris, l'une avec davantage de violence que l'autre. Cela signifierait-il qu'ils se trouvent encore dans leurs coins respectifs ? Dans ce cas, devait-il aller le chercher à Marseille ?

Comme il marchait le long des immeubles de bureaux un peu tape-à-l'œil de l'avenue du Port, la figure impressionnante de John Novak envahit son esprit pour la énième fois.

Berger le voyait dans sa cellule, la nuit, un grand type avec une casquette de base-ball vissée sur la tête, cognant les murs jusqu'à s'écorcher les mains. Il le voyait noyer une femme dans son bain dans un appartement du quai de Valmy et, dans une maison de Bruxelles, donner un coup de poing à une vieille dame frêle, puis un autre, jusqu'à ce que le sang jaillisse de son nez et qu'elle ne puisse ouvrir son œil droit qu'avec peine, avant de la noyer froidement dans son évier.

Et je suis resté à Bruxelles pour ce couillon, pensa Berger. Pour cet être bestial, j'ai laissé ma femme seule à Paris, à la merci d'autres animaux.

Il regarda autour de lui et remarqua aux bâtiments qu'il était déjà loin du quartier rénové à grand frais sur les quais, près du port. Des maisons étroites, des magasins minables, des zones inoccupées… Une porte de garage avec un panneau peint portant le mot « Mosquée » suivi de quelques mots en arabe. Rue de Ribaucourt, lut Berger, et il se souvint du nom sans savoir pourquoi. Il n'avait jamais mis les pieds dans cette rue, mais le nom lui disait quelque chose. Qui connaissait-il ici ? Daniel ! se rappela-t-il tout à coup, l'homme au chien du refuge des sans-abris. Il dormait régulièrement dans un squat de la rue de Ribaucourt, il le lui avait dit à plusieurs reprises. Et il avait plus d'une fois invité Berger à venir le voir.

Il ne lui fallut pas longtemps pour trouver le bâtiment, un ancien centre administratif abandonné depuis des années. La grande porte d'entrée décrépite était fermée mais, sur le côté droit du bâtiment, une porte était entrouverte. Berger l'ouvrit complètement. Il ne vit qu'une grande tache noire. Sa première impulsion fut de renoncer, mais ses yeux s'étant habitués à l'obscurité, il remarqua un couloir d'une vingtaine de mètres qui débouchait sur une cour intérieure ou quelque chose du genre. Une faible lumière était d'ailleurs visible, pas une lumière constante, mais des petites lueurs et des rayures jaunes et oranges qui dansaient sur les parois sombres, comme si quelqu'un faisait du feu.

Il s'avança d'un pas hésitant dans le couloir obscur. C'était effectivement une cour et il y avait effectivement un feu, un assez grand feu circulaire même, de l'autre côté de la cour, et les hautes flammes jetaient des ombres fantomatiques sur les murs élevés des bâtiments alentour. Six personnes étaient assises autour du feu, dont deux se dressèrent et s'enfuirent à toutes jambes quand ils virent arriver Berger.

Il ne voyait pas leurs visages, de même qu'ils ne voyaient pas le sien.

– Mon nom est Alex Berger, cria-t-il. Je cherche Daniel.

– Mais Daniel te cherche-t-il ? lança quelqu'un. Une femme ou un jeune gars, Berger ne pouvait pas le dire.

– Car c'est évidemment la question, pas vrai ?

– C'est bon, Silke, dit une voix plus près de Berger.

Daniel et son chien Kairos s'approchèrent du feu. L'homme se laissa tomber sur un vieux fauteuil et, dans le même mouvement, son chien se coucha sur le ventre devant lui, sa tête méfiante tournée vers Berger.

– Quelle bonne surprise, dit Daniel. Il tenait une bouteille de vin à la main. Approche-toi, il fait plus chaud ici !

Le vin n'était pas des meilleurs et son arrière-goût prononcé provoquait chez Berger des renvois un peu aigres, mais il en reprit malgré tout chaque fois que le vieux vagabond brandissait la bouteille dans sa direction. Il ne savait pas combien de personnes vivaient de façon temporaire ou permanente dans ce squat, mais elles devaient être nombreuses, car il voyait tout le temps surgir près du feu de nouveaux visages qui le regardaient avec un mélange d'étonnement et de défiance avant de disparaître dans l'obscurité.

– Ils sont inquiets, dit Daniel. La semaine passée, il y a eu une descente. On est encore tous sous le coup de la peur…

– La police ?

Le vieil homme secoua la tête.

– Non, pas du tout, on aurait préféré. La police vient ici tous les deux mois, mais ce sont des flics raisonnables. Si tu n'as pas pu te cacher à temps, ils te demandent tes papiers. Puis ils te disent assez poliment que tu vis illégalement dans ce bâtiment et te prient de quitter le squat le plus vite possible. Et ensuite, ils rentrent chez eux.

– Et cette descente alors ?

– C'étaient des skinheads. Ou des néo-nazis ou je ne sais quelle engeance. Ceux-là viennent pour mettre le souk, dit Daniel. Ils déboulent en gueulant et démolissent tout ce qu'ils trouvent. C'était le cas la semaine passée. Ils ont donné un coup de boule à une jeune nana, son nez est cassé. Et ils sont partis en se marrant…

Il caressa d'un air absent la grosse tête de son berger, puis soupira. Les flammes jetaient de curieuses taches de couleur sur sa barbe broussailleuse et ses longs cheveux blancs.

– Et quel voyage t'amène ici ? Berger fixa le feu.

– Le hasard. Je marchais et je suis passé par ici.

– C'est beau.

Une voix de femme cria quelque part :

« ¡ Vamos, cabron ! » et juste après, on entendit un rire contenu.

– Je n'ai jamais trouvé l'occasion de te le dire, dit Daniel tout en évitant délibérément de regarder Berger, mais ta femme était quelqu'un de bien. Je connais la plupart des visiteurs réguliers du centre et y en a pas un qui ne pense pas la même chose.

– Merci, marmonna Berger.

Il savait que le vieil homme, comme tous ceux du refuge, connaissait les circonstances de la mort de Camille. Ils savaient qu'elle avait péri dans les attentats de Paris, mais aucun d'entre eux n'avait osé lui en parler par la suite. Personne, sauf un vieux Marocain qui n'était pas un vrai vagabond, mais qui venait de loin en loin pour un bol de soupe. Peu après les attentats, l'homme l'avait croisé à l'entrée du centre et il avait posé sa main sur l'avant-bras de Berger. Dans un réflexe, Berger avait voulu s'écarter, et c'est alors qu'il avait vu que le vieil homme pleurait. Il marmonnait toujours le même mot : « smekhli, smekhli » alors que ses larmes suivaient de curieux méandres entre les poils raides de sa barbe de deux jours. Après son départ, Berger apprit que « smekhli » veut dire « Pardon, je suis désolé » en marocain.

– Je n'y arrive pas, dit-il. Elle est morte il y a déjà deux ans et je n'y arrive toujours pas.

Daniel tisonnait le feu avec un long bâton.

– C'est parce que tu n'as pas pu lui dire adieu, répondit-il avec douceur.

Berger opina d'un air étonné.

– Exactement. C'est exactement ça, elle a disparu de ma vie d'une seconde à l'autre et j'ai… Il respira profondément.

C'est absurde mais je continue à me demander ce qu'elle voulait me dire.

Le vieux le regarda d'un air interrogateur.

– Elle m'a téléphoné juste avant sa mort, murmura-t-il. Elle voulait me dire quelque chose. Elle ne savait évidemment pas que ce serait son dernier coup de fil, mais pourtant…

Daniel but une solide gorgée de la bouteille.

– Juste avant de sortir de ce café de Paris, elle m'a appelé, mais elle n'a pas laissé de message. Il butait presque sur ses mots. Que voulait-elle me dire ? Qu'elle était inquiète ?

Peut-être avait-elle peur, peut-être sentait-elle le malheur d'une manière ou d'une autre, peut-être savait-elle qu'elle était en danger et que je ne pouvais pas la protéger…

Une seconde plus tard, Berger commença à hyperventiler. Il inspira des dizaines de fois à un rythme trop élevé, comme si sa gorge se fermait et qu'il ne pouvait inspirer qu'une trop faible quantité d'air. Des gouttes de sueur perlaient sur son front. La tête lui tourna si fort qu'il dut chercher des deux mains un appui sur le sol.

La crise disparut aussi vite qu'elle était venue.

La seule chose que fit le vieil homme fut de fourrer la bouteille dans les mains de Berger et de le forcer quasiment à boire une grande gorgée.

Puis il caressa la tête du berger d'un air songeur.

– T'ai-je jamais dit pourquoi mon chien s'appelle Kairos ?

– Non, dit Berger d'une voix un peu rauque.

– Kairos est le nom d'un dieu, mais il n'y a pas beaucoup de gens qui le connaissent. C'est le dieu de la chance, du moment opportun. C'est le dieu du temps qui passe, de la rupture entre l'avant et l'après.

Berger se rappela que l'homme avait été toute sa vie professeur de langues anciennes avant de tout laisser tomber et de devenir un vagabond.

– C'est un peu plus compliqué que ça, mais je vais essayer de l'expliquer un peu mieux. Pour toi, OK ?

– OK.

– Kairos est aussi un dieu qui ne se montre que de temps à autre et toujours de la façon dont il est représenté : chauve, à une étonnante mèche près, se penchant toujours vers l'avant, vers la balance qui doit déterminer la juste mesure.

– Quelle mesure ?

– Peu importe, dit Daniel un peu irrité. C'est de la mythologie, OK ? Ce qui compte, c'est que celui qui voit apparaître Kairos doit saisir instantanément sa mèche avant qu'il ne soit trop tard.

Berger réfléchit.

– Si tu tardes trop, poursuivit Berger, alors tes mains glissent sur son crâne chauve et tu as perdu ta chance d'avoir une vision édifiante. Ou, si tu veux le voir autrement, tu as compromis ton ultime chance de changer le cours de ta vie.

Berger voulut boire une gorgée, mais la bouteille était vide. Il la posa délicatement dans l'herbe à côté de lui.

– Il existe quelque chose comme le « moment kairotique », dit Daniel. Le moment où tout est là pour avoir la vision précise de quelque chose ou voir la vérité. Pour prendre une décision. Si tu ne saisis pas immédiatement ce moment, ta chance est perdue, ça ne marchera pas.

Il y eut un silence et Berger attendit longtemps avant de le rompre.

– Et alors ? demanda-t-il.

Daniel haussa les épaules.

– Alors rien. Alors tu continues à patauger, comme tout le monde.

Cette nuit-là, Berger fit un cauchemar légèrement différent. Quand il se réveilla au milieu de la nuit, la Camille adulte était assise ensanglantée sur sa poitrine, comme les fois précédentes, mais elle ne disait rien et ne lui reprochait rien non plus. Elle se contentait de le regarder. Son regard semblait apaisé.

Berger sentit une nouvelle fois que ses muscles ne répondaient pas. Sa tête était elle aussi paralysée, mais il pouvait parler.

– Es-tu satisfaite de ma décision ? chuchota-t-il. À propos de Novak ?

Elle pencha un court moment la tête vers la gauche, comme si elle voulait mieux le voir.

– Je vais t'apporter la paix, chuchota Berger. Je vais enfin t'apporter la paix, Camille mon amour, et à moi-même aussi.

Elle sourit un instant.

Quand il se réveilla, il était presque une heure et demie du matin. Berger parvint à s'extraire de son lit en gémissant et se traîna jusqu'à la cuisine.

Alors qu'il buvait goulûment un verre d'eau, il vit sur l'évier une bouteille de vin blanc à moitié vide. Il ne se rappelait pas l'avoir ouverte. Il hésita un moment, puis la mit dans le réfrigérateur.

Ensuite, il alla dans le séjour et s'étendit de tout son long sur le canapé.

Je dois me concentrer sur les priorités, songea-t-il.

Et tout bien considéré, elles ne sont pas si nombreuses, et en outre, elles sont limpides. Primo, je ne dois plus avoir de doutes en ce qui concerne Novak. Le vieux Daniel me l'a signifié clairement ce soir. C'est ça ou patauger le reste de ma vie, et je ne veux pas de cette dernière option. Il faut que cela se fasse et je dois le faire moi-même, plus le moindre doute à ce sujet.

Secundo, songea-t-il en changeant de position, pour trouver Novak, je dois en savoir bien davantage sur Magritte. Cette simple vérité s'impose maintenant à moi en permanence, je ne l'avais pas vue, ou je n'en avais pas pris conscience : la phrase *Ceci n'est pas un suicide* est la seule chose que nous ayons pour le moment. Tout le monde a immédiatement compris qu'elle n'avait pas été laissée par hasard lors des deux meurtres, mais cela s'est arrêté là. Après avoir enregistré ce fait, nous l'avons laissé de côté, car il ne colle pas avec l'image du semi-analphabète. Mais c'est précisément pour cette raison qu'il est significatif. Magritte est la clé.

Une fois de plus, Berger réalisa qu'il ne savait pas grand-chose de l'homme dont tant d'œuvres ont rejoint la mémoire collective, connues même de ceux qui ne s'intéressent pas à l'art. Ses images étaient universellement répandues et, devant ces hommes étranges, sans visage mais coiffés d'un chapeau melon, et ces pommes flottantes, chacun pouvait imaginer ce qu'il voulait, mais que savait-il réellement, lui Berger, de cet artiste ? Quasiment rien. Et il songea à autre chose : quel rôle jouait Paris ? Existait-il un lien entre la ville et le peintre ?

Avant même de s'en rendre compte, il avait ramassé son téléphone et faisait défiler les coordonnées des membres de l'équipe.

– Allo, oui, dit l'inspecteur Derijcke.

Ce n'est qu'alors que Berger réalisa qu'il était deux heures du matin.

– Euh, désolé, Paul. C'est Alex Berger. Je... J'étais perdu dans mes pensées, j'en ai oublié qu'il est...

– Pas de problème, répondit Derijcke. Ce sont des nuits où je ne dors pas.

– Tiens, pourquoi ?

– La pleine lune, évidemment.

Berger examina le ciel par la fenêtre du living. Et il vit en effet la lune se détacher sur le ciel, une immense boule jaune pâle.

– Que fais-tu alors ?

– Rien, dit Derijcke. Il n'avait pas l'air de trouver que c'était grave. Je lis un peu et je regarde dehors. J'essaie bien de dormir, tu vois, mais la lune me réveille chaque fois, même avec les rideaux fermés. Il se gratta la gorge. Pourquoi appelais-tu ?

– Magritte avait-il des liens avec Paris ?

Si l'inspecteur trouva la question étrange à cette heure de la nuit, il n'en laissa rien paraître.

– Lui-même, tu veux dire ? Ou dans son œuvre ?

– L'homme.

– Il y a vécu quelques années. Enfin, près de Paris, en tout cas. Ce devait être à la fin des années vingt, je ne sais pas exactement. C'est important ?

Berger soupira. Il se sentait tout à coup épuisé.

– Je ne sais pas, Paul… Non, je ne pense pas, laisse tomber. Désolé pour le dérangement.

– As-tu déjà été sur sa tombe ? Au cimetière de Schaerbeek ? demanda tout à coup Derijcke.

– Non. Pourquoi ?

– Je veux y aller tranquillement avec toi tout à l'heure… Je pourrai alors t'en dire plus sur son œuvre.

Berger n'y comprenait plus rien.

– Comment ça, tout à l'heure ?

– Demain, dimanche matin. Mais comme il est passé deux heures, on peut dire « tout à l'heure » me semble-t-il...

– Ah ! Berger hésita, il voulait des informations mais il souhaitait aussi être seul, surtout le dimanche.

Avant, c'était le jour où ils faisaient des choses ensemble et où ils pensaient à tout, sauf au boulot.

– Ce serait bien. Merci, Paul.

– Avec plaisir, dit Derijcke. Vers 10 heures ? Je viendrai te chercher.

– OK, dit Berger.

À son grand étonnement, il se sentit tout à coup très fatigué. Cinq minutes plus tard, il ronflait sur le canapé.

7

Derijcke gara sa vénérable Toyota à deux pas de l'entrée du cimetière.

C'était une superbe matinée d'un bleu lumineux avec une lumière d'automne si pure qu'on en avait mal aux yeux. Le trafic était fluide. L'inspecteur avait conduit sa « vieille guimbarde » – comme il appelait sa voiture – à une vitesse mesurée en passant devant le Palais royal et le parc du Cinquantenaire et, durant le trajet, il n'avait prononcé que les phrases indispensables, ce dont Berger lui était reconnaissant.

Ils se trouvaient dans une rue paisible derrière les anciens bâtiments de l'OTAN. À gauche et à droite du portail ouvert se succédaient des petits immeubles des années soixante, tous identiques. Au milieu, derrière l'entrée, flottaient les drapeaux belge et européen. Beaucoup d'asphalte, beaucoup de parterres de fleurs, beaucoup d'espace. Cela faisait penser à l'entrée d'un domaine militaire.

– Le cimetière de Schaerbeek, dit Derijcke en indiquant l'entrée.

– Mais ne sommes-nous pas à Evere ?

L'inspecteur opina d'un air amusé.

– Et ce n'est que le début. Bienvenue dans le monde du surréalisme, Alex. Je te le dis : Magritte ne pouvait naître nulle part ailleurs qu'à Bruxelles. Tu viens ?

La tombe de René Magritte et de sa femme Georgette était l'une des rares à être ornée de fleurs fraîches. La pierre tombale du couple se limitait à une simple dalle de granit portant leurs noms et leurs années de naissance et de décès.

À part quelques moineaux qui pépiaient et le bruit lointain d'une voiture, tout était très calme.

Berger regarda autour de lui. À trois rangées d'eux, devant une tombe, deux vieux époux, plongés dans leurs pensées, se tenaient par le bras. Un peu plus loin, une femme marchait, une main dans celle de son enfant, un bouquet de fleurs dans l'autre.

– À vrai dire, je ne sais pas du tout pourquoi j'ai voulu venir ici, dit tout à coup Berger.

Derijcke le regarda de biais un moment mais ne réagit pas.

– Répète-moi ce que tu as dit l'autre jour au bureau sur la mère de Magritte, demanda Berger. Pourquoi était-ce si important encore ?

– Sa mère s'est suicidée quand il avait treize ans. Elle s'est noyée en se jetant dans la Sambre. Quand on l'a sortie de l'eau, sa chemise de nuit recouvrait son visage. L'inspecteur écarta précautionneusement du pied des petits cailloux du sentier. Personne ne sait si elle l'a fait volontairement ou non, le courant pourrait en avoir été responsable. Mais en tout cas, cette vision a influencé Magritte. C'est la raison pour laquelle on voit tant de têtes de femmes complètement voilées dans ses peintures.

– Je comprends, dit Berger. Il se souvenait. On s'en va ?

Quand ils furent près de la sortie, il demanda :

– Pourquoi disais-tu tout à l'heure qu'il n'aurait pas pu naître dans un autre endroit ?

Derijcke esquissa un sourire.

– Accrochons-nous, car c'est du surréalisme pour initiés ! La tombe de Magritte se trouve dans le cimetière de Schaerbeek, mais celui-ci ne se trouve pas dans cette commune. Il est en partie sur Evere et en partie sur Woluwe-Saint-Étienne, un ancien village rattaché à Zaventem. Et Zaventem n'est pas à Bruxelles, mais en Région flamande.
En fait, le cimetière jouxte celui d'Evere et aussi celui de la Ville de Bruxelles, qui est donc sur le territoire d'Evere.

– Ah bon, dit Berger.

Derijcke habitait un quatrième étage dans le quartier de la Porte de Hal. Il déposa Berger à sa demande dans le centre, au Mont des Arts. De là, dix minutes de marche suffisaient pour rejoindre *La Fleur en papier doré*.

Berger s'était réveillé ce matin une heure avant son rendez-vous avec Derijcke, remarquablement frais et dispos, ce qui ne lui était plus arrivé depuis si longtemps qu'il ne se souvenait plus de la dernière fois. La tasse de café qu'il avait préparée dans son élan d'optimisme s'avéra un peu téméraire et elle resta intacte, mais sous la douche Berger avait été suffisamment alerte pour se souvenir de quelqu'un qui en savait beaucoup sur René Magritte : Laurent Mathot, un prof de l'Institut Saint-Luc de Bruxelles.

Mathot était une de ses vieilles connaissances et même un ami au sens large, mais Berger et lui s'étaient perdus de vue depuis la mort de Camille. Il avait en fait rompu les ponts avec tout le monde et avec Mathot d'une façon plutôt abrupte.

Heureusement, l'homme n'était pas rancunier.

– Magritte ? Tu veux en savoir davantage sur Magritte ? avait-il demandé après l'échange de politesses. Parlons-en cet après-midi à *la Fleur en papier doré*, c'est le seul endroit qui convienne.

Ce bistrot était l'un des plus anciens et des plus authentiques de Bruxelles, un lieu fréquenté depuis toujours par de nombreux artistes et écrivains, mais il était surtout connu comme le lieu où le surréalisme avait pour ainsi dire été inventé. René Magritte y venait régulièrement et il n'était pas le seul. C'était un endroit chaleureux aux murs patinés, avec un intérieur constitué d'un mélange hétéroclite d'objets anciens, de slogans surréalistes et surtout de peintures qui pendaient de guingois, cadre contre cadre.

Mathot était déjà installé à une petite table et il fit signe à Berger. C'était un homme corpulent, affable, avec de belles moustaches, qui portait habituellement un nœud papillon. Aujourd'hui, il était bordeaux avec une fine rayure blanche.

– Que bois-tu ?

Berger jeta un regard rapide sur la carte des bières qui était bien fournie.

– Une Omer, avec plaisir.

Ils parlèrent un moment du lieu et d'une connaissance commune qui avait émigré définitivement en Norvège. Mais durant tout ce temps, Berger sentit que Mathot évitait avec une certaine anxiété d'évoquer Camille ou les événements. Il vit aussi le soulagement sur son visage quand il amena assez vite la conversation vers Magritte.

– Oui, un homme fascinant, commença Mathot d'un ton énergique. Il essuya un peu de mousse sur ses moustaches.

Pas en raison de sa vie, tu vois, mais de son œuvre.

– Pourquoi dis-tu cela ?

– De sa vie, tu veux dire ?

Berger acquiesça.

– Parce que c'est probablement l'artiste le plus bourgeois que je connaisse, dit Mathot. Le plus discret aussi. Ses peintures sont extraordinaires, mais sa vie était très… banale, pour le dire gentiment. Il vivait avec sa femme Georgette dans un quartier paisible de Schaerbeek, travaillait tous les jours et sortait le chien tous les soirs dans le parc Josaphat. C'est tout.

À la table à côté d'eux, on servait le déjeuner. Berger se rappela qu'une fois de plus, il avait oublié de manger le matin.

Mathot avait suivi son regard.

– Si tu as faim, on peut commander quelque chose, dit-il avec espoir.

– Tout à l'heure peut-être. Berger avala une gorgée de son verre. Désolé, continue.

– En fait, il n'avait aucun hobby, se contentant de sortir de temps à autre boire un verre dans un bistrot comme celui-ci, et il était toujours habillé comme le bourgeois que tu vois dans ses peintures, tu sais bien : costume, chemise et cravate. Pour le reste… Mathot réfléchit, puis secoua la tête d'un air amusé. Tu sais, il n'avait même pas d'atelier ou quoi que ce soit. C'est le plus grand artiste belge du siècle dernier, pour moi en tout cas, et l'homme n'avait même pas son propre atelier. Il peignait dans son salon ou à la table de la cuisine. Quand le repas était prêt, la peinture devait disparaître, tout simplement.

Berger opina.

– C'est le grand paradoxe, si tu veux. Il vivait de façon on ne peut plus bourgeoise et discrète, tout à l'opposé de son art : si audacieux pour son époque, si imaginatif.

Pendant les dix minutes suivantes, Mathot s'étendit sur les peintures et la superbe technique de Magritte, mais Berger était ailleurs, il était plongé dans ses pensées. Avec John Novak pour être précis, et cet autre paradoxe, encore plus incroyable aux yeux de Berger que celui de Magritte : comment un criminel de second rang, quasi illettré qui plus est, pouvait s'en prendre à deux femmes sans défense et laisser chez chacune d'elles une allusion au grand surréaliste.

Il réalisa trop tard que Mathot avait arrêté de parler et l'observait depuis un moment.

– Désolé, soupira Berger. Je dors assez mal ces derniers temps, je suis un peu fatigué.

Mathot opina d'un air compréhensif et fit un signe au garçon pour renouveler leurs consommations.

– Tu ne m'as toujours pas dit pourquoi tu veux savoir tout cela. Il étendit les mains dans un geste amical. Tu ne m'as jamais donné l'impression d'avoir un grand intérêt pour l'art.

– Oui, c'est vrai.

Mathot sentit qu'il n'y aurait pas d'autre explication et il en rougit. Il essaya de réagir timidement, mais il ne put cacher qu'il se sentait vexé.

– En tout cas, nous nous sommes enfin revus, c'est déjà ça.

Berger le dévisagea.

– Je regrette, Laurent. Il soupira, se pencha vers lui afin que les gens de la table voisine ne puissent pas entendre. Un homme s'est évadé de la prison de Saint-Gilles. Un gars qui ne sait rien de l'art, qui n'a presque pas fait d'études. Tout de suite après son évasion, il a assassiné deux femmes et il a chaque fois laissé un petit mot qui se réfère à la peinture à la pipe.

– Ceci n'est pas une pipe ? C'est cela qui figure sur ces petits mots ?

– Une variante, chuchota Berger. Mais copiée sur Magritte de façon très reconnaissable. Même les caractères sont quasi identiques.

Mathot hocha la tête et réfléchit.

– Et il a séjourné à Saint-Gilles, dis-tu ?

– Oui.

– Dans ce cas, j'ai peut-être quelque chose pour toi. Je connais un travailleur social qui fait de la formation là-bas.

Il organise toutes sortes de cours pour détenus, notamment de peinture.

Berger voulut l'interrompre, mais Mathot leva la main pour l'en empêcher.

– Je ne lui ai plus parlé depuis tout un temps, mais je suis sûr qu'il y a un an, il avait un projet qui prévoyait que les prisonniers puissent copier une œuvre de Magritte. Enfin, barbouiller leur propre version, je veux dire.

Berger avait toute son attention.

– L'œuvre s'intitulait *Le Fils de l'homme*. Je m'en souviens surtout parce qu'il m'avait demandé de lui expliquer le contexte de cette toile.

– De quoi a-t-elle l'air ?

Mathot saisit son smartphone et après une brève recherche lui montra une reproduction. Un homme en costume et cravate avec un chapeau melon était au centre d'un paysage marin. Son visage était caché par une pomme flottant dans les airs.

– C'est une œuvre très connue, tu sais, dit Mathot.

– Comment s'appelle cet homme ? Ce formateur…

– Serge Vallaert. Je te donne son numéro de téléphone.

Berger le nota sur un carton de bière qu'il glissa dans la poche de sa veste.

– Merci, Laurent.

Mathot hocha la tête, soulagé. L'atmosphère s'était allégée.

– Tu sais, je pourrais parler de Magritte des journées entières, dit-il avec enthousiasme. Pour moi, cet homme n'était pas seulement un grand peintre, mais aussi un véritable philosophe.

Berger ne réagit pas, mais Mathot était si exalté qu'il ne remarqua pas son manque d'enthousiasme.

– Il trouvait que la tâche d'un peintre était de faire douter de la réalité, de ne pas accepter qu'il n'y ait qu'une seule réalité, ou une seule vérité, si tu veux. Son art suscite toujours plus de questions qu'il n'apporte de réponses. Je trouve ça si fort. Et en même temps… Il but une gorgée de son verre et poursuivit timidement : Je ne suis pas un expert en art, tu sais, mais au fil des ans, je me suis fait ma propre idée à son sujet. Sur sa vie aussi. Et je trouve incroyable la façon dont il a traité ses traumatismes et son chagrin en les recouvrant d'un morceau de tissu. En les plaçant dans une autre réalité.

– Ah oui, ces voiles, etc., tu veux dire, dit mollement Berger. Son attention s'était évanouie, mais il ne voulait pas offenser Mathot une seconde fois, l'homme se donnait de la peine pour lui.

– Oui, et ces poissons ou ces sirènes, et ces visages cachés, le tout. En même temps, je pense qu'il n'avait pas beaucoup le choix. Il ne pouvait simplement pas peindre autrement, tu comprends ?

– Non, répondit honnêtement Berger.

Mathot réfléchit un moment.

– Je suis d'avis que le choix, le vrai choix est une illusion. Tu fais ce que tu dois faire, tu y ajoutes tout au plus quelques ornements et tu appelles ça un vrai choix.

– Et moi qui pensais que j'étais un rayon de soleil, dit Berger.

Mathot éclata de rire.

Je ne trouve pas que c'est une pensée si sombre, tu vois, que c'est une illusion. Le choix est une idée surréaliste, c'est ça que je trouve beau.

– Que devons-nous faire alors si tout est illusion ? demanda Berger d'une voix enrouée. Il se sentait un peu perdu tout à coup.

– Nous devons vivre, Alex.

Mathot indiqua un slogan encadré sur un des murs ocre du café : « Appartenir aux vivants est une excellente raison de vivre ».

– C'est une citation de Geert van Bruaene, le fondateur de *La Fleur en papier doré*.

Mathot but une gorgée de son verre.

– Nous devons simplement vivre. Créer quelque chose, faire quelque chose, être quelque chose. C'est ce que je trouve beau chez Magritte : c'est quelqu'un qui te donne une impulsion, mais qui te laisse libre de penser ce que tu veux. Et pour le reste, nous devons essayer de faire quelque chose de beau avec du laid. Exactement comme l'a fait Magritte après la mort de sa mère.

Il baissa les yeux.

Berger sentit ce qui allait se passer et secoua doucement la tête.

– Juste comme toi après la mort de ta femme.

– Il n'y a rien de beau à en tirer, Laurent, chuchota Berger. Mathot haussa les épaules.

– Peut-être pas. Mais cela ne doit pas nous empêcher de continuer à essayer.

Le reste de la journée fut du même style.

Après leur conversation, ils avaient mangé un bout ensemble et, signe de l'état d'esprit de Berger, quelques heures plus tard, il ne parvint plus à se rappeler ce qu'il y avait eu dans son assiette. Ils avaient parlé de sujets sans risques et ils s'étaient quittés en très bons termes.

Ensuite, il avait erré dans la ville pendant des heures. Il était certain d'être passé par le Sablon et devant les galeries d'art et il pensait avoir traversé le parc de Bruxelles mais le reste de sa longue randonnée restait un mystère.

À sept heures du soir, il était assis dans son confortable fauteuil avec un cubi fraîchement ouvert et il appelait le commissaire Leroux.

– Du neuf, Alex ?

– Non, rien de spécial.

Leroux le connaissait si bien qu'il lui accorda un moment de silence et attendit simplement qu'il reprenne la parole.

– J'ai été cet après-midi à *La Fleur en papier doré*, reprit Berger.

Il expliqua brièvement ce que Mathot lui avait dit sur le cours de peinture à la prison.

– Bien, dit Leroux quand il eut fini. Du bon travail, Alex. Nous allons inviter demain ce monsieur Vallaert pour un entretien.

– OK, dit Berger.

Il lui manquait tout à coup l'énergie la plus élémentaire pour mener la plus élémentaire des conversations.

– Ensuite, nous devons aussi…

– À demain, Lucas, dit Berger et il interrompit la communication.

8

À neuf heures du matin, Emma Kepler termina son compte-rendu verbal sur le rapport provisoire qu'elle avait établi avec l'inspecteur Derijcke.

– Personne ne peut dire encore si Jean-Jacques Gallard a mis la main dans la caisse. Il y a eu en son temps une commission d'enquête parlementaire, les collègues d'Ecofin l'ont discrètement mis sur la sellette, mais cela n'a rien donné.

– Mais pourquoi nous en occuper plus longtemps ? intervint l'inspectrice Cavani. Je pensais que nous étions de la Crim.

Quand Berger était encore inspecteur en chef – et leur chef effectif – il avait toujours considéré comme un succès que chaque membre de l'équipe puisse s'entendre avec les autres et que tout conflit sérieux puisse être discuté ouvertement et crûment. Aussi loin que remontaient ses souvenirs, Emma et Sara n'avaient jamais cherché la bagarre. Elles avaient des caractères différents, mais se respectaient et se soutenaient. Depuis quelques jours, Berger sentait qu'une irritation sous-jacente s'était glissée entre les deux femmes, quelque chose qui faisait qu'elles s'accordaient moins de confiance mutuelle qu'en d'autres circonstances.

– Merci de me le rappeler, Sara, dit Kepler, je l'avais complètement oublié.

– Mais nous n'avons donc rien, dit Leroux d'un ton qui se voulait apaisant.

Il avait horreur des conflits, et elle aussi préféra battre en retraite.

– Non, en effet. Kepler montra quelques éléments clés qu'elle avait repris sur le tableau. Cécile Meurisse a travaillé vingt ans pour lui comme femme de ménage, jusqu'à sa retraite, mais nous n'avons aucun élément qui puisse faire croire qu'il s'est passé quelque chose durant cette période, indiquant par exemple qu'ils auraient été impliqués dans un scandale lié à des achats de matériel militaire. Il n'y a aucun lien entre Gallard et cette galeriste parisienne, Claire Collinet. L'équipe de Prieux a épluché sa comptabilité sans relever le moindre achat ou transaction entre eux. Et enfin, nous n'avons pas non plus trouvé de lien entre l'homme politique et John Novak. Ce qui ressemble le plus à un lien éventuel entre eux, c'est qu'en 1995, Novak est allé frapper à la porte d'un collègue direct de Gallard.

– Pour quelle raison ?

– Il était séparé depuis peu et voulait créer sa propre affaire. Il avait besoin d'une autorisation pour un atelier automobile et ce n'était pas gagné. Il est allé demander de l'aide auprès d'un mandataire local, un ami politique proche de Gallard, et trois mois plus tard, il a ouvert son affaire. *That's it.*

L'inspecteur Paul Derijcke acquiesça. C'était la quatrième fois depuis que Kepler avait commencé sa synthèse qu'il se contentait d'opiner de la tête. Il ne disait rien et aucune expression ne se lisait sur son visage assez étrange et quelque peu figé. Aujourd'hui encore, il était habillé comme un fils de notaire sorti d'un film muet : sa chemise boutonnée jusqu'au col, un pull brun démodé depuis vingt ans, un pantalon de coton noir qui paraissait nettement trop grand.

Et cependant, Berger le regardait d'un œil légèrement différent depuis leur excursion sur la tombe de Magritte.

– Bon, dit le commissaire. Il soupira. Classer et encaisser…

Kepler et Cavani sourirent, surtout pour faire plaisir à Leroux. L'expression « classer et encaisser » venait de l'ancien commissaire en chef et était devenue récurrente dans les couloirs de la Crim. Malchance, obstacles et impasses étaient des phénomènes naturels dans une enquête. Il fallait simplement les accepter et continuer avec obstination en étudiant les indices suivants.

Ce n'était d'ailleurs pas le seul flop ce matin. Serge Vallaert, le travailleur social qui faisait peindre les prisonniers de Saint-Gilles en guise de thérapie, était allé faire du trekking dans les Andes péruviennes. Il rentrerait le surlendemain, mercredi.

Jusqu'il y a quelques jours, l'idée même de suivre une fois de plus une piste s'avérant sans issue l'aurait découragé, réalisa Berger. Peut-être aurait-il dû laisser tomber, malgré le signe clair que lui avait donné Camille dans cet appartement parisien. Mais entre-temps, tout avait changé…

Tandis que Leroux ôtait consciencieusement du tableau les renseignements sur Jean-Jacques Gallard, Berger comprit subitement qu'il voulait résoudre l'affaire tout seul, car c'était la seule manière de retrouver Novak. Il n'était pas réellement intéressé par la vérité qui se cachait derrière ses faits et gestes, même si cette prise de conscience le choquait.

Durant toute sa carrière, toute son éthique avait été basée ou dépendait du *sense of justice*, la justice qu'il avait toujours recherchée. Ne restait-il plus rien de l'homme qu'il avait toujours été ? N'en subsistait-il vraiment plus rien ? Il examina la photo de John Novak affichée sur le tableau et vit un visage sombre, un peu niais, qui fixait l'objectif. Il portait une casquette de base-ball noire, un de ses attributs inséparables.

Tu n'aurais jamais dû surgir dans ma vie. Imbécile…

– Il y a un problème ? demanda Cavani.

Berger était si loin qu'il n'avait même pas entendu sa question.

– On dirait que tu as vu un fantôme. Ou alors ce nouveau de la Stup qui ressemble à Voldemort, peut-être...

Depuis sa jeunesse, Sara Cavani était une fan de Harry Potter et aujourd'hui, à trente et un ans, elle restait une Potterhead, comme elle se nommait elle-même.

– C'est rien, dit Berger. Et il essaya de sourire.

Ce matin, Cavani portait un pantalon vert griffé, un pull noir ouvert et un T-shirt rouge sur lequel on pouvait lire « Don't grow up, it's a trap ». Et elle avait davantage de pendeloques à ses oreilles qu'un arbre de Noël ne pouvait porter de boules.

– Tu ne manges pas assez de chocolat, voilà le problème, dit l'inspectrice. Elle farfouilla dans son grand sac à main et en sortit un bâton. Voici une excellente collation, dit-elle. Tu la veux ?

– Un peu d'attention, les enfants, lança Leroux d'une voix un rien plus forte. Il maintint le combiné du téléphone contre sa poitrine et dit : le commissaire Prieux de Paris… Il a du neuf pour nous. Il approcha de nouveau le combiné de son oreille et enfonça une touche tout en disant : je te mets sur haut-parleur, Alain.

– Oui, ça va, Lucas, clama la voix de Prieux à travers la salle. Puis : Alex ? Tu es là aussi ?

– Bonjour, grommela Berger.

– Bonjour à tous. Je déteste les préambules, j'en viens donc tout de suite aux faits. Nous avons à quatre heures un nouvel interrogatoire d'Abdelkader Bouhlal, l'homme de main d'Altieri. Il serait peut-être judicieux que l'un de vous vienne ici, non ?

– Cela va de soi, répondit Leroux un peu trop rapidement.

– Bouhlal témoigne… Alex, tu écoutes ?

– J'écoute.

– Bouhlal témoigne en effet d'une certaine activité cérébrale. Il refuse pour le moment de dire quoi que ce soit sur Altieri, comme tu le prévoyais. Mais il veut bien parler de Novak en échange d'une réduction de peine.

– Et il en bénéficierait ?

– Mon cul oui…

– Je ne crois pas qu'il en sache beaucoup sur Novak, dit Berger.

– Moi non plus, mais ça vaut la peine d'essayer. Et il y a autre chose. Tu te rappelles ce que cette amie de Claire Collinet a dit de l'homme qui aurait harcelé Claire il y a quelques mois ? Tu te souviens de la description qu'elle en a donnée ?

– Un petit gars, de type marocain. Et pas de cheveux, il avait le crâne chauve.

– Exact. Eh bien, c'est précisément comme ça que je décrirais Abdelkader Bouhlal si j'avais à le faire…

– Ah ?

– Où se trouve-t-il encore, ce Bouhlal ? demanda Leroux.

– Fleury-Mérogis. À une bonne demi-heure au sud de Paris.

– Nous allons voir entre nous qui a le temps d'aller jusqu'à Paris tout à l'heure, Alain, dit Leroux sur un ton un brin sentencieux.

– Pourquoi ?

Leroux avait un moment perdu le fil...

– Eh bien…

– Alex ? coupa Prieux. Tu as quelque chose d'urgent à faire cet après-midi ?

– Non.

– Parfait, dit le commissaire parisien et il raccrocha.

Une heure et demie plus tard, Berger roulait sur l'E19 et franchissait la frontière à Hensies. Il prit la première sortie.

L'usage d'une voiture de service avait fait des remous, mais Berger avait refusé par deux fois de prendre le train et Leroux n'avait pas voulu conduire aux heures de pointe.

Il avait conduit vite, beaucoup trop vite pour le chauffeur raisonnable qu'il était, mais il voulait perdre le moins de temps possible et rouler tranquillement une fois passé la frontière.

La sortie menait à Vicq et à des petits villages comme Bruay et Condé-sur-l'Escaut. Berger les connaissait bien.

Chaque fois qu'ils allaient à Paris en voiture et rendaient visite à la famille de Camille – et qu'ils en avaient le temps – ils avaient procédé de la sorte : le plus vite possible jusqu'à la frontière puis sans souci, au petit bonheur, vers le sud-ouest, vers la capitale. Il était arrivé plus d'une fois qu'ils partent le matin de Bruxelles et ne débarquent que le soir chez ses parents inquiets. Une fois, ils avaient même atterri vidés sur une terrasse ensoleillée de Valenciennes, une autre fois, ils s'étaient arrêtés dans la forêt de Compiègne, avaient sorti leurs bottes du coffre et s'étaient promenés pendant des heures.

Après la sortie, il prit directement une route de campagne et roula dix minutes jusqu'à un chemin qui menait à un bois. Quelques hêtres, çà et là un sapin égaré, mais surtout des chênes.

Berger descendit de la voiture et s'aventura dans le bois.

Il n'était plus venu ici depuis trois ou quatre ans.

Ils avaient fait l'amour ici, un jour d'août, en route pour une fête familiale dans les environs de Paris. En quittant Bruxelles déjà, ils s'étaient mutuellement excités et, à hauteur de la frontière, ils n'en pouvaient plus...

– La première sortie en France ! avait-elle ordonné d'une grosse voix.

Ils avaient pris au hasard la D50 vers le village de Vicq et étaient arrivés devant ce bois. Berger n'était pas encore sorti qu'elle disparaissait déjà au milieu des arbres en riant. Elle l'avait attendu derrière un gros buisson qui, au fil des années, était parvenu à enserrer un solide chêne, et c'est là qu'ils avaient fait l'amour, sans romantisme excessif, comme deux êtres qui n'ont pas de temps à perdre. Cela avait été beaucoup trop vite, mais il n'avait pas pu se retenir.

Ensuite, ils s'étaient reposés dans les bras l'un de l'autre, appuyés à un tronc. Les yeux de Camille avaient ce regard clair, profond qu'elle avait toujours quand elle était intensément heureuse et Berger avait essayé d'exprimer ce qu'il sentait autour de lui. Une odeur d'herbes aromatiques, trouvait-il. De légère pourriture, de résine aussi. L'odeur des sangliers, avait-elle dit en riant.

Il marcha jusqu'à l'endroit dont il se souvenait. Tout paraissait intact. Le buisson avait peut-être un peu grandi, il ne pouvait pas le dire avec certitude.

Il alla s'accroupir près du tronc d'arbre et ferma les yeux. Il palpa doucement le sol de la paume de ses mains, à la recherche de son corps à elle, comme le ferait un aveugle.

9

– Tu es en retard, dit le commissaire Prieux, mais je l'étais aussi, donc pas grave. Juste le temps pour un pet d'ours blanc.

Il était quatre heures moins dix et ils étaient à côté de la voiture de Berger, sur le parking de la prison.

– Où est ta voiture ? demanda Berger.

– Vasseur m'a déposé.

– Et il vient te chercher tout à l'heure alors ?

– Non, dit Prieux, j'ai pensé que tu pourrais me reconduire au centre-ville. Tu avais du temps, m'as-tu dit ?

Tandis que Prieux fumait, Berger observa le bâtiment. Il était énorme. Il savait depuis longtemps que Fleury-Mérogis était la plus grande prison d'Europe, mais maintenant qu'il se trouvait devant pour la première fois, il était impressionné. On aurait dit une ville, une ville assez sale avec peu de fenêtres et de grands blocs gris, en béton armé. Le bâtiment datait des années soixante et cela se voyait.

– Près de quatre mille pensionnaires, dit Prieux qui avait suivi le regard de Berger, et tous des amours, sans exception. Il expédia son mégot entre le pouce et l'index. Viens, allons voir si nous sommes les bienvenus.

Après avoir franchi divers postes de contrôle, ils furent conduits par un fonctionnaire jusqu'à la section D5 en passant par une cour intérieure. La direction avait essayé d'enjoliver un peu la grisaille du béton en intégrant de temps à autre dans les façades une dalle aux couleurs vives. Le résultat était pathétique, songea Berger, mais il n'en souffla mot.

– Nous l'avons installé dans une des salles d'interrogatoire, dit leur accompagnateur, un jeune type aux cheveux rebelles qui débordaient de son képi. Il vous attend depuis un quart d'heure.

– Très grave, répliqua Prieux. Tout à fait inadmissible.

Abdelkader Bouhlal était un type fluet aux yeux ronds, avec un regard acéré et une attitude un peu nerveuse. Il était assis à une longue table métallique et les fixait. Il y avait un certain amusement dans son regard, mais aussi de la méfiance, songea Berger. L'homme voulait passer pour détendu, mais il ne réussissait pas à dissimuler qu'il avait au contraire tous les sens en alerte.

Pour le reste, Prieux avait vu juste, pensa-t-il : Bouhlal ressemblait effectivement beaucoup au petit homme chauve qui, selon Claire Collinet, s'était trouvé devant sa galerie comme devant la porte de son immeuble. S'ils pouvaient du moins se fier au récit de son amie Marie-Paule, car ils ne pouvaient plus interroger Claire et ils n'avaient pas d'autres témoins.

Prieux avait commencé l'interrogatoire avec des questions un peu décousues, surtout sur Altieri et l'endroit où pourrait se trouver en ce moment le caïd de la drogue. Il savait que Bouhlal allait le prendre à la rigolade et c'est ce qui se passa, mais ce n'était pas un problème : il le faisait pour tester ses réactions, ce n'étaient que les premiers coups d'une partie d'échecs. Prieux voulait voir quel genre de tempérament ce type avait et quels étaient ses points faibles.

Mais l'entretien ne démarrait pas et au bout d'un quart d'heure, ils n'avaient pas progressé d'un iota.

Prieux bascula en arrière et soupira.

– Monsieur Bouhlal, j'avais cru comprendre que je venais ici parce que vous aviez quelque chose d'intéressant à dire. Quelque chose qui me ferait éventuellement sourire. Vous devez savoir que c'est une chose que je fais rarement : sourire. C'est héréditaire, je pense.

– Et pourquoi vous aiderais-je à sourire, monsieur le commissaire ?

Il parlait d'une voix haute et enrouée, comme s'il avait un problème de cordes vocales.

Prieux haussa les épaules.

– Je n'en ai pas beaucoup l'expérience, évidemment, vu que je souris rarement. Mais je peux imaginer que je serais alors enclin à inventer des choses folles. Invoquer des circonstances atténuantes auprès du juge d'instruction, par exemple, je n'en dis pas plus…

Bouhlal hocha la tête.

– Et vous êtes prêt à mettre cela sur papier pour moi, je suppose ? Que vous diriez un petit mot gentil au juge ?

Le commissaire retira ses lunettes à la mode de son nez et se frotta les yeux avec l'index.

– Abdel, nous perdons notre temps, là, dit-il doucement mais fermement. Tu me dis ce que tu veux me dire et je juge si ça vaut la peine que je me mouille pour toi. Et si cela ne te plaît pas, tu dégages. Qu'en penses-tu ?

Bouhlal réfléchit.

– Rien sur Altieri, dit-il. Pas un mot. Mais je veux bien parler de l'autre type.

– Novak ? demanda Berger.

C'était sa première intervention.

– Oui, répondit Bouhlal.

Plus de deux mois auparavant, début septembre, Bouhlal avait appris que Marco Altieri avait une mission à lui confier.

– Comment ? demanda Prieux.

– Que voulez-vous dire ?

– Comment l'as-tu appris ? Altieri était en prison en Belgique, dans l'attente de son extradition. Comment as-tu été mis au courant ? Par un maton ? Un avocat ?

L'homme secoua la tête d'un air résolu.

– Non. Rien sur Altieri, même pas indirectement.

Le commissaire respira lentement et reprit son souffle.

– Quand le fils du grand patron te confie une mission, on lui obéit, expliqua Bouhlal. Il ne s'était jamais demandé pourquoi il devait agir ainsi, car, dans son métier, se poser des questions de ce genre était plutôt malsain. Il y avait bien l'histoire d'un gars qui avait sauvé la vie de Marco en prison, mais il avait mieux à faire que de vérifier la crédibilité de cette histoire. À vrai dire, cela ne l'intéressait pas, avait-il ajouté.

– Tu as donc été à Bruxelles, dit Prieux. En partant de Marseille.

Petit geste d'approbation.

– Et ensuite ?

– Eh bien, je connaissais ma mission, sourit Bouhlal.

– Et c'était quoi ?

– Je devais m'occuper de questions pratiques pour ce monsieur Novak, disons.

– Seulement ?

– Oui. Il y en avait d'autres qui s'occupaient de Marco, mais…

– Je sais, ne reviens pas là-dessus, tu deviens ennuyeux, soupira Prieux. Continue.

– Il y avait aussi quelqu'un qui avait pour mission d'aller chercher toutes sortes de choses à Bruxelles et à Paris. Et pour vous prouver ma bonne volonté, je peux vous dire que cela n'avait rien à voir avec le trafic de drogues.

Prieux renifla.

– Avec quoi alors ? Avec John Novak ?

Nouveau signe d'approbation.

– Un de mes potes a dû tout à coup se renseigner sur toutes sortes de noms et d'adresses et aller vérifier sur place si tout concordait. Il étendit les mains devant lui avant que Prieux et Berger aient pu réagir. Ne me demandez pas pourquoi… vraiment, je ne le sais pas et je n'ai jamais voulu le savoir.

– Et toi ? demanda Berger. Que devais-tu faire ?

– Vous êtes Belge ? demanda Bouhlal d'un air amusé.

Il n'obtint pas de réponse, mais il n'en attendait pas.

– Je devais suivre une bonne femme, Claire Collinet. Je devais voir où elle habitait et travaillait et je devais noter ses allées et venues. Disons ses petites habitudes.

– Quoi d'autre ?

– Essayer de savoir si elle vivait seule ou s'il y avait un système d'alarme, ce genre de choses.

– Et tu l'as fait ?

– Je suis accusé de ces faits ? demanda-t-il l'air ne pas y toucher...

– Des babioles, dit Prieux sarcastique. Chantage, trafic de drogues, appartenance à une bande criminelle, etc.

Bouhlal écarta ces broutilles d'une main lasse.

– Je vous ai aidé en mon âme et conscience, commissaire, dit-il en s'asseyant bien droit sur sa chaise. J'ai la conviction que vous êtes quelqu'un qui tient ses promesses.

Il se leva pour signifier qu'en ce qui le concernait, l'entretien était terminé. Berger et Prieux se levèrent aussi.

– Tu as encore oublié de nous dire une chose, dit Berger.

– Et c'est ?

– Quelles étaient les questions pratiques que tu devais régler pour Novak.

Bouhlal fit comme s'il n'avait pas compris.

– Tu as dit littéralement que tu devais t'occuper de questions pratiques pour Novak. Suivre une femme à la trace, ce n'est pas une question pratique pour moi. Que devais-tu donc faire ?

Prieux était un vieux renard qui saisit immédiatement qu'il devait donner un petit coup de pouce à Bouhlal.

– En ce qui me concerne, nous n'avons pas d'accord, « monsieur » Bouhlal. Il fit mine de se diriger vers la porte et lança : je vous souhaite une bonne journée !

– Je devais louer une chambre, dit l'homme.

– Pour Novak ?

– Oui.

Prieux s'emporta tout à coup.

– Je dois t'arracher chaque mot ou quoi ? Trou du cul… Où devais-tu…

– Rue Eugène-Varlin, dans le 10e arrondissement. À côté d'un restaurant turc. J'ai loué une chambre et ils ont payé quatre mois d'avance.

Il était six heures du soir quand ils entrèrent dans Paris.

Prieux avait convoqué ses collègues et une équipe d'intervention. Ils étaient déjà prêts dans une rue latérale. Le mandat de perquisition était en route.

– Altieri et son clan ont réglé leur dette auprès de Novak, ce n'est que trop clair, dit-il furieux. Ils ont les mains libres. Il ne les intéresse plus, c'est pourquoi cette crapule a pu parler de lui.

À la demande de Berger, c'est Prieux qui conduisait. Pour une raison ou une autre, la tournure prise par l'histoire de Bouhlal avait rendu Prieux maussade, de telle sorte que sa première réaction était de se défouler sur la voiture de service de Berger et sur les autres usagers de la route.

– Cette canaille n'est pas stupide, d'ailleurs, je te l'ai déjà dit, poursuivit-il. Il n'est pas accusé de complicité dans le meurtre de Claire Collinet, son avocat le lui a dit. Il peut donc montrer sa bonne volonté dans l'espoir que la plainte pour trafic de drogues soit traitée avec une certaine clémence. Si ce n'est pas le cas, il pourra toujours retirer son histoire sur Novak à n'importe quel moment et dire que c'était une blague, il n'y a de toutes façons aucun témoin de ses actes.

La rue Eugène-Varlin débouchait sur le canal, ainsi que sur le quai de Valmy où avait habité Claire Collinet. Ce n'était pas un hasard, Prieux comme Berger en étaient convaincus.

La chambre se trouvait au premier étage d'une annexe laissée à l'abandon à l'arrière de la cour intérieure de l'immeuble, expliqua un gars lourdement armé de l'équipe d'intervention.

Ils étaient six, entassés à l'arrière d'une fourgonnette Renault banalisée.

– L'objectif est positivement identifié par la gérante, dit l'éclaireur.

Prieux renifla.

– L'observation de la maison est négative, poursuivit l'homme.

– Dis simplement que Novak y a logé, mais que vous ne l'avez pas vu, dit Prieux.

Il était toujours en rogne.

Un quart d'heure plus tard, Prieux et Berger, leurs armes dégainées, avançaient derrière l'équipe d'intervention.

Personne ne disait mot. Le chef du groupe tenait son arme dans sa main gauche tout en donnant de la main droite des indications de routine.

Au premier étage, ils ne firent plus un bruit. Le chef de l'équipe indiqua une porte, deux mètres devant eux.

Cinq secondes après, elle était enfoncée. Beaucoup de bruit. Plusieurs ordres brefs, puis le silence revint.

Quel que fût l'endroit où se trouvait John Novak, ce n'était en tout cas pas dans cette chambre.

C'était un logis misérable, à peine meublé avec une cuisine minuscule dans un petit renfoncement – une niche en fait avec une plaque de cuisson – et des toilettes séparées. Dans la petite chambre, il y avait un lit, un fauteuil élimé, une petite table dont un pied manquait et avait été remplacé par un morceau de bois scié à la va-vite et quelques chaises.

On aurait dit une cellule de prison, pensa Berger.

Ou une chambre d'un centre de soins pour seniors dépendants.

L'équipe d'intervention avait quitté les lieux dès qu'il s'était avéré que « la cible » ne se trouvait pas dans la chambre.

Un collègue de Prieux distribua des gants en latex et des protections pour chaussures.

– Chef ! Deux petites secondes… grommela un enquêteur plus âgé et un peu enrobé qui apparut comme par enchantement.

– Oui, Dubois, dis-moi.

– Il y a deux autres chambres à l'étage. À gauche vit… Il consulta son carnet. « Sunday Amuneke, un Nigérian. Collaborateur logistique chez DHL ».

– Qui a bien pu appeler son fils Dimanche ? grommela Prieux.

– Peut-être ont-ils été heureux de l'avoir, dit mollement le vieil enquêteur. Peut-être avaient-ils des difficultés à avoir des enfants et quand celui-là est arrivé enfin, ils se sont dit :

« Tu sais quoi, appelons-le Dimanche ».

Le commissaire le regarda en fronçant les sourcils.

– Pour le reste, tout est OK, Dubois ?

– Je pense bien, oui. Bon, il vient de rentrer du boulot, il ne sait donc rien et il est effrayé.

– OK. Et l'autre chambre ?

– Selon Amuneke, elle est occupée par une certaine Anouk, il n'était pas certain de son nom de famille. Et toujours selon lui, c'est une jolie serveuse qui travaille dans une brasserie de la Gare de l'Est. Elle travaille cinq soirées par semaine jusqu'à la fermeture, et rentre toujours vers une heure du matin.

– Et comment notre Sunday le sait-il, hein ? Il ne connaît pas son nom de famille, mais il sait précisément quand elle rentre chez elle.

Dubois ne se donna pas la peine de répondre, grommela un « À bientôt » et sortit.

Le commissaire regarda autour de lui.

– Il habiterait ici pour le moment ? Qu'en pensez-vous ? demanda-t-il sans s'adresser à quelqu'un en particulier.

Berger sortit des toilettes. Il se dirigea vers le renfoncement où Vasseur, accroupi, examinait le plancher.

– À mon avis, non, dit Berger. Il ne vit pas ici, Alain. L'inspecteur Vasseur se leva et se gratta la gorge.

– Dis-moi mon garçon... grommela Prieux.

– Il y a un petit réfrigérateur sous la plaque de cuisson. Débranché et vide, à deux canettes de bière près. Il n'y a aucun objet personnel, pas de vêtements, rien. À mon avis, il a logé ici, mais il est parti depuis un bon moment.

– Bon, la suite est pour demain les enfants, pour les hommes de l'équipe scientifique.

La propriétaire s'appelait Adrienne Lelièvre, une dame élancée, dans la soixantaine, de belle allure. Elle habitait seule dans la haute maison étroite du côté rue. Elle avait un visage sévère, un visage contrarié même, jugea Berger en l'observant. Ce n'était pas seulement dû aux coins de sa bouche qui tombaient vers le sol et à son nez étroit et pointu, c'était aussi ses yeux, qui regardaient la scène avec froideur et distance.

– Oui, c'est monsieur Hamoir, dit-elle froidement en rendant la photo de Novak.

– Hamoir ? demanda Prieux.

La dame opina.

– Il n'a jamais vraiment vécu ici, vous savez. Il va et vient, sans aucune régularité. Enfin, c'est ce que je crois, car je ne sais évidemment pas quel locataire est dans sa chambre ou n'y est pas, vous comprenez.

– Combien de chambres louez-vous, Madame ? demanda Berger.

– Neuf dans l'annexe, sur trois étages. Mais comme vous le voyez, j'habite ici, du côté rue, je vais rarement dans la maison des locataires. Je les vois parfois entrer ou sortir, mais c'est plutôt par hasard, il faut pour cela que je sois en train de regarder par la fenêtre de ma cuisine.

– Et Hamoir, combien de fois l'avez-vous vu entrer et sortir ? demanda Prieux, sur un ton un peu bourru.

Adrienne Lelièvre eut un regard dur.

– Je n'ai pas l'habitude d'espionner mes locataires, monsieur. Ils font ce qu'ils veulent, du moment qu'ils paient leur loyer et ne font pas de tapage.

– Mais vous ne l'avez plus vu depuis un moment ou je me trompe ? demanda Berger d'un ton plus amical.

– Je ne peux pas vraiment dire. Je pense qu'il est parti depuis un bon bout de temps, mais ce n'est qu'une impression. En tout cas, la chambre est payée jusqu'à fin novembre, je ne peux donc pas la louer avant à quelqu'un d'autre, ce ne serait pas correct.

– Comment cette avance a-t-elle été payée ?

– Comptant, de la main à la main, mais avec un reçu, naturellement. Si vous voulez, je vais le chercher, ce reçu.

– Laissez, grommela Prieux. Il sortit une photo d'Abdelkader Bouhlal de sa poche intérieure et la montra à la dame.

– Est-ce cet homme qui a payé pour la chambre ?

Elle examina la photo et opina d'un signe de tête.

Le commissaire se leva.

– Je voudrais vous demander de lutter contre vos habitudes quelques temps encore, madame Lelièvre.

– Que voulez-vous dire ?

– De faire attention à No… monsieur Hamoir, dit Prieux tout en lui donnant sa carte. Et de prendre directement contact avec nous si vous le voyez entrer.

Quand ils se retrouvèrent près de la voiture de Berger, il était huit heures du soir.

– On va manger un bout ? demanda Prieux en allumant une cigarette.

– Je préfère pas, Alain. Berger soupira. Je voudrais en fait rentrer tout de suite à Bruxelles, j'ai un rendez-vous demain matin avec mon médecin. Sinon, ce serait bien volontiers, crois-moi, mais…

– Pas de problème. Prieux observa la rue, porta ses deux mains à la bouche et cria : « Vasseur ! »

Trente mètres plus loin, le jeune inspecteur se retourna un peu effrayé.

– Attends, je t'accompagne.

Le commissaire tendit la main à Berger.

– À bientôt, dit-il, et prends bien soin de toi.

Berger s'installa dans la voiture garée en portant son téléphone à l'oreille tout en regardant dans son rétroviseur.

Quand Vasseur et Prieux le dépassèrent, il leur fit un signe de la main et forma avec ses lèvres des mots inaudibles.

Une minute plus tard, la voiture des deux Français avait disparu et la rue était redevenue silencieuse.

Il remit son téléphone dans sa poche et descendit de la voiture.

Quelques rues plus loin, il trouva un magasin de nuit où il acheta un en-cas et un pack de six bières. Puis il retourna à sa voiture et s'y installa. Dans son rétroviseur, il voyait parfaitement la porte d'entrée de l'habitation.

Il sortit son téléphone, pour une vraie conversation cette fois.

– Comment ça se passe ? demanda le commissaire Leroux.

– On vient juste de terminer.

Berger lui donna un bref compte-rendu de la journée.

– Lucas, je reste à Paris cette nuit, ajouta-t-il. Je suis mort de fatigue, je ne veux pas rentrer à Bruxelles maintenant. Je serai au bureau demain après-midi.

– Je comprends, marmonna Leroux. À demain, Alex.

– À demain.

Il ouvrit une canette de bière, en but une solide rasade et la déposa sur le tableau de bord. Il passa la main droite sous sa veste et vérifia la présence de son arme. Il chercha une position confortable.

John Novak, Berger le savait, était un homme qui n'avait jamais accordé la moindre importance à l'apparence extérieure ou au luxe. Son propre logement au-dessus du garage avait toujours été austère. Il avait été mis deux fois à la porte de chez lui parce qu'il ne pouvait pas payer le loyer et cela lui avait servi de leçon, avait-il dit à Berger au cours de ses longs interrogatoires deux ans plus tôt. Depuis, il vivait dans sa voiture et n'utilisait une chambre – n'importe laquelle – que pour dormir. Il traînait avec lui une valise de voyage où il mettait quelques affaires personnelles et c'était tout. Donnez-moi un lit et des toilettes, monsieur Berger, avait-il dit plus d'une fois, et je suis content. Un lit et des toilettes.

Il avait les deux, ici, rue Varlin, et il avait utilisé les deux. Pour le lit, il avait des doutes, mais pour les toilettes, Berger en était sûr.

Il fouilla la poche de sa veste de la main droite et toucha des doigts le bord de la casquette qu'il avait trouvée près du WC. Sans réfléchir, Berger l'avait subtilisée avant que Leroux ou un autre collègue ait pu remarquer quoi que ce soit.
C'était une casquette de base-ball noire.

Jusqu'à neuf ou dix heures du soir, des passants déambulèrent sans cesse dans la rue. Beaucoup de couples, quelques hommes seuls, un trio de femmes d'un certain âge. Mais désormais, c'était calme depuis un moment.

Les trois femmes aperçues au cours de l'heure écoulée tiraient toutes derrière elles un caddie, comme Berger en avait vu si souvent aux mains des femmes âgées. Quel était le problème avec les sacs de courses ordinaires ? se demanda-t-il. Et il réalisa le côté ridicule de sa question. Comme si cela lui importait de savoir comment quelqu'un transportait ses courses.

Je suis nerveux, mais il n'y a vraiment pas de quoi.

Il était passé onze heures lorsqu'il distingua la silhouette noire d'un gars baraqué vêtu d'une chemise à carreaux. Le type se collait aux façades, essayant d'éviter le plus possible la lumière des réverbères, et ça lui réussissait plutôt bien, car Berger ne voyait qu'une grande ombre et, un instant, une main sur laquelle tombait une tache de lumière.

Il l'examina dans son rétroviseur et quelques secondes plus tard, le vit disparaître par la porte ouverte.

C'était Novak. Il en était persuadé.

Berger dégaina son pistolet et descendit de la voiture en faisant le moins de bruit possible. Il sentait son cœur battre dans sa gorge.

Il se faufila derrière lui.

Dans le couloir de l'annexe, il se tint en silence au pied de l'escalier.

La lumière était éteinte, mais, par une fenêtre haute et étroite, la lueur de la lune tombait de manière diffuse, suffisamment pour permettre à Berger de voir ce qui l'entourait.

Suffisamment pour être vu aussi, songea-t-il.

Il entendait toutes sortes de bruits, mais très doux, comme s'ils étaient étouffés. Une voix d'homme et des bribes de musique au ton dramatique, provenant sans doute d'une télévision. De l'eau qui s'écoulait par un tuyau d'évacuation. Une porte qui se fermait lentement.

Il se mit à monter l'escalier le plus discrètement possible.

La porte de la chambre de Novak était entrouverte.

Berger dégaina son pistolet et se faufila à l'intérieur.

Une faible lumière tombait des fenêtres. Il se concentra et essaya de faire visuellement le tour de la chambre en deux secondes ; le pistolet pointé, il observa les grandes taches d'ombre et pensa : si je le vois bouger, si je vois un seul mouvement, je dois tirer.

Ne pas réfléchir et tirer.

La chambre était vide.

Mais, un bruit se fit entendre. Faible, très bref, mais il l'avait bien perçu. On aurait dit un léger froufrou un peu sourd.

Il s'est caché. Il est caché quelque part et, dans le noir, il a heurté malencontreusement quelque chose. Un sac en plastique, je crois, c'est ça, il a touché de la main un sac en plastique.

Maîtrisant ses nerfs avec peine, Berger revit l'inspecteur Vasseur durant la perquisition, près du renfoncement avec les brûleurs au gaz et l'évier.

Et sous l'évier, il y avait un espace vide et sale où avait dû se trouver une armoire.

Pas à pas, Berger s'avança vers la niche.

Il collait son corps le plus près possible du mur, sans le toucher.

Une seconde plus tard, la porte des toilettes s'ouvrit brusquement. Elle fut poussée avec une telle force et heurta le visage de Berger si violemment qu'il tomba en arrière. Son pistolet roula sur le sol en rebondissant et il entendit des bruits de pas pesants, puis une porte qu'on refermait. Avant même de toucher le sol, Berger eut l'impression que son nez avait doublé de volume et que le sang coulait abondamment sur ses joues. Il gémit de douleur.

Tandis qu'il tâtait le cartilage de son nez du pouce et de l'index de sa main gauche – et pissait presque de douleur dans son froc – il cherchait désespérément son arme de la main droite, sur le sol. Il trouva son pistolet et se calma un peu.

Il sortit son mouchoir de la poche de son pantalon et le pressa prudemment contre son nez. Il se releva péniblement et courut derrière Novak.

Quand il arriva en bas près de la porte d'entrée de la maison, la douleur de son nez avait déjà diminué pour devenir une sensation sourde, lancinante, mais sa respiration hachée l'inquiétait : on aurait dit que ses poumons ne recevaient pas assez d'oxygène, malgré ses terribles efforts pour respirer. Il regarda au loin et aperçut Novak atteindre le quai de Valmy et tourner le premier coin à gauche.

Le mouchoir sur le nez, il se mit à marcher péniblement sur les traces de Novak.

Celui-ci ne marchait pas vite. Il était presque minuit et il n'y avait pas beaucoup de monde dans les rues. Effrayés, les gens cherchèrent à se protéger entre les voitures garées ou s'enfoncèrent dans le renforcement d'une porte cochère quand ils virent passer les deux hommes, l'un robuste et corpulent, l'autre maigre avec un mouchoir ensanglanté plaqué sur le nez et une main dissimulée sous la veste.

Les cent premiers mètres, Berger se réjouit à la pensée que Novak n'avait pas non plus une condition idéale et qu'il déplaçait son grand corps pesant avec beaucoup de peine sur le trottoir du quai de Valmy, mais, immédiatement après, une autre pensée lui traversa l'esprit : que Novak, à dessein, courait suffisamment vite pour maintenir une distance de sécurité entre eux mais pas assez pour semer Berger. Il pensa un instant à se servir de son pistolet, mais il y avait des badauds dans la rue et il était exclu de viser avec précision dans ces circonstances.

Au croisement avec la rue Louis-Blanc, Novak avait disparu.

Berger regarda nerveusement de tous les côtés, mais il ne le voyait nulle part. Au même moment, il sentit que l'effort était trop grand pour lui. Il pensa qu'il allait étouffer. Les élancements douloureux dans son diaphragme étaient si rapprochés qu'il ne put qu'avancer en titubant vers le bord du canal et s'accrocher à la rambarde tout en essayant désespérément d'obtenir de l'oxygène.

Les choses les plus folles lui traversaient l'esprit. Il se demanda comment on pouvait supporter le goût de menthe des cigarettes au menthol de Prieux. Il observa l'eau et trouva que le canal Saint-Martin ne sentait plus très bon ces derniers temps. Il craignait que son cœur ne cédât et il voyait aussi clairement la façon dont cela allait se produire quelques instants plus tard : son cœur n'allait pas se briser, il n'allait pas exploser en mille morceaux, il allait se disloquer doucement et glisser comme le jaune d'un œuf.

La douleur sous ses côtes allait en s'amenuisant.

Il y eut alors un bruit métallique derrière lui et Berger vit, à une bonne cinquantaine de mètres, John Novak s'extraire d'un garage à vélo et s'engouffrer à pied dans la rue Louis-Blanc.

Berger reprit la poursuite.

Il n'y avait personne ici et, alors qu'il se demandait s'il allait saisir son arme tout en trébuchant, Novak tourna à droite. Dix secondes plus tard, Berger atteignit l'endroit et vit qu'il s'agissait d'une rue piétonne assez étroite, une ruelle où il faisait si sombre qu'il hésita à l'emprunter. Il le fit malgré tout.

Guidé par le bruit des pas qui se répercutait contre les façades devant lui, il courut en tâtonnant et trébuchant le long d'étroites maisons et de jardins minuscules jusqu'à éprouver une peur viscérale. Devant lui, devant la porte d'une maison d'angle, se trouvait un des rares lampadaires de la ruelle, et dans la faible lumière, il vit trois garçons en train de fumer. C'étaient des adolescents, ils devaient avoir quatorze, quinze ans, et ils eurent peur à leur tour de cet homme armé qui surgissait subitement devant eux. L'un d'eux se retourna effrayé et se cogna brutalement au mât du lampadaire, un autre lâcha par deux fois un sonore

« Putain ! ». Berger bredouilla une excuse et reprit sa poursuite hésitante.

La ruelle débouchait dans une rue plus large et il vit des voitures garées et de hautes façades alors qu'il pompait fiévreusement l'oxygène. Il s'accrocha de sa main libre à une poubelle et se pencha vers l'avant. L'effort avait rempli de glaires son nez et même sa bouche et il sentit le goût amer de la bile.

Quand il se releva péniblement, il lut sur la plaque indicatrice qu'il se trouvait rue des Écluses-Saint-Martin.

C'était une artère un peu sinistre, remplie pour moitié d'immeubles à appartements avec, au coin le plus proche, ce qui ressemblait à une école.

Il n'y avait personne.

Suivant son intuition, il prit à droite. Une centaine de mètres plus loin, il passa devant le grand parking souterrain d'un des immeubles.

Il se figea.

La large porte était ouverte, un grand trou rectangulaire et sombre, et dans cette chose obscure, quelque chose attira son attention.

Il réalisa alors que juste avant de s'arrêter, il avait entendu un bruit et que ce bruit venait du garage.

Berger leva son pistolet et descendit prudemment la pente pour entrer.

Il faisait très sombre. De sa main libre, il sortit son téléphone et enfonça la touche de la lampe. Dans le mince rayon de lumière, il vit des murs gris en béton qui se prolongeaient sur des dizaines de mètres. De part et d'autre, des voitures étaient garées, pour le reste, tout était vide.

Il vit un grand interrupteur et l'actionna, éclairant tout le garage en un instant. Il était effectivement long, mais assez étroit, il le constatait maintenant, avec à gauche et à droite des renfoncements où la lumière ne pénétrait pas.

Berger, arme pointée, s'avança prudemment et contrôla chaque recoin.

À la quatrième, la lumière s'éteignit brusquement.

Avant qu'il ait pu chercher l'interrupteur le plus proche en tâtonnant, il ressentit une terrible douleur à son avant-bras droit et il lâcha son pistolet. Il reçut alors un coup de poing en plein visage et s'écroula.

Berger gémit. Autour de lui, tout était si noir que cette obscurité lui parut étouffante. Il fut pris de panique et se mit à transpirer à grosses gouttes.

Il rampa en arrière, s'appuyant sur son bras gauche jusqu'à ce que sa tête heurte un mur. Il sentit la poussière, le béton et une vague odeur d'urine.

Il entendit des pas feutrés.

Quelqu'un se rapprochait lentement.

La douleur était si envahissante que Berger titubait et, quand il toucha son avant-bras, il sentit quelque chose de chaud et de poisseux et comprit qu'il saignait abondamment. Il comprit également qu'il avait très peur.

Les pas se rapprochèrent encore.

Dans un geste désespéré, il se protégea le visage de son bras gauche comme si cela pouvait suffire pour détourner le danger ou la mort alors qu'à un mètre de lui, une voix calme et rauque transperçait l'obscurité.

C'était la voix de John Novak.

– Fous-moi la paix, Berger !

Alex essaya de reprendre le contrôle de sa respiration mais il n'y parvint pas vraiment. Il haleta, vite et en émettant des râles, et entre ses halètements, il entendit des pas qui s'éloignaient à toute vitesse.

Son bras lui faisait atrocement mal. Il s'appuya sur son autre bras et rampa avec beaucoup de peine sur les genoux.

Il farfouilla dans sa poche intérieure en tremblant et en sortit son téléphone. Il actionna la lampe torche. L'interrupteur du garage se trouvait à droite au-dessus de lui.

Il se releva en prenant appui sur ce qu'il trouvait et, ce faisant, il eut un terrible vertige et comme il vacillait de gauche à droite, son bras heurta son corps. Ce n'était qu'un léger choc, mais Berger hurla. Il actionna l'interrupteur en tremblant.

Novak avait disparu.

C'est alors qu'il vit son avant-bras, maculé de sang, et la déchirure de sa veste et du bas de la manche de son pull noir. Il avait reçu un coup de couteau et non des moindres.

Il se traîna jusqu'en haut de la pente, jusqu'à la rue. De son bras gauche, il chercha un numéro dans son téléphone.

– Prieux, dit le commissaire.

– C'est moi, chuchota Berger.

Le commissaire n'avait heureusement besoin que de quelques mots pour comprendre ce qui s'était passé.

Berger put encore répéter le nom de la rue. Ses jambes se liquéfièrent et il s'effondra contre une voiture en stationnement.

– J'aurais dû te laisser sur le trottoir, merde, dit hargneusement Alain Prieux.

Il était furibard.

Berger était assis sur un lit dans une chambre du service des urgences d'un hôpital, son avant-bras solidement bandé. C'était un peu la panique quand on l'avait amené, mais il était apparu qu'aucune artère n'était touchée.

– Une blessure comme celle-là peut faire très mal la première heure, avait dit le médecin après l'avoir recousu, mais pour le reste, vous ne devriez pas être trop gêné. Restez simplement au calme la semaine à venir. Et reposez-vous beaucoup.

Berger avait reçu un calmant, un antalgique et une bouteille d'eau minérale. Il se sentait déjà mieux, ce qu'on ne pouvait pas dire de Prieux.

– Tu demandes du renfort quand tu es dans une telle situation, bon sang ! C'est ce qu'on apprend le premier jour à l'école de police ! Et tu m'as menti de façon éhontée avec tes salades sur ton médecin.

Berger se demanda en son for intérieur ce qui était le plus grave aux yeux de Prieux, la bourde professionnelle ou le fait d'avoir trompé sa confiance. La blessure le lançait. Ce n'était plus la douleur angoissante, aiguë, du garage, mais une douleur lancinante qui roulait par vagues et lui coupait parfois le souffle. Il sentait cependant qu'elle diminuait peu à peu. L'antalgique faisait son effet.

Le téléphone du commissaire vibra. Il jeta un œil sur le cadran et passa l'appareil à Berger.

Encore un qui pense que tu es une tête de nœud.

C'était Leroux et il était virulent.

– Qu'est-ce qui t'a pris, nom de Dieu, Alex ? Comment peux-tu être stupide au point de penser que…

– Tu es furieux et je le comprends, l'interrompit Berger. Je te présente mes excuses ainsi qu'à l'équipe. Je suis sincère, Lucas.

– Comment as-tu pu prendre un tel risque alors que… Berger le coupa de nouveau et de façon très maîtrisée.

– J'ai dit que je m'excuse sincèrement, Lucas. Si tu acceptes ces excuses, arrête de me répéter la même chose. Si tu ne les acceptes pas, je te le dis aussi, alors tirons-en les conclusions. Tu peux mettre fin immédiatement à notre collaboration et dans ce contexte, je le comprendrais tout à fait. Mais je n'ai pas besoin d'une engueulade.

Il y eut un moment de silence, puis il entendit distinctement Leroux soupirer.

– Tes excuses sont acceptées, grommela-t-il. Comment va ton bras ?

– Un coup de couteau. Une blessure spectaculaire et assez douloureuse, mais pas grave heureusement.

– Mouais.

– À demain, Lucas.

– Je ne veux pas te voir ici demain, tiens-le-toi pour dit, ajouta Leroux.

Berger rendit l'appareil à Prieux.

Il laissa sa tête retomber sur le coussin.

– J'étais prêt à partir ce vendredi-là, dit-il d'une voix terne.

Prieux le regarda d'un air intrigué.

– J'avais mon billet de Thalys. Nous serions allés manger dans un bistrot quai de Valmy. Mais Novak a demandé un nouvel interrogatoire, il voulait faire des aveux.

Berger se tut et fixa le plafond.

Prieux examinait les clés de sa voiture comme s'il les voyait pour la première fois.

– J'ai appelé Camille et je lui ai dit que je ne viendrais à Paris que le lendemain. Et j'ai entamé l'interrogatoire.

Nouveau silence. Il déglutit.

– Juste avant l'attentat, elle a encore essayé de me téléphoner du Carillon. Mais j'étais avec Novak. Elle n'a pas laissé de message. Elle est sortie, son amie voulait fumer une cigarette sur la terrasse.

Ils se turent tous les deux un long moment.

Finalement, Prieux consulta sa montre.

– Quelle heure est-il ? demanda Berger.

– Presque deux heures.

Il avait encore l'air fâché, mais la grande colère était passée.

– Tout à l'heure, tu m'as demandé si je voulais manger un bout avec toi, dit Berger. Je suppose que cette invitation n'est plus valable.

Prieux le regarda d'un œil désagréable.

– Tu as de la chance que je meure moi-même de

faim. Viens, remballe tes affaires. Et, entre parenthèses, tu restes une fameuse tête de nœud.

– Où allons-nous ? demanda Berger tout en se relevant péniblement.

– Dans le quartier des Halles. *Au Pied de Cochon*. Ils sont ouverts jour et nuit.

Berger contempla sa chemise d'hôpital, sans manches.

– Je dois passer quelque chose, je le crains.

– J'ai un vieux pull marin dans la voiture, grommela Prieux, tu peux te débrouiller avec ça provisoirement. Et nous irons d'abord chercher ta voiture. Il examina Berger, constata alors qu'il tenait un sac en plastique contenant son pull et sa veste déchirés.

– Tu y tiens ? Sinon autant les jeter ici. Ce sang ne partira jamais…

Les lambeaux de vêtements pouvaient disparaître, mais dans la poche droite de sa veste, il y avait toujours la casquette de base-ball de Novak.

– J'y tiens, dit Berger.

Au Pied de Cochon était une brasserie impeccable remplie de miroirs, de lustres et de marbres, où on pouvait vraiment manger à toute heure. Berger, tout à coup pris d'une faim de loup, commanda un steak tartare, Prieux choisit une assiette de fruits de mer. Le serveur – un vieux monsieur élégant avec une chemise immaculée et un nœud papillon – apporta du pain, de l'eau et du vin et les laissa en paix.

Ils ne prononcèrent que les mots indispensables.

Berger se remettait peu à peu de ses émotions. Plus la tension baissait, plus il sentait la fatigue. Il était lessivé. De son côté, Prieux était encore très irrité, il le voyait bien. Le commissaire maniait son couteau et sa fourchette comme s'il avait une dent contre son assiette.

– Je ne t'ai pas encore vraiment présenté mes excuses, Alain, dit Berger d'un ton las. Accepte-les. Désolé, vraiment. Je ne sais pas ce qui m'a pris.

Prieux hocha la tête. Poussa un profond soupir, but une gorgée de son verre d'eau.

– J'étais en vacances, grommela-t-il. Au moment des attentats, j'étais en vacances en Slovénie avec ma femme et un couple d'amis. Le vendredi soir, nous étions au bar de notre hôtel et nous nous amusions. Quelqu'un a crié et montré la télévision accrochée au mur… Nous étions tous collés à l'écran. Nous avons vu le Stade de France et puis le reste. *Le Bataclan*, *Le Petit Cambodge*… Tous ces corps dans la rue. C'était irréel. Tout le monde s'est mis à pleurer, vraiment, même les serveurs slovènes.

Berger saisit la bouteille de vin et remplit son verre. C'était son troisième.

Prieux l'observait.

– Je me fiche complètement de ce que tu bois, Alex, dit-il doucement.

– Mais ?

– Mais si tu es bourré de médicaments, ce n'est peut-être pas une bonne idée.

– Et pourquoi pas ? demanda Berger.

Ce n'était pas une réaction cynique, remarqua Prieux. Il y avait un véritable étonnement dans sa voix.

Parce que c'est vraiment mauvais pour ta santé, avait-il voulu dire.

Parce que tu te démolis toi-même.

Mais il se tut.

– Un dessert pour ces messieurs ? demanda le serveur.

Prieux proposa d'emmener Berger chez des amis.

– Ils gèrent un hôtel pas loin d'ici, rue de la Verrerie, près du Centre Pompidou, dit-il tout en conduisant d'une main la voiture de service de Berger et en cherchant un numéro de téléphone de l'autre.

– Il est trois heures et demie du matin, Alain.

Le commissaire haussa les épaules.

– Je les connais depuis des siècles.

Dix minutes plus tard, ils se trouvaient dans le hall plutôt minable du petit hôtel, face à une dame amicale et assez excentrique en peignoir pourpre.

– Merci Alice, dit Prieux en l'embrassant sur les deux joues, j'ai une dette envers toi.

Et dix minutes plus tard, Berger était couché dans une chambre du dernier étage. C'était une minuscule mansarde et, curieusement, une robe de laine noire et un peignoir étaient posés sur une chaise.

Berger s'endormit comme une masse.

Il fut réveillé par les grincements des freins d'un camion et, à son grand étonnement, il vit qu'il était deux heures de l'après-midi. Il avait dormi dix heures d'une traite sans se réveiller une seule seconde. Et sans cauchemar.

Quand il descendit, Alice était derrière son petit comptoir. Elle feuilletait un Paris Match.

– Vous avez bien dormi ? Il ne peut pas en être autrement, sourit-elle.

– Comme une souche, répondit Berger.

Il sortit son portefeuille, mais elle fit un geste de dénégation.

– Ah non, pas question ! Un ami d'Alain ne paie pas. D'ailleurs, vous n'avez pas eu une vraie chambre, c'était la chambre de la bonne qu'elle utilise de temps à autre pour se reposer un moment, cela ne compte donc pas.

– Merci, dit Berger.

– Vous devez rentrer dès maintenant à Bruxelles ?

Elle disait cela comme si c'était une punition.

– Oui, répondit-il.

Il sortit et dut cligner des yeux. Il faisait froid mais la lumière était âpre et le ciel au-dessus des toits bleu comme l'eau d'une piscine.

Berger jeta le sac aux vêtements déchirés et la casquette de Novak dans la première poubelle qu'il rencontra.

Dans les environs du Centre Pompidou, dans la rue où sa voiture était garée dans un parking, il entra dans une brasserie et mangea une omelette avec du pain.

Il se sentait remarquablement léger. C'était indubitablement lié au fait qu'il était bien reposé pour la première fois depuis longtemps, mais ce n'était pas la seule raison, Berger le savait. C'était aussi lié aux événements de la nuit précédente. On eût dit que la confrontation avec Novak avait libéré en lui une étrange énergie. Une nouvelle fermeté aussi. Il avait été tout près de la chose, cette nuit, et cela n'avait pas marché, mais ce n'était pas grave, pensait Berger.

Il savait désormais avec certitude qu'il n'hésiterait pas à tirer s'il avait une deuxième chance.

Il régla l'addition et sortit sans bien savoir ce qu'il voulait faire en premier lieu. Rentrer immédiatement à Bruxelles n'était pas une option, et pas seulement parce que la tenancière de l'hôtel trouvait que c'était une punition.

Sa blessure lui faisait toujours mal, mais pas assez pour prendre un antalgique, estima-t-il.

Dans un grand magasin de fringues de la rue Saint-Denis, il acheta un pull noir avec un col en V et, comme elle était en promotion, une veste bleu foncé qui lui parut bien chaude. Quand il sortit avec ses nouveaux vêtements, il s'arrêta un moment. Il regarda autour de lui et huma profondément la ville.

Le trafic, les mouettes qui planaient, les immeubles typiques en pierre de taille. La marquise rouge profond d'une brasserie. Un bus avec une publicité pour l'eau de toilette *Rive Gauche* sur son flanc.

Il se mit subitement en route et se dirigea à grandes enjambées vers le métro Châtelet.

Ce qu'il faisait n'était sans doute pas très intelligent, Berger le savait, et pourtant, cela allait de soi. Était-ce inévitable d'une manière ou d'une autre ? Pouvait-il en être autrement ?

Quitter Paris après ce qui s'était passé cette nuit – ou plutôt pas passé – sans lui dire encore au revoir était tout simplement impossible.

Il sortit à la station Alésia et entra, rue des Plantes, dans un bistrot qu'il connaissait. Il commanda un verre de vin, regarda au dehors, en commanda un autre. Quand il voulut aller payer à la caisse, il n'en eut pas le courage et commanda une dernière bière.

– Vous n'habitez pas au-dessus de la pharmacie du coin ? demanda la tenancière. Elle avait de profonds sillons sur les côtés de sa bouche et il lui manquait deux dents.

– Non, balbutia Berger, vous me confondez avec un autre.

– Je le savais, dit-elle triomphalement, je reconnais toujours les visages ! Quand j'ai vu un visage, je ne l'oublie jamais.

Elle était saoule, remarqua-t-il.

– Montparnasse est fichu, je vous le dis, marmonna-t-elle. Là-dessus, elle eut une telle quinte de toux que Berger en fut subitement écœuré.

L'entrée principale du cimetière se trouvait sur le boulevard Edgar Quinet.

Il acheta un pot de chrysanthèmes à une petite vieille installée au milieu de ses fleurs devant une échoppe d'un vert fluorescent.

Il entra par le portail en pierre.

Après la mort de Camille, la conséquence la plus désolante avait été que sa famille, et en particulier son père, avait voulu garder le contrôle de toutes les questions pratiques.

Depuis qu'ils étaient ensemble, Berger savait qu'il existait un caveau familial au cimetière du Montparnasse, mais ils n'en avaient jamais réellement parlé et n'avaient jamais tiré de plans sur la comète. Quand on a vingt, trente, quarante ans, la mort reste une abstraction.

Mais en ces jours confus, irréels, qui avaient suivi le 13 novembre, il avait fallu tout à coup prendre une série de décisions, et c'est le père de Camille qui s'en était chargé. Durant toutes les années de leur mariage, il s'était contenté d'afficher une sorte de politesse condescendante vis-à-vis de Berger, mais, après la mort de Camille, il n'avait plus montré que mépris et incompréhension pour ce déchet qui traversait les jours en délirant, bourré d'antidépresseurs. Et donc, l'enterrement de Camille fut réglé à Paris et elle fut déposée dans le caveau de famille du cimetière du Montparnasse.

Au début, il n'avait ressenti que du chagrin et une colère sourde, car elle était pour l'éternité à Paris et non près de lui à Bruxelles, mais depuis, il avait nuancé son approche. À l'exception de son enfance, elle avait certes passé sa vie à Bruxelles, mais elle restait de cœur une fille de la Ville Lumière. Toutes les fois où ils avaient passé un week-end ou un jour volé à Paris, elle marchait dans les rues avec une joie enfantine et Berger voyait dans ses yeux et son sourire qu'elle se sentait chez elle. Et, peu à peu, il avait pris conscience que c'était bien comme ça. Si elle n'avait pas été sa vie durant dans sa ville chérie, elle y était au moins dans la mort, même si cela restait très pénible pour lui.

Ils connaissaient bien le cimetière, et cela se vérifiait une fois de plus.

Leur tout premier voyage en commun avait été une étape d'un jour en ces lieux, sous une pluie battante, au cours de l'été 1991. Ils venaient d'avoir dix-huit ans et sortaient de l'école secondaire. Le grand héros de Camille, Serge Gainsbourg, était mort quelques mois plus tôt. Berger avait tenu le parapluie quand ils étaient restés devant la tombe qui croulait sous les fleurs. Camille avait posé la tête sur son épaule et avait pleuré à chaudes larmes pendant une dizaine de minutes.

Ce même après-midi, il lui faisait connaître pour la première fois l'amour physique dans la petite chambre d'étudiant de Chloé, l'amie de Camille. Ensuite, ils avaient bu du vin sous la marquise d'une terrasse du boulevard du Montparnasse. Ils étaient tous les deux tellement émus par l'événement qu'ils ne disaient pratiquement rien.

Pendant une heure, ils étaient restés soudés l'un à l'autre, regardant la pluie tomber et les gens marcher dans la rue. De temps à autre, ils se tournaient l'un vers l'autre et éclataient de rire.

Il déposa les chrysanthèmes sur la tombe.

Camille gisait sous une simple dalle de granit.

Juste derrière la tombe poussait un grand arbre qu'elle aurait certainement aimé.

Tu me manques, mon amour.

Tu es partie il y a deux ans et tu me manques tellement que j'en suis encore déchiré tous les jours, ici, à l'intérieur.

Il demeura longtemps à contempler son nom.

10

Il se réveilla en hiver.

Lorsqu'il se faufila dans son séjour le jour suivant et regarda entre les lattes des persiennes, il ne vit que du blanc en diverses nuances. Pendant que Berger avait dormi deux nuits de suite sans cauchemar, il avait neigé. Le ciel avait pris une couleur crème.

Il y avait aussi une brume matinale, une purée de pois qui contribua à son sentiment d'aliénation : tout était si silencieux et blanc sur les toits qu'il lui semblait que la neige avait enseveli toute trace de vie et qu'il était seul au monde.

Berger s'attacha un moment à cette pensée car il la trouvait agréable.

Il chercha son téléphone.

– Bonjour, dit le commissaire Leroux.

– Bonjour Lucas.

– Tu appelles pour le plan ? Nous n'avons encore rien, dit-il un peu piqué au vif. Nous pouvons difficilement évacuer la moitié de Bruxelles, pas vrai ?

La veille, au moment où Berger se trouvait sur la tombe de Camille, on avait trouvé la voiture de John Novak à quelques rues à peine du quai de Valmy. Une Peugeot 306 antédiluvienne, remplie d'objets divers et de vêtements. Et, dans la boîte à gants, un plan trouvé sur Internet. C'était une simple feuille A4 pliée qui montrait un coin de Bruxelles, plus précisément le quartier du Stade Roi Baudouin et de l'Atomium, à Laeken.

– Ce n'est pas pour ça que j'appelle…

– Qu'est censé faire Novak avec ce plan ? dit Leroux comme s'il n'avait pas entendu Berger. À ton avis, cela signifie-t-il quelque chose ?

– Oui, je te l'ai déjà dit hier soir. À ma connaissance, Novak n'a jamais eu d'ordinateur, je serais étonné qu'il puisse trouver un plan sur Internet et l'imprimer.

– Mouais. C'est ce que je veux dire, sacrebleu… C'est un truc que les gens d'Altieri ont réglé pour lui, c'est un indice. Sa prochaine victime habite peut-être ici à Bruxelles et nous sommes là à regarder comme des ânes.

Il était hors de lui, comme Berger pouvait en juger au ton de sa voix.

– Lucas, je…

– Nous commençons la prière du matin dans dix minutes, si tu n'es pas encore parti, je vais…

– C'est pour ça que j'appelle, dit Berger d'un ton las. Je pense que ce n'est pas une bonne idée que j'aille au bureau.

Un moment de silence.

– Tu veux dire aujourd'hui ou en général ?

– En général.

Le retour de Paris la veille avait duré nettement plus longtemps que d'ordinaire, car Berger devait laisser son bras se reposer toutes les heures. Cela lui avait donné énormément de temps pour réfléchir et, pour une fois, cette réflexion n'avait pas été inutile. Certaines choses étaient devenues claires à ses yeux. Des choses qu'il savait déjà, à vrai dire, mais qu'il n'avait jamais formulées dans sa tête. Son ancienne vie était réellement terminée, voilà ce qu'il comprenait enfin.

– Je ne peux plus travailler en équipe. Ce n'est tout simplement pas possible.

Leroux soupira profondément.

– Je ne sais pas si j'en serai encore capable un jour, Lucas, c'est ce que je veux dire.

– Oui, dit Leroux, je crois que je le voulais tellement moi-même, tu piges ? Je voulais retrouver notre équipe d'autrefois. Insensé, bien sûr, on ne peut pas remonter le temps.

Berger se tut.

– Tu veux arrêter, c'est ça ? demanda Leroux.

– Non !

Il se rendit compte qu'il avait crié.

– Désolé, Lucas. Non, au contraire. Je veux rester impliqué, si tu es d'accord. Je veux… je veux trouver Novak.

– Je connais ça, ricana Leroux. Flic un jour, flic toujours, pas vrai ? Il paraissait soulagé. Et si on faisait comme ceci : tu nous aides pour l'enquête, mais tu ne fais pas partie de l'équipe. Tu reçois les infos, tu y réfléchis et tu nous aides à trouver Novak.

– Merci, dit Berger.

Leroux fit mine de ne pas avoir entendu.

– Écoute. C'est ce que nous aurions dû faire depuis le début, c'était en fait aussi mon intention, mais dans mon enthousiasme…

– Que se passe-t-il sur place ? demanda Berger. Je veux dire à Laeken.

– Pff… Beaucoup et peu, question de point de vue. La police communale a mis le maximum de gens sur le terrain, et il n'y en aura pas moins à la recherche. Mais on ne peut évidemment pas bloquer toutes les rues. L'Hôpital des Enfants Reine Fabiola se trouve aussi sur le plan, pour te donner une idée. Mais il se peut tout aussi bien qu'il soit encore à Paris, maintenant qu'ils ont trouvé sa voiture.

– Je ne pense pas. Berger observa la neige sur le toit de l'immeuble Citroën. Il est de retour à Bruxelles, Lucas !

– Qu'est-ce qui te fait dire ça ? demanda Leroux un peu trop vivement.

Berger se tut.

– Ceci dit, il n'essaiera pas de prendre le train ou l'avion, malin comme il est, grommela le commissaire.

– Non, il n'est pas si malin, mais cela ne fait rien. Novak ne prend jamais le train et, à mon avis, il n'a jamais mis les pieds dans un avion. Il est garagiste, il passe sa vie parmi les voitures.

– Que veux-tu dire ?

– Qu'il n'est pas resté à Paris simplement parce que nous avons trouvé sa vieille Peugeot. S'il y a une chose dont un homme comme John Novak ne manque jamais, c'est bien de voitures d'occasion.

– Bon, la réunion du matin commence à l'instant, dit Leroux avec une pointe d'irritation. Sara a rendez-vous tout à l'heure avec Serge Vallaert, le travailleur social. Il vient de rentrer de vacances. Veux-tu l'accompagner ?

– Volontiers, dit Berger.

À quatre heures, l'inspectrice Cavani vint le chercher chez lui.

Il y avait encore du brouillard, mais le calme et la douceur inhabituelle de ce matin avaient complètement disparu : la neige était en train de fondre et une soupe grise et brune s'accumulait dans les rues. Les rares voitures qui passaient en étaient maculées.

– Ce temps me fait perdre mes moyens, dit Cavani.

Berger s'était attendu à une voiture de service, mais elle avait surgi à côté de lui sur le trottoir dans une veste noire imitation fourrure et des bottes de neige noires. Elle semblait prête à partir pour une expédition polaire.

Il regarda autour de lui.

– Où est ta voiture ?

– Au garage pour l'entretien. Je suis venue en métro, il n'y a que deux arrêts. Fuck, il fait froid. Elle tapa des pieds sur le sol. Vallaert habite un peu plus loin dans un appartement du quai au Foin. On peut y aller à pied, si je ne gèle pas en chemin bien sûr.

– Il ne gèle pas, Sara.

L'un n'a rien à voir avec l'autre.

Serge Vallaert était un homme nerveux, assez chaotique. Il leur proposa du café, puis oublia son offre et, quand il s'en souvint, il fit tomber deux fois le paquet ouvert sur le sol de la cuisine.

– Je viens de rentrer de mon voyage de rêve et je suis encore un peu dans cette atmosphère, dit-il tout en prenant une balayette et en rassemblant le café moulu pour en faire un petit tas.

– Vous avez fait un trekking, c'est ça ? demanda Cavani. Vallaert approuva d'un air enthousiaste.

– J'ai fait plusieurs trekkings au Pérou, dans les Andes, notamment le plus célèbre de tous, l'Inca Trail, cinq jours d'ascension jusqu'au Machu Picchu. Il se tenait immobile avec sa balayette en main et les regardait d'un œil vague.

– Racontez-nous, je vais m'occuper du café, dit Cavani.

Une fois installés dans le séjour en désordre, chacun avec sa tasse en main, ils parvinrent enfin à obtenir de Vallaert qu'il laisse les sommets des Andes là où ils se trouvaient pour parler de son travail.

En tant que travailleur social, il se rendait régulièrement à la prison de Saint-Gilles, expliqua-t-il, car son organisation y menait des sessions de formation depuis des années.

– Il y a deux ans, j'ai lancé un cours de peinture de base. Il haussa les épaules. Nous devions proposer quelque chose de nouveau de toute urgence car nos subventions étaient une fois de plus compromises. C'est alors que j'ai eu cette idée. Le cours était ouvert à tous les détenus qui voulaient y participer.

– Et ça a marché ? demanda Cavani avec un sourire.

– Quand vous êtes enfermé, vous sautez sur

toutes les occasions de sortir de votre cellule et de vous changer les idées.
Même sur un cours de peinture.

– Et pourquoi Magritte ? demanda Berger.

Pour la première fois, Vallaert eut un sourire.

– Parce que tout le monde le connaît, Monsieur. Même si vous êtes nul en peinture, c'est tellement… universel, je ne trouve pas d'autres mots.

– C'est pour cette raison que vous avez utilisé *Le Fils de l'homme* ?

Le regard de Vallaert se fit méfiant.

– Vous vous êtes bien informés avant de venir ici, je vois…

– C'est ce que nous faisons toujours, intervint Cavani, cela nous occupe. Elle le regarda joyeusement. Continuez…

– Je me sers du *Fils de l'homme* parce que c'est une peinture facile pour les amateurs. Ce qui n'est pas tout à fait exact, soit dit entre nous, mais c'est le cas de toutes les peintures de Magritte. Il sourit nerveusement. Ils peignent un petit homme avec des bras et des jambes et ils lui mettent sur la tête un chapeau melon, vous comprenez ? La plupart des gens peuvent même reproduire une pomme de façon plus ou moins fidèle. Ils voient qu'ils progressent et cela les encourage, en quelque sorte…

– John Novak, dit Berger.

– Oui.

– Il a aussi suivi ce cours.

Vallaert hésita.

– Oui et non. Il soupira. Je m'en souviens assez bien parce que c'était un cas un peu spécial, ce Novak.

– Dans quel sens ?

– Au début, il n'a cherché aucun contact, ni avec moi ni avec les autres détenus. On aurait dit que nous n'existions pas pour lui. Il était là, dans son coin, tout le temps.

– Cela ne l'intéressait pas, c'est ce que vous voulez dire ?

– Non, au contraire, il était passionné. Il secoua la tête. Je n'ai pas voulu dire ça. Il était très accaparé, c'est plutôt ça. Je ne pense pas que le cours lui plaisait vraiment, mais il était captivé par les peintures elles-mêmes, vous voyez ? Les deux premières leçons, je leur ai montré surtout les toiles les plus connues de Magritte et je leur ai parlé de la vie de l'artiste, et pourquoi ses peintures sont surréalistes et ainsi de suite… et Novak. Il soupira. Il réagissait de façon très étrange.

– Étrange ? releva Berger.

Vallaert hésita une nouvelle fois.

– Il regardait ces reproductions comme si elles lui faisaient mal, je ne peux pas le dire autrement.

Berger réfléchit.

– Mais pourquoi avez-vous dit « oui et non » il y a un instant quand je vous ai demandé si Novak a suivi le cours de peinture ?

– Parce qu'il ne l'a pas vraiment suivi. Il n'a assisté qu'à deux cours. Vallaert les regarda tous les deux. Attendez, je vais vous chercher quelque chose.

Il se dirigea vers la grande bibliothèque qui occupait un mur entier de son appartement, en sortit un gros bouquin après avoir un peu cherché et revint s'asseoir auprès d'eux.

– Nous étions à la fin de la deuxième leçon et Novak était tout le temps… agité. Il paraissait choqué, je sais que cela paraît bizarre, mais c'est ainsi que je l'ai ressenti. Et je leur ai fait voir ceci…

La peinture de Magritte montrait un homme et une femme qui se tenaient dans l'angle d'une pièce. Berger reconnut la peinture, car elle ressemblait fort à la toile que l'inspecteur Derijcke avait montrée en réunion. Les figures se trouvaient alors devant un paysage verdoyant et elles avaient toutes les deux un tissu sur la tête. Sur la peinture que montrait Vallaert elles essayaient de s'embrasser, mais leurs têtes restaient complètement enveloppées dans un grand voile blanc.

– Cela s'appelle *Les Amants 1*. Quand Novak l'a vu, alors… je ne sais pas ce qui s'est produit en lui, mais il ne tenait plus en place. Il s'est brusquement levé et a voulu sortir, mais cela ne se passe pas comme ça en prison. Il s'est mis à tambouriner sur la porte et à crier qu'il voulait sortir, j'ai été pris de panique, je dois le dire, un tel colosse… Il a fait toute une histoire pour trouver rapidement un surveillant qui puisse le ramener dans sa cellule.

– Et ensuite ?

– Ensuite, rien, répondit Vallaert. Novak ne s'est plus jamais aventuré au cours. Plus tard, une de mes collègues m'a raconté certains trucs. Elle travaille comme bénévole à la bibliothèque de la prison. Novak lui a emprunté un album sur Magritte. Une semaine après sa crise à mon cours. Je me rappelle qu'il y a eu tout un ramdam, car il n'a pas rendu le livre, mais je n'en sais pas plus.

Le téléphone de Cavani sonna.

Elle s'excusa et fila dans la cuisine.

– Vous savez, dit nerveusement Vallaert, c'est peut-être une bête question, mais vous ne m'avez toujours pas dit pourquoi ce cours vous intéresse tant.

– John Novak s'est évadé pendant que vous étiez dans les Andes. Nous essayons de le trouver, c'est tout.

– Mais qu'est-ce que mon…

– Tout peut être important, nous ne faisons que nous informer, dit tranquillement Berger.

Cavani réapparut dans le séjour.

– Nous devons y aller. Merci pour le temps que vous nous avez consacré, monsieur Vallaert.

L'inspectrice avait à peine prononcé ces derniers mots qu'elle avait déjà ouvert la porte de l'appartement.

Quand Berger la rejoignit dans l'escalier, elle tenait de nouveau son téléphone contre son oreille. Dans l'attente d'une connexion, elle se hâta de dire : ils ont trouvé le corps d'un homme, avenue Houba de Strooper à Laeken.

– Il y avait un mot près du corps, dit Cavani. Le même que pour les deux autres.

Elle eut alors la connexion et demanda un taxi.

– André Michiels, soixante-trois ans. C'est la femme de ménage qui l'a trouvé. Leroux prit une petite tasse de café que lui apportait un jeune agent en uniforme. Elle ne vient qu'une fois par semaine, nous avons donc un peu de chance pour le timing. Il remit une photo à Cavani. Berger regarda également.

Un homme avec un petit visage, légèrement bouffi. Un front grand et large, disproportionné, et des cheveux d'un brun clair, mi-longs, trop longs pour son âge, avec une grosse mèche peignée en oblique. Des petits yeux brun foncé. Une petite bouche avec des lèvres très fines.

Pas un bel homme, songea Berger tout en examinant la photo. Assez laid, même. Pour le reste, un simple sexagénaire sans surprise.

– La police locale s'occupe de l'enquête de voisinage, grommela Leroux. Cela dit, beaucoup de monde vit dans cet immeuble, nous devons sans cesse empêcher les gens d'y entrer ou d'en sortir. Je veux simplement dire qu'il est possible de rentrer sans se faire remarquer…

– Sauf si tu ressembles à Novak, répondit Berger.

On s'agitait autour d'eux.

Devant les portes de verre, on avait dressé une tente en plastique bleu qui protégeait de la curiosité mais marquait aussi la limite des compétences : ceux qui voulaient passer sous la tente et entrer dans le bâtiment avaient besoin de l'autorisation des scientifiques du labo. La chance de l'obtenir alors qu'ils étaient encore en train de chercher des indices était proche de zéro, Berger le savait.

À son grand soulagement, il vit que le parquet était déjà parti et que le lieu du crime allait être à eux.

– Depuis combien de temps sont-ils occupés là-haut ? demanda-t-il en montrant les étages de l'immeuble.

– Longtemps. Leroux but une gorgée et fit la grimace. Bon Dieu, est-ce si difficile de préparer une simple tasse de café !

– Arrête avec ça, dit joyeusement Cavani tout en donnant à Berger une paire de gants et un masque médical.

Dix minutes plus tard, les premiers collaborateurs du labo sortirent de l'immeuble et ils purent monter.

L'appartement était sobrement aménagé. C'était également très propre. Propre, mais assez dépouillé, estima Berger en examinant les meubles. Le peu qu'il y avait était simple, beau et probablement coûteux. La décoration était manifestement réfléchie : la sobriété générale contrastait avec l'horloge de la cuisine qui était dorée et un mur du séjour dont le papier peint semblait représenter d'étranges plantes vertes.

Les derniers employés du labo emballaient leurs affaires et enroulaient les fils des lampes halogènes.

Michiels gisait sur le sol du living. C'était un homme assez petit, Berger le constatait maintenant. Plusieurs parties de son corps et de ses vêtements étaient recouvertes de bouts de scotch numérotés afin que les membres du labo puissent par la suite vérifier la localisation des traces d'ADN étranger.

Vandevelde, le médecin légiste, était accroupi près du corps.

– Bonsoir docteur, dit Leroux. Que pouvez-vous déjà nous dire ?

– Vous avez remarqué ce papier peint ? Avec un tel environnement, on doit s'attendre à mourir étouffé un jour ou l'autre.

Tout le monde regarda le mur du living. Le papier était vert clair et Berger constata qu'en fait ce n'étaient pas des plantes vertes mais des fleurs. L'impression avait été faite en suivant un patron floral, avec des teintes vert foncé et jaunes.

– Il a été étouffé alors ? demanda Cavani.

Le médecin lui jeta un regard noir.

– Vous voulez anticiper mon rapport ? Je vous trouve particulièrement déraisonnable.

Berger connaissait Vandevelde depuis des années. C'était un excellent professionnel, mais sa grossièreté et son humour décalé avaient fini par exaspérer plus d'un flic.

Il vit que Berger était également présent. Un sourire imperceptible se dessina sur son visage.

– Bien, bien, il y en a du monde ici… Bonjour Alex !

– Bonjour Pierre.

Vandevelde se leva non sans peine.

– Ma femme m'a offert un beau cadeau pour mon anniversaire, aboya-t-il, un week-end avec elle dans un sauna, merde alors, ça ne s'invente pas.

Il secoua la main de Berger. Le regarda un moment dans les yeux mais ne dit rien.

Puis il se tourna vers Leroux.

– La victime avait un sac en soie sur la tête, donc la chance qu'elle ait été étouffée de cette manière me semble réelle, mais je ne peux pas en dire plus.

– Le moment du décès, docteur ? demanda Cavani.

– Je ne suis pas si bon que ça en calcul de probabilités. Sinon j'aurais déjà gagné à l'Euro Millions et vous pourriez faire l'autopsie vous-mêmes.

C'était un euphémisme de dire que, le plus souvent, travailler avec Vandevelde n'était pas une partie de plaisir, mais l'homme était suffisamment professionnel pour laisser de côté les plaisanteries, quand il le fallait.

– Sa température corporelle était de 31 °C et une certaine rigidité s'est déjà installée. Je dirais : très probablement entre onze heures et midi ce matin, grommela-t-il en s'adressant un peu à tout le monde. Pour des informations plus précises, je vous renvoie non sans déplaisir à l'autopsie. Je pars pour le moment du principe qu'il est mort par suffocation.

Il ferma sa mallette, fit un signe de tête à Berger et se dirigea vers la porte.

– Demain après-midi, il sera sur ma table de découpe, cria-t-il. Bonne fin de journée !

En une dizaine de minutes, ils examinèrent rapidement les lieux, puis laissèrent derrière eux leurs collègues Mahdouli et Derijcke pour un examen plus approfondi et redescendirent.

Une fourgonnette bleu foncé était garée sur le trottoir, juste devant l'immeuble. Les membres de l'équipe l'appelaient depuis toujours le bus de la Crim : le véhicule les accompagnait dans presque toutes les enquêtes criminelles. Il était bourré de tentes, de vêtements de pluie, de cônes de signalisation et de matériel d'éclairage. On y avait aussi aménagé un espace de travail avec une table pour quatre personnes, des prises et un générateur autonome, ce qui permettait aux enquêteurs de commencer leur travail sur place.

Quand Cavani voulut ouvrir la porte, un homme revêtu d'une combinaison protectrice en Tyvek sortit du bus. Berger reconnut Somville, le chef du labo.

– Tout va bien, Rudy ? demanda Leroux.

Somville opina. C'était un homme un peu plus âgé, au regard tranquille et à la bouche en U, ce qui donnait l'impression qu'il riait constamment.

– Je dois y aller, hélas, dit-il, mais l'inspectrice Kepler a le rapport provisoire. Je lui ai transmis nos premières impressions.

L'inspectrice était assise à la petite table du bus et pianotait sur son laptop. Elle ne leva pas la tête.

– Tu auras sans doute de mes nouvelles demain, dit Somville.

– Le mot qui se trouvait près du corps ? fit Berger.

– Je vous ai transmis la photo, Emma l'a déjà dans son ordinateur.

Kepler leva alors les yeux.

– André Michiels était médecin généraliste, et j'insiste sur « était », commença Kepler en parcourant hâtivement les données qu'elle avait pu rassembler. Il a travaillé comme jeune médecin ici à Bruxelles, à Evere, puis il a déménagé à Anvers. Elle regarda son écran. En 2003, il a arrêté sa pratique, il venait d'avoir cinquante ans, mais on n'en connaît pas encore la raison.

– Pourquoi un médecin arrête-t-il à cinquante ans ? demanda Leroux.

Ils étaient tous les quatre autour de la table étroite.

Kepler regarda son chef d'un air interdit.

– Je viens de dire que nous n'en connaissons pas encore la raison.

– C'était une question purement rhétorique, Emma, soupira Leroux.

– Si tu le dis. Ensuite, il est revenu à Bruxelles et a vécu ici. Il est inscrit depuis mai 2003 à Bruxelles-Ville, dont Laeken fait partie.

– Le casier judiciaire ?

– Rien. Elle pianota en vitesse sur son clavier. Blanc comme neige. Le labo a emmené son ordinateur. Peut-être y trouverons-nous quelque chose, mais pour le reste…

Elle ne termina pas sa phrase.

– Marié, divorcé ?

– Aucun des deux.

– Le mot ? demanda Berger.

Kepler tourna son portable vers ses collègues.

– Comme on le voit, identique à ceux trouvés à Paris et chez Cécile Meurisse. Le labo doit encore l'examiner, naturellement. Il était tout près du corps, à moitié sous le canapé. Pas vraiment visible donc, mais pas caché non plus.

Ceci n'est pas un suicide. Il paraissait effectivement identique, songea Berger. Les mêmes mots, la même écriture scolaire que dans le tableau de Magritte, comme un mot-image sur une planche de lecture.

Leroux passa les mains sur son visage. Consulta sa montre.

– Mahdouli et Derijcke en ont encore pour un moment dans l'appartement, je pense. Tu te charges du rapport, Emma ?

Elle acquiesça.

– Il est près de huit heures et demie, grommela-t-il. Assez pour aujourd'hui, nous continuerons demain matin. La prière du matin commence à huit heures, veillez à être frais et guillerets. Il regarda Berger. Je te tiens au courant, Alex, ça va ?

Berger approuva d'un signe de tête.

Il errait dans son appartement.

Dans le tiroir inférieur de son surgélateur, il trouva encore un plat cuisiné qu'il fourra dans le four à micro-ondes et mangea un peu plus tard sur le bord de l'évier. Il vit la montagne de linge sale devant la machine dans la salle de bains et griffonna sur un mémo qu'il devait de toute urgence aller au lavoir. C'était au moins le troisième mot qu'il se laissait à lui-même, il avait cessé de compter.

L'ex-femme de ménage d'un homme politique, une galeriste parisienne, un médecin retraité.

Et Magritte.

Il essayait de limiter sa consommation de vin. Le cubi de deux litres à côté de sa chaise dans le séjour était encore à moitié plein. Je me lance ce soir. Je dois pouvoir y arriver… Il se servit un verre raisonnable et repensa à la conversation de cet après-midi avec

Vallaert. Comment s'appelait encore la peinture qui avait tellement perturbé Novak ?

Il prit le livre d'art sur les maîtres belges sur l'étagère et se mit à le feuilleter jusqu'aux pages consacrées à Magritte. La première reproduction qu'il vit était *La Trahison des images.* La toile à la pipe. Berger lut la brève explication sous la reproduction :

« Ce que veut dire Magritte, c'est que ce n'est pas une pipe réelle, mais la représentation d'une pipe et ce n'est pas du tout la même chose. Celle-ci ne peut être ni bourrée, ni fumée, mais elle peut servir à autre chose : elle nous force à réfléchir à la différence entre la réalité et notre représentation de la réalité ».

Berger avala une rasade de vin et essaya de réfléchir, mais en vain.

Il continua à feuilleter le livre et tomba sur la peinture qui avait tant perturbé Novak.

Ici, la toile ne s'appelait pas *Les Amants* mais *Les Amoureux.* Un homme et une femme s'embrassent, mais leurs bouches ne se touchent pas car un voile gris s'interpose entre eux, un voile qui enveloppe complètement leurs têtes, rendant leurs visages invisibles. L'homme porte un costume sombre et une cravate, la femme une robe brune, sans manches.

Camille en avait une du même genre, songea-t-il tout à coup.

Ne fais pas ça, Alex…se dit-il.

Elles avaient exactement la même taille, toutes les deux, constata-t-il. Il avait quinze centimètres de plus que Camille et quand ils s'embrassaient, elle devait lever la tête pour atteindre sa bouche, comme la femme de la peinture.

Il inspira profondément et se concentra sur la légende explicative :

« *Les Amants*, une œuvre de 1928. Les amoureux sont enveloppés d'un voile qui protège leurs visages l'un de l'autre, mais les tient en même temps serrés l'un contre l'autre. Le voile perturbe leur intimité. Finalement, leur passion devient leur solitude. »
Absolument, pensa Berger.

Leur passion devient finalement leur solitude.

Je n'aurais pas pu mieux définir ma propre vie.

« Certains voient aussi un linceul dans ce voile enserrant leurs têtes. Un enlacement jusque dans la mort donc », poursuivait le texte.

Il déglutit. Il serra brusquement les mains autour du bouquin pesant et le jeta à travers la pièce. Il rebondit contre le mur avec un bruit sourd.

Ta mort ne fera pas que libérer Camille et moi, Novak. Elle te libérera aussi. Elle nous libérera tous, connard.

Il se rendit dans sa chambre à coucher et ouvrit la penderie de Camille. Il le faisait régulièrement, mais, cette fois-ci, il chercha la robe brune qu'il avait vue sur la peinture. Il ne la trouva pas.

Il retira du tiroir sous ses robes l'un de ses châles choisis au hasard. Il était en soie, brun foncé, avec des motifs de chaînes dorées chargées de pierres précieuses.

Berger passa le châle autour de son cou, puis sur son visage.

Il se coucha sur le dos sur son lit, drapa de nouveau le châle autour de son visage et le fixa derrière sa tête, en l'ajustant le mieux possible.

Il pouvait encore respirer, même si c'était assez pénible.

Son nez était plein de Camille, plein de son odeur. Agrumes, chèvrefeuille, un soupçon de jacinthe…

Quand il fut pris de vertige, il pensa : oui, il le faut. Ce sera comme ça. D'abord supprimer Novak et je pourrai enfin avoir la paix. Son châle attaché autour de ma tête, m'en aller lentement, la dernière chose dont je serai conscient, ce sera son odeur.

Je ne peux pas être plus près de toi.

Il haletait légèrement quand il détacha le châle. Frotta ses yeux. Resta un moment à fixer le plafond. Ne pensa plus à rien.

Plus tard dans la soirée, il arpentait son appartement, un verre de vin à la main, le châle flottant autour de sa tête. Il le humait de temps à autre avec la même intensité qu'il humait son cou autrefois. C'était son rituel chaque fois qu'elle quittait la maison. Un baiser dans son cou et s'imprégner doucement de son odeur.

Il la vit tout à coup dans l'embrasure de la porte, la veille des attentats. Elle avait son sac de week-end dans la main droite. Elle passait la main gauche dans ses cheveux. Qu'avait-elle fait alors ? Comment avaient-ils pris congé l'un de l'autre ? Berger avala une gorgée, traversa le séjour et regarda au dehors par les persiennes.

Je l'ai prise dans mes bras, pensa-t-il. Je lui ai fait un câlin et j'ai senti son parfum quand je l'ai embrassée dans le cou, comme d'habitude. Et Camille avait ri et dit quelque chose. Mais quoi ?

Berger se secoua les méninges et se rappela tout à coup : elle lui avait fait la leçon en riant parce qu'il devait partir travailler et qu'il était encore en sous-vêtements.

Il en avait toujours été ainsi. Il avait toujours été parmi les premiers au bureau, sauf quand Camille n'était pas là le matin, dans ce cas, il se mettait difficilement en route. Sans elle, il était lent et inefficace…

Habille-toi, chéri, avait-elle dit, sinon tu devras de nouveau te dépêcher. Je t'appelle quand je suis à la Gare du Nord, OK ?

C'est ce qu'elle avait dit et elle lui avait téléphoné. Un appel bref. Elle avait croisé un musicien ambulant devant la gare et l'homme l'avait fait rire. Camille aimait les musiciens ambulants.

À demain, avait-elle dit.

Bisous, à demain.

Leur avant-dernière conversation, sans qu'ils en aient été conscients évidemment.

La dernière avait été quand il lui avait dit qu'il devait changer son billet pour partir le samedi matin. Et enfin, elle a essayé de m'appeler une dernière fois, songea Berger tout en remplissant son verre à un nouveau cubi qu'il avait pris dans la cuisine.

Vendredi 13 novembre à 21 h 17, huit minutes avant sa mort, et je ne saurai jamais ce qu'elle voulait me dire.

Elle était au *Carillon*. Et tout lui revenait une nouvelle fois en tête. Elle voulait sortir avec Chloé, son amie, Chloé la fumeuse invétérée, la femme qui ne pouvait pas vivre un quart d'heure sans cigarette.

Et soudain, Berger sut comment il devait traquer la vérité.

Il était là, debout, figé, au milieu du séjour lorsque la solution toute simple lui apparut. Il se mit à sourire, car il la trouvait enfin : Chloé était à ses côtés quand elle avait essayé de l'atteindre.

Il vit toute la scène se dérouler devant ses yeux. Camille avait essayé de l'appeler dans le bar, tandis que Chloé attendait impatiemment qu'elles aillent ensemble sur la terrasse. Chloé lui aurait demandé à qui elle téléphonait, non ? Camille le lui aurait dit. Elle n'avait pas obtenu de réponse et elle avait raccroché sans laisser de message et elles étaient alors sorties ensemble. Combien de temps lui restait-il à vivre ? Trois, quatre, cinq minutes ? Elle avait été rejoindre Chloé sur le trottoir devant le bar. Deux minutes tout au plus.

Et durant ces deux minutes, elle aurait dit à son amie pourquoi elle lui avait téléphoné. Logique, non ? N'est-ce pas ce que faisaient les amies ?

Berger alla vers le petit bureau dans l'angle du séjour. Il chercha et trouva le numéro de Chloé dans le carnet de Camille.

Au premier essai, il était si nerveux qu'il forma un mauvais numéro. Il s'excusa et fit une nouvelle tentative.

Il appela trois fois Chloé ce soir-là, mais il n'y eut pas de réponse.

Et il ne laissa pas de message.

11

– Evere, dit Lucas Leroux.

Il toussa, se moucha.

– Si je tombe malade, je ne réponds pas des conséquences. Sa voix était rauque.

– Tu es déjà malade à mon avis, répondit Berger.

Il était onze heures du matin et Berger attendait au lavoir que le programme se termine.

C'était à contrecœur qu'il était venu ici avec un mois complet de linge sale. Pure nécessité : il avait vu ce matin qu'il n'avait plus aucun pull dans son armoire. En acheter chaque fois un neuf était une idée attrayante, mais guère tenable sur le plan financier. Le lavoir était donc la seule option. À son grand soulagement, tout se déroula bien : personne ne fit attention à lui, les modes d'emploi des appareils étaient clairs et il y avait quelque chose de reposant à regarder, assis sur une chaise, tourner le tambour d'une machine à laver.

– Evere donc, dit Berger.

– C'est tout simplement désolant, vraiment. Leroux toussa de nouveau et longtemps cette fois. C'est même moins qu'une coïncidence si tu veux tout savoir.

– Et cela ne colle pas avec Paris, avec Claire Collinet. Du moins autant que nous sachions.

– Cela ne débouche sur rien, pesta le commissaire.

Dans leur enquête sur la vie d'André Michiels, l'équipe avait croisé le hasard ce matin. L'homme était médecin dans la commune bruxelloise d'Evere jusqu'à son déménagement à Anvers en 1981. Il s'avérait que Cécile Meurisse avait aussi travaillé à Evere : avant de devenir la femme de ménage de l'homme politique, elle était nettoyeuse dans une école primaire de la commune. Et elle aussi avait quitté cette commune en 1981.

Mais il n'y avait aucun lien avec la galeriste et ils considéraient cet élément comme l'un de ces curieux hasards que chacun d'entre eux avait déjà vécu dans une affaire criminelle. La seule chose évidente, pour ainsi dire, c'était une information du labo : les traces d'ADN trouvées chez Michiels appartenaient sans aucun doute à John Novak.

– Et maintenant ? demanda Berger.

– Continuer obstinément, dit Leroux. Quand tu secoues un arbre suffisamment longtemps, il finit bien par en tomber quelque chose, disait toujours mon premier boss. Je me console avec ce genre de clichés.

– Quand est prévue l'autopsie de Michiels ?

– Dans une demi-heure, je partirai immédiatement.

– Je te vois venir, tu veux contaminer le plus de personnes possibles autour de toi.

– Je ne m'inquiète pas pour le cadavre, ni pour le docteur Vandevelde d'ailleurs.

– Et si j'allais fureter à Evere ? demanda Berger. Pour parler avec des gens plus âgés, ils pourraient peut-être se rappeler de cette période. Qu'en penses-tu ?

– Bonne idée… Leroux éternua. Mahdouli est malade et Kepler passe de nouveau toute la journée au tribunal pour témoigner dans un procès. Toutes les aides sont les bienvenues.

L'église d'Evere de style roman édifiée en grès blanc est dédiée à Saint Vincent, lut Berger sur un panneau qui se dressait sur la place du même nom.

Il avait garé sa voiture un peu plus loin et avait marché jusqu'à l'église sans bien savoir pourquoi. Il était trois heures de l'après-midi, il avait erré un moment dans les artères du centre, mais il faisait froid et il bruinait, et il y avait peu de monde dans les rues. Les quelques passants que Berger avait pu aborder étaient beaucoup trop jeunes ou trop méfiants pour lui parler. Une vieille dame qui sortait de la boulangerie et qu'il avait approchée l'avait regardé de façon si terrifiée que Berger avait fait marche arrière et s'était excusé.

Sur le côté de l'église, il y avait quelques panneaux d'informations sous un auvent et une vieille dame se tenait devant l'un d'eux. Elle était en train d'y fixer une feuille quand elle remarqua Berger. Au contraire de la femme précédente, elle lui lança un regard ouvert et interrogateur.

Il lui fit un signe et s'approcha d'elle.

« Représentation de la Nativité, Saint Vincent et le soin aux malades. Bénévoles recherchés ! », lut Berger.

« S'adresser à Émilie Dupont ».

La femme continuait à le regarder et semblait désormais s'en amuser. Elle était plus jeune qu'il ne l'avait pensé, constata Berger en examinant son visage, elle devait avoir la soixantaine.

– Vous ne venez pas me dire que je peux vous noter comme bénévole, je suppose, dit-elle. Sa voix était douce et aiguë à la fois. Elle portait un long manteau d'hiver assez informe avec un col en épaisses couches de fourrure.

– Non, madame Dupont, je n'en suis pas un, hélas.

Elle opina comme si elle s'était attendue à cette réponse.

– Vous habitez depuis longtemps à Evere ? demanda Berger.

– Je suis née ici. En 1949, comme ça vous ne devez plus spéculer sur mon âge. Elle roula une liasse de feuilles et, d'un geste routinier, l'entoura d'un élastique. Pourquoi cette question ?

– Je cherche des informations sur un médecin qui a eu son cabinet ici. Le docteur Michiels, André Michiels. Il a quitté la commune en 1981.

Le changement qui marqua le visage de la vieille dame fut saisissant. En un quart de seconde, une sorte de voile se posa sur elle, une colère sourde rétrécit ses yeux et transforma sa bouche en un fin trait grimaçant.

– Vous voulez des informations sur le docteur Michiels, dit-elle hargneusement. Elle avait presque craché le mot « docteur ».

– Oui, ce serait…

– Vous êtes journaliste ? dit-elle sèchement.

– Non, pas du tout, je…

– Je n'ai rien à vous dire sur André Michiels, cria-t-elle. Rien !

Il vit que la femme n'était pas seulement fâchée, mais qu'elle était aussi consternée. Choquée.

Elle se retourna brusquement et s'en alla sans dire un mot de plus.

Un quart d'heure plus tard, il trouva un bistrot qui lui convenait.

L'Hirondelle était à la fois un café et un centre culturel pour seniors. À l'arrière, il y avait une petite salle pour des événements. Douzième quizz de *l'Hirondelle* ! annonçait une note manuscrite sur la porte.

Dans un coin du café, trois vieillards en tenue de cycliste rouge et noire étaient assis. Trois grandes lettres – BMC – s'affichaient sur leur poitrine. Et ils avaient tous les trois une bière devant eux.

Berger en commanda une lui-même au barman, regarda autour de lui et alla s'asseoir à une petite table à côté d'un homme qui feuilletait paisiblement son journal. Il ne lisait pas vraiment, constata Berger, il feuilletait et regardait, hochant de temps à autre la tête comme s'il trouvait que les nouvelles n'étaient pas vraiment surprenantes. Il devait avoir dans les soixante-dix ans, un vieil homme fier avec de beaux cheveux d'un blanc éclatant et de fines lunettes sur le nez. Une tasse de café fumait devant lui.

– Avez-vous un moment ?

– Pour… ?

Le ton n'était pas très hospitalier, mais pas bourru non plus. Il déposa le journal ouvert sur sa table et croisa ses mains devant lui.

Berger décida de s'y prendre autrement.

– Je travaille pour la police, dit-il. Nous enquêtons sur le décès d'André Michiels. Il était médecin, ici à Evere.

L'homme acquiesça d'un signe de tête.

– Vous le connaissiez ?

Au lieu de répondre, il posa lui-même une question :

– Pourquoi voulez-vous le savoir ?

Berger but une gorgée.

– Je vous l'ai dit. Nous enquêtons sur son passé.

– Il lui est arrivé quelque chose alors ? Ou bien il a fait quelque chose ?

Comme Berger ne lui répondait pas, il lui tendit tout à coup la main.

– Pletinckx. Bernard Pletinckx, enchanté. Ancien agent immobilier, retraité depuis dix ans.

Il joignit de nouveau les mains sur son journal.

– Suis-je le premier à qui vous parlez dans le coin ?

– Vous êtes le deuxième avec qui j'essaie, dit brièvement Berger. Près de l'église, je viens de demander à une vieille dame.

– Ah, dit Pletinckx avec un sourire compréhensif, vous avez sans doute vu Émilie.

Berger acquiesça.

– OK, dit l'homme d'une voix douce. Il réfléchit un instant. Commençons par le commencement : il y a toujours eu des rumeurs sur le docteur Michiels et je n'y ai jamais accordé de crédit…

– Quelles rumeurs ?

– Qu'il allait trop loin avec certains patients. Des jeunes patients surtout…

– Des garçons, dit Berger.

– Oui, des garçons. Il soupira. Je n'ai jamais bien compris. Michiels était notre médecin de famille. Aucun d'entre nous, y compris mon fils d'ailleurs, ne s'en est jamais plaint. Au contraire. Michiels était un très jeune médecin, je pense qu'il avait moins de trente ans quand il a débuté ici et il s'entendait à merveille avec les jeunes. Mais, à un moment donné, plusieurs parents ont déposé plainte. Ils prétendaient que leurs enfants avaient été violés, lors de visites à domicile, mais aussi dans son cabinet.

– Ce sont de lourdes accusations !

Pletinckx le regarda d'un air grave. Émilie Dupont était l'un de ces parents. C'est elle qui a lancé l'affaire, en fait. Tout le monde comprenait son chagrin, vous savez.

– Que voulez-vous dire ?

– Son fils s'appelait Philippe. Il était en traitement chez Michiels. Il s'est jeté sous un train à l'âge de onze ans. Émilie n'a jamais pu l'accepter.

Berger se tut.

– Ce gamin se comportait toujours de façon assez curieuse, il était plutôt… instable, c'est ce qu'on dirait aujourd'hui, je crois. Mon fils l'appelait généralement « le dingue », il était dans la même classe que lui.

Il saisit sa tasse, mais voyant qu'elle était vide, il la redéposa.

– Émilie n'a jamais pu se remettre de son suicide. Selon elle, Michiels avait plusieurs fois abusé de son gamin et cela l'avait traumatisé. Elle a alors lancé une véritable croisade, et quelques amies qui avaient des enfants l'ont suivie, et avant d'être au courant, nous avions la police à notre porte qui venait demander si nous avions remarqué quelque chose à propos du médecin ou s'il s'était produit quoi que ce soit.

Pletinckx haussa les épaules.

– En tout cas, on n'a jamais trouvé de preuve, mais vous savez ce que les ragots et les rumeurs peuvent faire. Sa situation ici était devenue intenable et il a déménagé peu après.

Il fit un signe au barman, leva sa tasse de café vide et demanda à Berger : je vous offre quelque chose ?

– Une bière, merci.

Ils attendirent leur commande et quand ils la reçurent, Berger laissa à l'homme le temps de remuer le sucre dans son café et de boire prudemment une première gorgée.

– Le nom de Cécile Meurisse vous dit quelque chose ? L'homme réfléchit, secoua lentement la tête.

– Non, rien.

– Elle était nettoyeuse dans une école primaire, ici, à Evere.

Pletinckx opina avec enthousiasme.

– Oui, je vois qui c'est maintenant, mais j'avais oublié son nom. Cécile ! Dieu, comme le temps passe. Il étendit les mains et continua. Mon épouse enseignait dans cette école, c'est pour ça. Il sourit encore un moment, regarda de nouveau Berger. Pourquoi cette question ?

– Vous ne l'avez pas connue personnellement, je suppose ?

– Non. Mon ex-épouse non plus, vous savez. C'était simplement quelqu'un qui était toujours là. Elle s'occupait aussi de la maison de Michaux, le directeur.

Avant que Berger puisse réagir, il tendit son doigt vers lui et dit triomphalement : Éric Michaux, naturellement !

Voilà quelqu'un que vous devez aller voir ! Le docteur Michiels et lui étaient des amis intimes. Il n'a jamais cru en ces rumeurs. Plus même, quand Michiels a été accusé, il l'a défendu avec énergie, je le sais de source sûre.

– Il habite encore à Evere ?

– Non. J'ai entendu dernièrement quelqu'un parler de lui, je crois qu'il est dans une maison de repos et de soins, à Uccle si je ne me trompe. Il réfléchit. Il doit avoir maintenant… près de quatre-vingts ans, je pense. Il regarda Berger et ajouta avec douceur : comme moi, donc !

– Que vas-tu faire ? demanda Leroux.

Berger était dans sa voiture, son téléphone à l'oreille. Il fixait d'un air absent les trois seniors en tenue de cycliste qui sortaient du café en vacillant un peu avant de prendre leurs vélos de course. Il était plus de cinq heures et il faisait sombre. L'un d'eux mit un brassard avec des lampes LED clignotantes.

– Je ne sais pas. Je veux dire, je ne sais pas si l'homme s'en est vraiment pris à des gamins. Mais Novak l'a assassiné et il devait y avoir une raison.

– Ne veux-tu pas faire un saut ici ? demanda le commissaire. Je sais ce que nous avons convenu, mais tu me ferais plaisir. Faire un rapport et accorder nos violons. Cela ne doit pas durer longtemps. Il toussa très fort.

– Tu es vraiment malade, Lucas.

– Je sais. Leroux haleta.

– Je vais passer, dit Berger.

Tout compte fait, il s'avéra vite qu'ils avaient peu de choses à collationner. Avec Kepler au tribunal et Mahdouli malade, seuls Leroux, Derijcke et Cavani travaillaient.

– Un pressentiment me dit que cette histoire a un rapport avec les petits garçons. J'espère me tromper, dit Cavani.

Berger avait fait le rapport de ses conversations à Evere. Leroux penchait pour l'analyse sobre de l'homme du café, l'inspectrice par contre suivait l'adage « Pas de fumée sans feu », même si elle dut admettre que, dans le cas présent, il n'y avait pas beaucoup de fumée.

– Il a travaillé plus de vingt ans comme médecin à Anvers, observa l'inspecteur Derijcke, et durant tout ce temps, il n'y a eu aucune plainte contre lui. Pas une seule. N'est-ce pas significatif ?

– Je l'espère, dit Cavani.

Elle portait un jean avec de spectaculaires déchirures, un T-shirt blanc avec les mots « Cupcakes are cheaper than therapy » et des bottes noires que n'auraient pas reniées des para-commandos.

– En tout cas, nous avons retrouvé cette plainte de 1981, dit-elle. Elle a en effet été classée sans suite par manque de preuves.

– N'oublie pas son ordinateur, grommela l'inspecteur Derijcke.

Le labo avait signalé qu'ils n'avaient trouvé jusqu'à présent aucun indice de photos illégales. Michiels avait plusieurs vieux films érotiques sur son disque dur, plutôt des comédies grivoises des années soixante-dix, beaucoup de seins et de fesses, mais pas de scènes explicites.

– S'il avait vraiment touché à des enfants à l'époque, nous aurions retrouvé quelque chose. Un pédophile qui s'attaque à des gamins à vingt-huit ans et qui ne regarde plus aucune photo le reste de sa vie, ça n'existe pas !

– Avant de partir pour le tribunal, Emma a encore obtenu ses données bancaires, ajouta Leroux en chevrotant.

Ses parents lui ont légué leur appartement et un petit héritage et il a vendu son cabinet d'Anvers 420 000 euros en 2003. Suffisant pour en vivre, manifestement, car il n'avait pas réellement d'autres revenus.

Leroux toussa tellement longtemps que Berger alla lui chercher un verre d'eau. Il but goulûment.

– Putain, croassa-t-il, je ne peux vraiment pas tomber malade.

– Je me répète, Lucas, mais tu l'es déjà.

Leroux ignora sa remarque.

– Ses dépenses sont à la limite de la monotonie, poursuivit-il, tandis qu'il fouillait une pile de papiers et en sortait deux documents. Michiels ne dépensait quasiment rien, sauf pour des voyages et du matériel photo. Il faisait en moyenne trois voyages par an. Cette année, il avait choisi les Açores, les Rocheuses aux États-Unis et la Laponie finlandaise.

– Il ne doit pas y avoir beaucoup de boutiques là-bas, dit Cavani.

– C'était pour les sites naturels... Cela correspond aux résultats de la perquisition opérée par Derijcke et Mahdouli. Ils ont trouvé des dizaines d'ouvrages sur la photo dans son appartement, plusieurs milliers de photos, mais uniquement de bestioles et d'oiseaux. Pas de paysages, pas de gens, pas de bâtiments. Des bestioles et des oiseaux.

Ils n'allèrent pas plus loin.

C'est seulement après six heures que Berger put prendre à part l'inspecteur Derijcke.

– Serait-il imaginable que nous nous trompions tous ? Qu'il n'y ait aucun lien ?

Derijcke le regarda d'un air sceptique.

– Où veux-tu en venir ?

– Il a noyé ces deux femmes et étouffé Michiels, tous les trois avec un sac sur la tête. Tu as parlé de Magritte et de sa mère, de son suicide et de la chemise de nuit qui recouvrait sa tête. Chercherions-nous trop de ce côté-là ?

L'inspecteur sourit.

– Oui, c'est effectivement possible. Il écarta les mains, buvant visiblement du petit-lait maintenant que Berger faisait explicitement appel à ses connaissances. Tout d'abord, Magritte lui-même n'était pas d'accord. Il a toujours nié que tous ces visages couverts étaient de simples allusions au drame de sa jeunesse.

– C'était quoi alors, selon lui ?

Derijcke haussa les épaules.

– Un mystère. N'oublie pas qu'il s'agit de surréalisme, Alex. D'après Magritte, ses peintures évoquaient simplement le mystère de la vie, et le mystère est par définition insaisissable.

Il vit que c'était trop abstrait pour Berger et chercha un exemple plus concret.

– Regarde, quand Magritte était jeune, les livres et les films de Fantômas étaient incroyablement populaires. Fantômas était un héros masqué, personne ne connaissait son identité, car il portait une sorte de voile sur la tête. Les surréalistes étaient fous de ces livres, car ils étaient bourrés de traits d'humour noir et de surnaturel. Tout ça pour dire que nous devons être prudents avec les interprétations.

Berger dut subitement s'accrocher à une chaise. La tête lui tournait violemment.

– Eh là ! s'écria Cavani, effrayée. Elle s'approcha de lui et le réprimanda. Puis-je te demander si tu as mangé aujourd'hui ?

– Pas beaucoup…

– Viens, dit-elle fermement. Elle le prit par le bras et se rendit avec lui à la cantine.

Le petit pain que Cavani lui avait imposé était pâteux et avait un goût de carton. Il en avait mangé la moitié et il l'écarta prudemment.

– Donne-le-moi, dit l'inspectrice. Je vais le finir.

Elle le mangea avec appétit.

Il la regarda et réalisa qu'il souriait.

– Il y a quelque chose que je ne t'ai jamais demandé, dit Berger.

Elle essuya sa bouche et le dévisagea.

– Où achètes-tu ces T-shirts délirants ?

Elle rit tellement fort que les rares personnes présentes se tournèrent vers eux.

– Dans un chouette petit magasin de mon quartier, dit Cavani. Je pourrais les acheter en ligne, tu sais, même un peu moins chers, mais je refuse. Si nous n'achetons plus que sur Internet, nous n'aurons bientôt plus de boutiques dans nos villes.

– Je pense que tu trouverais cela très ennuyeux, dit Berger.

Elle le regarda en fronçant les sourcils.

– Monsieur plaisante. Ce serait une catastrophe absolue !

Ils regagnèrent la salle commune juste au moment où Leroux raccrochait son téléphone. Il paraissait tout à coup un peu moins malade.

– C'était Saskia, des « Antécédents ».

Comme dans d'autres grandes villes, les équipes de la Crim bruxelloise pouvaient faire appel à la section « Enquêtes de moralité ». Dans le jargon, la section s'appelait « les Antécédents ». Elle était en fait constituée de deux bonnes dames qui, pour chaque affaire criminelle, rassemblaient des données sur le suspect et la victime. Elles exploraient tout ce qu'elles pouvaient afin de dresser les profils les plus complets possibles, cherchaient tout ce qui concernait les anciens amis, des jobs de vacances à l'école secondaire, et transmettaient ensuite leurs résultats à l'équipe des enquêteurs.

– J'avais demandé une recherche complémentaire sur Novak, tout ce qui pouvait avoir un rapport direct ou indirect avec Evere. En fait, il a été à la même école primaire. Deux ans seulement, mais tout de même…

– L'école où Cécile Meurisse était nettoyeuse de surface, dit Derijcke. Cela ressemble de moins en moins à un hasard, pas vrai ?

– Tout y mène, dit Berger. À Evere, je veux dire. Michiels y était médecin généraliste, Cécile Meurisse y travaillait comme femme de ménage, Novak y allait à l'école.

– Je regrette de jouer une fois de plus à la rabat-joie, intervint Cavani, mais Novak n'y a été que deux ans à l'école et Claire Collinet est parisienne. Désolée...

– Nous devons parler à ce directeur d'école, dit Berger. Cet Éric Michaux. Espérons que l'homme est encore suffisamment lucide.

– Où se trouve cette maison de repos et de soins ? lui demanda Cavani. Elle pianotait déjà sur le clavier.

– À Uccle. C'est du moins ce que pensait l'homme du café.

– J'en trouve deux à Uccle, dit-elle en regardant son écran.

Je vais les appeler.

Éric Michaux vivait en fait à la Résidence Bougainville, une maison de soins sur la chaussée de Waterloo, juste en face du Bois de la Cambre. Depuis plus de quatre ans, avait dit la dame au téléphone. À la question de savoir ce qui causait sa curiosité, Cavani n'avait pas répondu.

L'inspectrice et Berger étaient déjà en route pour Uccle, en pleine heure de pointe.

– Puis-je te poser une question assez personnelle ? demanda Cavani.

– Je préfère pas…

Elle se concentra sur le trafic.

Il soupira.

– Vas-y, Sara. Du moment que je ne suis pas obligé de répondre.

– Te vois-tu revenir un jour ? Après cette… après cette affaire, je veux dire.

Ils dépassèrent une vieille Peugeot 306 toute cabossée, la même que celle abandonnée à Paris par Novak. Au volant, une femme à chapeau, droite comme un « i », la tête collée au pare-brise.

– Non. Et d'ailleurs, c'est de toute manière impossible. J'ai donné mon préavis.

– Mais suppose que…

– Je ne le pense pas, Sara.

Le reste du trajet fut silencieux.

– Je crains qu'il y ait un léger problème, dit la dame qui les salua dans le hall de la maison de soins.

Elle était grande et mince et devait approcher la cinquantaine. Elle portait un tailleur-pantalon assez strict avec au revers un bijou en forme de fleur. Elle s'était présentée comme Nathalie Devreese, manager de nuit.

– Monsieur Michaux n'est pas dans sa chambre. Je viens de vérifier, il n'est pas encore revenu.

– Revenu d'où ? demanda Cavani.

– De sa promenade quotidienne. Tous les jours à la même heure, il part se promener et il revient toujours à la même heure. C'est ennuyeux, mais…

– Quand va-t-il se promener ?

– À quatre heures et demie, tous les jours. Elle rit nerveusement. Une heure plus tard, il revient et le plus souvent sans une minute d'avance ou de retard. Les autres résidents s'en amusent. Monsieur Michaux est un homme très rigoureux.

Cavani ne comprenait pas et elle secoua lentement la tête.

– Je vous ai pourtant eue au bout du fil ? demanda-t-elle à la dame.

– Exact.

– C'était vers six heures et demie, plus ou moins. Il aurait déjà dû être de retour, non ? Pourquoi ne m'avez-vous rien dit quand j'ai appelé ?

– Parce que je ne le savais pas, dit Devreese d'un air sévère. J'ai commencé à travailler à 18 heures, j'ai pensé que tout le monde était rentré depuis longtemps.

Berger voulut dire quelque chose, mais la dame l'interrompit en levant la main.

– Si vous m'accordez un moment… Elle soupira. J'ai appelé ma collègue juste avant votre arrivée. Normalement, nous nous relayons à 18 heures, mais elle devait partir un peu plus tôt. Elle n'a pas vu Michaux rentrer, mais elle n'y a pas prêté attention. Il y avait une fuite au premier étage et des ouvriers entraient et sortaient tout le temps.

– Je voudrais bien voir sa chambre, coupa Cavani.

Berger demeura dans l'ouverture de la porte, tandis que Cavani effectuait un contrôle superficiel de la chambre. Ce n'était pas un grand espace mais il était un peu plus luxueux que dans la maison de repos de sa mère, constata-t-il.

La manager attendait dans le couloir. Elle croisait les mains, grattant le dos de l'une avec le pouce de l'autre.

Quelques minutes plus tard, Cavani sortit de la chambre.

– Vous le connaissez bien ? Éric Michaux…

– Assez bien, oui. Ces dernières années, j'ai toujours fait le service de jour, nous avons un bon contact.

– A-t-il son téléphone portable avec lui ? Je n'en ai pas trouvé dans sa chambre.

– Non, il a horreur de cela.

– *Shit !*, éructa Cavani.

La manager en fut effrayée.

– Vous pensez que c'est important ? Je ne comprends pas pourquoi…

– Vous dites qu'il va toujours se promener à heure fixe, coupa Berger. Fait-il aussi toujours le même trajet ?

Nathalie Devreese opina. Il vit qu'elle était choquée.

– Oui, il a son trajet. Il va toujours dans le Bois de la Cambre, en face. Il marche jusqu'au grand étang, puis il revient.

Ils avertirent la police locale et firent rapport à Leroux.

Ensuite, ils traversèrent l'avenue et entrèrent dans le bois.

Le Bois de la Cambre est un grand poumon vert qui s'enfonce profondément dans le sud-est de la ville et est traversé par quelques voies rapides très fréquentées. Berger et Cavani franchirent l'une de ces voies et restèrent de l'autre côté.

– C'est l'avenue de Diane, dit Cavani, tout en consultant le dépliant que Devreese lui avait donné. En prenant vers la droite, nous arriverons à l'étang.

Berger ne réagit pas.

– Est-ce lui, tu crois ? demanda-t-elle. Est-ce Novak ?

Il acquiesça.

– Oui, c'est Novak. Et nous arrivons trop tard…

Une heure plus tard, quand ils passèrent au peigne fin les alentours du grand étang avec une dizaine d'agents et d'enquêteurs accompagnés de chiens, ils trouvèrent un mouchoir dans le léger virage d'un sentier et, un mètre plus loin, des lunettes à monture dorée. L'une des branches était cassée.

C'étaient bien les lunettes d'Éric Michaux, comme le confirma la manager de nuit, profondément choquée.

12

– Vous n'avez vraiment pas l'air en forme.

– Je ne sais même plus ce que cela veut dire.

Smits scruta son patient par-dessus ses demi-lunettes de lecture.

– Vous avez l'air mal en point, Alex. Épuisé.

– Oui c'est un fait, je ne me sens pas très bien. Il fixa le mur face à lui. J'ai peu dormi.

Nous étions vendredi matin. Sa séance avec le psychiatre durait depuis un quart d'heure, mais Berger n'avait pas encore dit grand-chose. Ils étaient installés dans le canapé de cuir blanc, dans un coin du cabinet.

– Camille ?

Berger acquiesça d'un geste de la tête.

Quand il s'était éveillé cette nuit, elle était assise sur lui. Elle ne disait rien, elle ne le regardait pas d'un air accusateur, elle ne saignait même pas.

Elle pleurait.

C'était la première fois depuis sa mort que Berger la voyait pleurer et c'était comme si quelqu'un lui arrachait le cœur de la poitrine.

Il voulait la prendre par les épaules et l'attirer contre lui, la consoler, mais ses bras refusaient d'agir et il ne pouvait que contempler sa femme en pleurs, assise sur lui, revêtue d'une haire blanche.

Alors Berger sentit une autre présence.

Il essaya de se redresser mais son corps demeura immobile et inanimé et, comme toujours, il dut se contenter d'une sensation, d'un pressentiment.

Quelque chose se tenait dans un coin de la chambre.

Il essaya de parler. Les mots coulaient épais et lents de sa bouche, comme du sirop.

– Va-t'en Novak !

Vinrent alors les bruits connus, comme si le monstre était resté silencieux jusque-là. Le halètement rauque, menaçant, les pas traînants...

Camille sanglotait.

Berger étudia son visage. C'est alors qu'il vit la peur dans ses yeux et qu'il réalisa qu'elle pleurait parce que le monstre était là. Elle pleurait parce qu'elle avait peur.

Il en eut de nouveau le cœur brisé. Il voulait tellement intensément la prendre dans ses bras et la consoler, il voulait lui dire qu'elle ne devait pas, qu'elle ne devait plus avoir peur. Il voulait lui faire sentir qu'il était là pour elle, qu'il la protégerait du Mal, qu'il ne la laisserait pas tomber cette fois.

Il se réveilla à quatre heures du matin.

Camille et Novak avaient disparu.

Berger était lessivé, essoré.

– Nous devrions peut-être adapter votre médication, dit Smits. Que prenez-vous pour le moment ? Je pourrais consulter votre dossier mais je suis trop paresseux pour me lever.

– De la Paroxétine, dix milligrammes.

– Et pour dormir ?

– Du Témesta, un tous les deux jours. Vous m'avez interdit d'en prendre davantage.

– Hum. Voyons cela... Et quand vous dormez, quand vous n'avez pas de cauchemar, je veux dire, avez-vous l'impression de bien dormir ? Ou alors vous vous tracassez et vous vous retournez pendant des heures ?

Je me tracasse comme un abruti, pensa Berger, du matin au soir. Seulement, la plupart du temps, j'ai tellement bu quand je vais au lit que cela s'arrête enfin.

Il haussa les épaules et ne répondit pas.

– Vous dormez toujours de son côté ?

– Oui.

Quelques semaines après la mort de Camille, Berger avait pris l'habitude de dormir de son côté et il continuait à le faire. La première fois, c'était arrivé par hasard. Le réveil se trouvait sur sa table de nuit à elle et, une nuit, lors d'une phase de sommeil léger, il avait été réveillé par une lumière rouge vif qui s'allumait et s'éteignait sur le cadran. L'appareil était déréglé pour l'une ou l'autre raison. Berger s'était glissé de son côté du lit et avait tiré si violemment le réveil que la fiche était sortie de la prise. Sa tête était sur son oreiller et il sentit assez vite que le sommeil s'emparait de lui. Il avait dormi assez paisiblement le reste de la nuit.

Depuis, il dormait du côté de Camille.

Une nuit, il glissa d'un mètre vers son propre côté, où il avait dormi tant d'années, et une vague de chagrin pur déferla immédiatement sur lui. Il tourna la tête et regarda l'oreiller de Camille. Un sentiment de désespoir, de perte infinie le submergea.

Berger s'était alors de nouveau glissé de son côté à elle et, même si le sommeil avait eu du mal à revenir cette nuit-là, il avait senti que, désormais, il fallait qu'il dorme de ce côté-là.

Le psychiatre déposa ses demi-lunettes à côté de lui sur le canapé et regarda sentencieusement Berger : depuis combien de temps avez-vous repris le travail ?

– Je ne travaille pas.

– Ne tournons pas autour du pot, Alex.

Il soupira, réfléchit.

– Un peu plus d'une semaine.

– Et vous tenez le coup ? Smits fit un signe de la main. Disons plutôt, vous sentez-vous efficace ?

Définissons le terme « efficace », pensa Berger. Efficace pour l'enquête ou pour moi ? Pour Camille ? Je travaille terriblement mal, songea-t-il, je ne suis que l'ombre de l'enquêteur que j'étais, mais je travaille bien pour nous, pour Camille et pour moi. Novak peut commettre tous les meurtres qu'il veut, je me rapproche de lui tous les jours, c'est ce que je sens. Et un jour, le plus rapidement possible de préférence, Camille ne devra plus jamais avoir peur et nous connaîtrons la paix ensemble.

– Plus ou moins.

Le psychiatre fut long à réagir.

– Je vous pose la question car je n'en suis pas du tout convaincu moi-même. Je ne pense pas que ce soit une bonne chose de reprendre ce type de boulot. Pas maintenant en tout cas. Vous devez laisser votre corps et votre esprit guérir, leur donner du repos, et ce n'est qu'ensuite que vous pourrez éventuellement songer à un job. Je trouve que c'est beaucoup trop tôt.

– Mais il faut que je le fasse, grommela Berger.

– Pourquoi ?

Il ne répondit pas.

Smits formula ses constats tranquillement et rationnellement.

– Ce genre de travail ne va pas améliorer votre état. Il exige beaucoup de vous. Tout y est en permanence sinistre, et les cauchemars continueront. Aujourd'hui, je continue à vous diagnostiquer comme un patient atteint de tous les symptômes de la dépression. Il soupira. Je trouve que vous ne faites pas de progrès, Alex.

Berger le regarda d'un air grave. Il fit un signe de tête pour donner davantage de force à ses mots.

– Je fais réellement des progrès. J'y suis presque…

À onze heures du matin, Leroux l'appela pour résumer la situation.

– Rien. Nada. Merde alors. Il toussa. On a reçu plus de cinquante témoignages via la ligne d'information. Deux promeneurs pensent avoir vu vers cinq heures et demie, près de l'étang, quelqu'un qui ressemblait à Novak. *That's it.* Le reste est inutilisable ou sans rapport avec notre affaire.

Il en allait toujours ainsi, Berger le savait : dès qu'on demandait la collaboration du public, on recevait un pourcentage élevé de messages complètement farfelus. Le suspect avait été vu en Ardenne, en Thaïlande, sur un vol international ou simplement chez lui à la maison, dans le jardin. C'était un collègue douteux, il faisait partie d'un complot mondial, c'était le voisin bourru mais parfaitement déguisé, naturellement…

Leroux toussa de nouveau. Une toux grasse et rauque.

– Si tu me dis encore que je suis malade, je coupe la communication, haleta-t-il.

Berger se tut.

– Mais nous avons néanmoins une bonne nouvelle, poursuivit Leroux. J'ai obtenu trois personnes à titre temporaire avec les salutations du commissaire en chef, que je commence à trouver plus sympathique, soit dit en passant. Il est inquiet. Et la presse met le paquet, ce qui ne nous aide pas. Je comprends, évidemment. Un nouveau meurtre et un enlèvement en quelques jours.

– Cela revient au même, Lucas.

– Quoi ? Que veux-tu dire ?

– Qu'il n'a pas enlevé Éric Michaux pour tailler une bavette avec lui. L'homme était pour ainsi dire déjà mort quand il a rencontré Novak au Bois de la Cambre. Il est la quatrième victime.

– Mais Michaux, il l'a enlevé. Michiels et ces deux femmes ont été tuées immédiatement, mais lui, il l'a enlevé. Pourquoi ?

– Peut-être que Michaux ne pouvait pas mourir tout de suite. Peut-être devait-il lui soutirer des informations… Je ne sais pas, Lucas.

– Non, non, moi non plus, et cela ne me remonte pas le moral, répondit Leroux. Il se moucha bruyamment. Désolé...

Je te reparle plus tard, OK ? Ce sera après le week-end, je pense.

– Bien.

– Ah oui, avant que j'oublie : Prieux a appelé de Paris, je dois te transmettre son salut cordial.

– Vraiment ?

– Non, je devais simplement te saluer, j'ai inventé le « cordial ». Il t'en veut toujours pour l'imprudence dont tu as fait preuve.

– Soit... Mais pourquoi appelait-il ?

– Il y a deux semaines, Novak a été vu par deux témoins à Colmar, en Alsace. Un jeune couple. Ils viennent de voir l'avis de recherche à la télé et ils ont téléphoné tout de suite.

– Des témoins fiables ?

Leroux grogna.

– Comment veux-tu que je le sache ? D'après Prieux, ils se rendaient à leur magasin ce matin-là, ils sont fleuristes si j'ai bien compris.

– Comment vas-tu ? demanda Alain Prieux.

Berger était installé dans son fauteuil, le téléphone à l'oreille, et il regardait au dehors. Il pleuvait légèrement. Le ciel était gris et lourd.

– Ça va.

Il entendit la sonnette d'un magasin et des voix en arrière-plan.

– Où es-tu ?

– Au pressing, pour chercher des vêtements de ma femme. Nous partons ce soir pour Reims. Weekend en famille.

– Tu n'as pas l'air très enthousiaste…

– Tu ne connais pas la famille de ma femme…

Berger entendit quelqu'un le remercier, puis de nouveau la sonnette, plus claire et plus proche.

– Parle-moi de Colmar, dit-il.

– Je vois que tu as déjà causé avec Leroux. Dans ce cas, tu sais tout. Attends, j'allume une cigarette. Il partit un moment. T'a-t-il dit quand ces gens ont vu Novak ?

– Il y a environ deux semaines. Donc peu de temps après son évasion.

– Précisément, bougonna Prieux, je me suis fait la même réflexion. Ils l'ont vu le mardi 6 novembre, c'est-à-dire le jour suivant. Il s'évade de prison et peu après, il se promène dans une petite ville d'Alsace. Et tu te rappelles ces photos sur le miroir de Claire Collinet ?

– Oui.

– Riquewihr et Hunawihr et tous ces petits villages à la noix aux noms typiques. Tous en Alsace. Claire Collinet est née à Colmar.

– Ah !

– J'ai demandé l'assistance de la police locale et j'ai envoyé Vasseur là-bas hier. Rien de rien. En dehors de ces deux témoins, personne n'a rien vu.

Il y eut un moment de silence. Il entendit Prieux exhaler sa fumée.

– Je dois y aller, dit le commissaire. J'ai une réunion avec le chef dans vingt minutes. Encore des emmerdes…

Berger resta assis plusieurs minutes sans bouger, la tête contre le dossier du fauteuil.

Puis il se leva, chercha les clés de sa voiture et enfila sa veste.

Selon le GPS, il fallait près de cinq heures pour rejoindre Colmar.

Il prit l'autoroute vers le Luxembourg et s'arrêta près de Lavaux-Sainte-Anne parce que la tête commençait à lui tourner. Dans les toilettes de la station-service, il se rafraîchit abondamment le visage. Il acheta un petit pain au fromage préemballé et une canette de bière d'un demi-litre et alla s'asseoir dans sa voiture. Les mains tremblantes, il chercha son téléphone.

– Chloé.

– Bonjour, dit-il, c'est Alex. Alex Berger.

La conversation ne dura pas longtemps.

Avant, ils passaient des heures à se parler au téléphone. Chloé était une fameuse pipelette avec un faible pour lui depuis le jour où il avait conquis sa meilleure amie ; de son côté, Berger était connu comme un homme toujours à l'écoute. Au cours de ces dernières années, ils avaient parlé de quasiment tout et Berger en savait beaucoup sur elle. Elle s'était confiée à lui quand elle avait douté de son mariage. Et elle avait déversé sur lui son inextinguible chagrin quand elle avait fait une fausse couche.

Mais depuis la mort de Camille, tout avait changé.

En deux ans, ils ne s'étaient presque pas parlé. La présence de Chloé au moment de sa mort et son absence à lui avaient provoqué une cassure qu'aucun des deux ne pouvait colmater.

Alors que Berger se trouvait dans sa voiture sur le parking de la station-service, ils parlèrent quelques minutes de sujets inconsistants et sans risques jusqu'à ce que la conversation aborde ce fameux soir.

– Je dois te demander quelque chose, Chloé.

– Vas-y.

– Cela peut paraître fou, mais c'est très important pour moi, dit Berger. Je dois savoir ce que Camille voulait me dire.

– Pardon ?

– Elle a essayé de m'appeler, juste avant de sortir du Carillon avec toi, tu te souviens ?

– Diable, Alex, tu sais…

– Mais elle n'a pas laissé de message. Pourquoi m'a-t-elle appelé ?

– Et c'est à moi que tu le demandes ?

Il ferma les yeux parce qu'une vague nauséeuse l'envahissait.

– Alex ?

– Oui. Il déglutit. Oui, Chloé, je te le demande. Tu étais là tout de même ? Que voulait-elle me dire ?

– Je n'en ai aucune idée.

Un moment de silence.

– Excuse-moi, mais c'était il y a deux ans, dit-elle doucement. Pourquoi est-ce si important pour toi maintenant ?

Simplement parce que…

Parce que des balles l'ont déchiquetée quelques instants plus tard. Parce que je ne le sais pas et qu'autrement, je ne le saurai jamais.

Il raccrocha subitement sans ajouter un mot.

Ouvrit la canette de bière, avala quelques longues gorgées.

Mit le contact et démarra.

Quand il entra dans Colmar, il était passé cinq heures et il faisait déjà sombre. Il gara sa voiture sur une grande place et suivit les panneaux qui indiquaient le centre historique.

Il ne prêtait aucune attention à ce qu'il pouvait voir autour de lui. Un vent glacial et désagréable avait chassé les passants…

L'une des nombreuses maisons à colombages polychromes qu'il longea abritait une pharmacie et Berger y entra. Il acheta une boîte d'antalgiques, paya et demanda à la dame si elle connaissait un jeune couple qui exploitait un magasin de fleurs.

– Ce sont sans doute Gisèle et Olivier, dit la vieille pharmacienne. Elle lui expliqua comment y aller. Elle avait un accent germanique, son français avait des intonations plus joyeuses que celles auxquelles Berger était habitué. « La bonne soirée, Monsieur », lança-t-elle dans un grand rire quand il sortit.

La boutique s'appelait *L'Oasis*. Elle était plus grande que dans son imagination. À l'intérieur, deux clientes hésitaient entre plusieurs plantes qu'elles avaient posées sur le comptoir. Berger fit mine de s'intéresser aux fleurs coupées.

Quand les femmes quittèrent enfin le magasin, satisfaites de leur achat, il se présenta.

– Encore ? demanda la dame visiblement contrariée. Elle n'avait pas trente ans et était plutôt potelée. Elle portait un tablier beige sur lequel figurait le nom du magasin.

– Vous êtes le quatrième à venir nous importuner ! Je commence à regretter d'avoir téléphoné.

– N'exagérons pas, trésor, dit sur un ton apaisant l'homme qui se trouvait à ses côtés. Il était un peu plus âgé et assez robuste. Il tendit la main à Berger et sourit.

– Olivier, et voici mon épouse Gisèle. La journée a été chargée, excusez-nous.

La jeune femme continua à le regarder avec une colère contenue.

– Je vous promets que cela ne durera qu'un moment, dit Berger. Je veux simplement m'assurer que vous avez vraiment vu la personne que nous cherchons.

L'homme voulut répondre mais elle le devança.

– Ils nous ont également posé dix fois la question, chaque fois avec une photo de cet homme.

Berger opina amicalement.

La femme se dégela un peu. Sa voix était lasse quand elle se mit à parler.

– Nous habitons Holtzwihr, un petit village à un quart d'heure d'ici. Il y a deux semaines, nous roulions le matin à deux pas de chez nous quand, à un feu rouge, un homme a traversé la rue.

– Où était-ce ?

– Rue du Prunier, à la hauteur du vieux cordonnier.

– Avez-vous aussi parlé à mon collègue de ce cordonnier ?

Elle acquiesça.

– Désolé, dit Berger. Continuez, s'il vous plaît.

– Nous ne l'avions pas vu, c'était rouge pour les piétons, mais il a surgi d'une petite rue et s'est précipité devant notre voiture. Olivier a dû freiner brutalement pour l'éviter.

Son mari approuva. C'est pour ça que son visage nous a frappés. Il a lui-même été effrayé et est resté un moment tétanisé devant la voiture avant de déguerpir. Nous l'avons bien vu tous les deux. Un grand type très costaud, un vrai pilier.

– C'est cet homme ? demanda Berger. Il avait sorti une photo de Novak de sa poche.

Ils acquiescèrent tous les deux.

– Oui, c'est lui, dit la femme.

– Quelle heure était-il, vous vous en souvenez ?

– Le magasin ouvre à dix heures, mais nous sommes toujours là une heure plus tôt pour les livraisons. Huit heures et demie peut-être, certainement pas après neuf heures moins le quart.

– Merci, dit Berger.

Pendant une heure, il arpenta la rue du Prunier.

Il s'arrêta près de la cordonnerie Lacroix, hésita à entrer et décida finalement de ne pas le faire. Le cordonnier avait sans doute été interrogé plusieurs fois par la police et, s'il avait vu quelque chose d'important, Leroux le lui aurait dit.

À une cinquantaine de mètres du cordonnier, la rue du Prunier croisait une rue un rien plus large. Berger s'arrêta au croisement et regarda autour de lui.

Son œil tomba sur quelque chose de troublant.

Il releva le col de son manteau et s'avança le cœur battant.

Trois quarts d'heure plus tard, Berger roulait vers Bruxelles. Son téléphone était éteint. Il était renfermé et très concentré, comme si désormais il devait être particulièrement prudent. Comme si désormais, tout ce qu'il faisait ou disait avait de l'importance.

Peu après minuit, il gara sa voiture.

Il marcha jusqu'à son appartement, ouvrit une bouteille de bière et s'installa dans son fauteuil pour réfléchir.

13

Le samedi, Berger fut réveillé par son téléphone.

Quand il dormait, il le débranchait généralement, mais, cette nuit, il avait voulu vérifier quelque chose après son escapade en Alsace et l'avait laissé allumé par mégarde.

– C'est moi, dit Sara Cavani.

– Mmm.

– Je te réveille, constata-t-elle. Je ne m'y attendais vraiment pas.

Il essaya de garder les yeux ouverts.

– Pourquoi ?

– Parce qu'il est presque midi.

– Ah, quand même…

Sa nuit n'avait pas été mauvaise, il avait seulement trop peu dormi. Quand les trois bières rescapées de son frigo avaient été liquidées, il avait réussi à ne pas entamer un nouveau cubi de vin et, à sa grande surprise, il s'était fait du thé. Il devait être deux heures du matin environ…

Camille était une fervente buveuse de thé et, dans l'armoire au-dessus de l'évier, Berger conservait une dizaine de boîtes, pour l'essentiel des mélanges qu'elle avait achetés au Comptoir Florian, une célèbre maison de thé du centre de Bruxelles. Il en aimait davantage le parfum que le goût, mais, cette nuit, il avait fait son thé préféré à elle, un mélange qui s'appelait « Cachemire » et qui contenait, selon l'emballage, de la cannelle, de la cardamome verte et du gingembre. Il n'avait pas si mauvais goût, et il avait bu la théière, assis dans son confortable fauteuil, les rideaux ouverts et les lumières éteintes pour mieux contempler la nuit sur Bruxelles. Mais la cardamome et le gingembre l'avaient si bien tenu éveillé qu'il lui avait fallu attendre cinq heures pour sombrer dans le sommeil.

Ni Camille, ni Novak n'étaient venus.

– Désolé, dit Cavani, je ne voulais pas…

– Pourquoi appelles-tu en fait ? demanda Berger d'une voix douce.

– Je veux aller me promener à Evere et je me demandais si tu avais envie de m'accompagner.

– Un samedi ?

– Oui, évidemment... La plupart des gens sont chez eux et ils ont du temps pour parler.

Il parvint à émettre un son approbateur. Avant, il aurait pu sans mal assumer cet exercice d'argumentation, au mot près.

– Et pourquoi veux-tu que je t'accompagne ?

Elle ne répondit pas.

– C'est bon, dit subitement Berger sans réfléchir davantage. Donne-moi une demi-heure.

Ils formaient une excellente équipe, semblait-il. Le sérieux et la mélancolie à fleur de peau de Berger s'accordaient bien avec la simplicité presque frivole de Cavani. Leurs interlocuteurs de ce samedi matin furent d'ailleurs soit impressionnés par l'autorité de Berger soit charmés par la bonne humeur de Cavani. Elle avait volontairement troqué ses T-shirts déjantés contre quelque chose de moins surprenant et même son maquillage était discret. Elle donnait précisément l'impression qu'elle voulait laisser… Une jeune femme enjouée qui entamait aisément la conversation. Mais, malgré cette technique irréprochable, ils n'apprirent quasiment rien de neuf sur le docteur Michiels et l'ancien directeur d'école Éric Michaux.

Même à *L'Hirondelle*, ils firent chou blanc. Berger y avait entraîné sa collègue sous le prétexte qu'un samedi, on y verrait probablement de nombreux seniors qui avaient bien connu l'époque de Michiels et Michaux. En réalité, il avait besoin d'un petit remontant pour faire cesser le tremblement de ses mains.

Ce phénomène était assez récent, Berger le savait. Il savait aussi ce que cela signifiait : son problème d'alcool était devenu beaucoup plus important qu'il n'avait voulu l'admettre jusqu'il y a peu.

Mais il réalisait en même temps que cela n'avait plus beaucoup d'importance. Il lui importait peu qu'il trouve lui-même que c'était grave ou non, que son entourage crie au scandale ou le regarde d'un air compatissant, surtout après son voyage d'hier à Colmar.

Le temps qui lui restait était de toute façon limité. C'était un fait indéniable, pas une donnée dramatique.

Il aspirait au repos.

– Il n'y a pas trop de monde ici, constata Cavani en prenant place à l'une des petites tables de bois et après avoir commandé leurs boissons. Et ceux qui sont ici sont soit déjà morts, soit sur le point de trépasser, ajouta-t-elle.

– L'arrogance de la jeunesse ! Pour vous, tous ceux qui ont plus de quarante ans sont des vieux.

L'inspectrice regarda autour d'elle d'un air critique.

– Avec tout le respect que je vous dois, chef, l'âge moyen des gens rassemblés ici doit frôler le siècle !

Il sourit. Ce matin, elle avait recommencé à l'appeler « chef », comme avant, pas par respect pour son autorité – il savait que ce n'était certainement pas le cas – mais par une sorte de nostalgie facétieuse.

Il prit sa bière et essaya d'en boire une gorgée le plus posément possible.

Une demi-heure et deux verres plus tard, le vieux propriétaire se pencha sur le comptoir et fit un bref signe de tête à l'intention de Berger.

Celui-ci se leva et se dirigea vers lui.

Cavani le suivit.

– Tu es le flic qui est venu l'autre fois, hein ? Qui a causé avec Bernard Pletinckx ?

– Correct.

– Que veux-tu savoir en fait ?

Berger s'assit et le lui dit, avec le plus de concision et de clarté possible.

– Je vois, dit l'homme. Il éloigna son corps du comptoir en s'aidant de ses deux mains, redressa son dos et ajouta : alors vous devez parler avec le notaire Delorge !

– Et quel âge a ce notaire ? demanda Cavani avec une pointe de scepticisme assez nette dans la voix.

– Plus jeune que moi en tout cas. Je parle de Delorge junior, David. Delorge senior est mort il y a quatre ans.

Le notaire habitait *La Merveille*, la demeure familiale qui se trouvait un peu à l'écart du centre, face à un parc. Berger chercha ce qui dans la façade extérieure pouvait expliquer ce nom pompeux, mais il ne trouva rien. C'était un bâtiment prétentieux doté de tourelles qui avait un urgent besoin d'entretien.

Ils sonnèrent et se présentèrent à un jeune homme élancé qui s'avéra être un clerc. Il les conduisit dans un petit salon et leur demanda de patienter.

– Monsieur David est avec un client mais ils terminent. Cela ne durera plus très longtemps.

Un quart d'heure plus tard, un quinquagénaire mince et énergique s'avança vers eux.

– Mes excuses pour l'attente un peu plus longue que prévu. Il tendit la main et sourit.

– David Delorge. Puis-je vous demander la raison de votre visite ?

Berger eut l'impression que ce n'était pas une question causée par l'inquiétude ou l'incertitude. L'homme était simplement curieux.

– L'histoire locale ! Cavani lui rendit son sourire. Nous avons besoin de quelques leçons d'histoire, monsieur Delorge, et selon le barman de *L'Hirondelle*, vous êtes bien placé pour nous les donner.

Il rit ouvertement.

– Dans ce cas, vous avez de la chance que je n'attende personne dans l'heure à venir.

– Le barman avait donc raison ? demanda Cavani avec son plus large sourire.

– Loin de là... Michel est très bavard et, de plus, il n'est pas très bien informé. Je suis terriblement mauvais en histoire, mais vous êtes néanmoins les bienvenus !

Il les conduisit dans une salle étonnamment belle et spacieuse. Beaucoup de blanc, beaucoup de bois, peu de décorations, peu de cadres aux murs. Ils prirent place dans un salon qui semblait figé, bleu foncé.

Delorge remarqua qu'Alex détaillait la pièce.

– C'est la maison de mes parents et cela dit tout... mais j'essaie de rendre l'intérieur aussi agréable que possible.

– C'est tout à fait réussi, dit amicalement Berger.

Le notaire opina du menton pour bien montrer qu'il appréciait le compliment, puis il dit :

– Bien, en quoi puis-je vous aider ?

Berger regarda Cavani.

– Nous enquêtons sur des événements précis des années quatre-vingt, quatre-vingt-dix. Des événements qui se sont déroulés ici, à Evere.

Le notaire entérina l'information, mais sans dire un mot.

– Il s'agit surtout du docteur André Michiels et du directeur d'école Éric Michaux.

– Ah, sourit Delorge. Je comprends maintenant pourquoi Michel vous a parlé de moi…

– Et donc ?

– Éric Michaux et mon père étaient de bons amis. Tout le monde le sait. Du moins tout le monde d'un certain âge, je veux dire.

Berger et Cavani se turent et restèrent dans l'expectative. Delorge sembla tout à coup réfléchir à quelque chose.

– Mes excuses, j'ai été impoli. Voulez-vous boire quelque chose ?

Ils firent tous les deux non de la tête.

– Bien, pour commencer par le commencement : mon père est mort il y a quatre ans, à quatre-vingt-sept ans. Beaucoup trop jeune, je trouve, mais c'est sans doute parce que j'ai eu cinquante-cinq ans depuis lors. J'ai repris l'étude il y a huit ans, après avoir assisté mon père. Je vis ici depuis un peu plus de vingt ans avec mon épouse. Papa habitait au troisième étage, nous avons transformé la maison en logement kangourou, pour ainsi dire, et nous avons fait aménager un bel appartement pour lui à l'époque.

Berger toussota.

– Mes excuses. Sourire désarmant. Les notaires sont le plus souvent assez secs et aussi sympas qu'une brique, je crains d'exagérer un peu dans l'autre sens.

Il se croisa les doigts.

– Michiels et Michaux. Oui, le jeune docteur Michiels et le directeur d'école s'étaient liés d'amitié avec mon père.

Michiels était nouveau et étranger parmi nous mais, dès la première semaine après l'ouverture de son cabinet, mon père l'a invité à passer chez lui et il a continué à le faire.

– Que voulez-vous dire par « passer » ? demanda Cavani.

– Mon père et Éric Michaux jouaient au scrabble tous les mercredis. J'ai toujours connu ça, ils restaient au salon jusque tard dans la nuit, c'était devenu une tradition absolue, à laquelle nul ne pouvait se dérober. Ils jouaient et buvaient les excellents Bordeaux de la cave de mon père. Et quand le docteur Michiels est arrivé ici, il a été invité dès la première semaine.

– Ils étaient donc amis, dit Berger. Puis-je voir les choses ainsi, pensez-vous ?

Delorge junior acquiesça.

– Oui, en effet. Je n'étais pas là naturellement, j'avais alors dix-neuf, vingt ans. Le scrabble n'était pas sur la liste de mes priorités.

– Vous étiez étudiant, je suppose.

– À Louvain, oui. Je suivais les cours à l'université pendant la semaine et je revenais à la maison le week-end, pour l'argent de poche et la lessive, vous connaissez ça. Mais les rares fois où j'étais ici pendant la semaine, je les ai toujours vus se retrouver le mercredi.

– OK. Ils se connaissaient donc bien, dit Berger. Mieux même, ils étaient amis. Des amis qui se soutenaient l'un l'autre envers et contre tout.

Delorge le regarda d'un air ahuri... Puis il ferma les yeux et acquiesça.

– Ah, OK, je comprends maintenant. L'affaire Michiels. C'est à cela que vous faites allusion, je suppose ?

Berger acquiesça à son tour.

– André n'était pas seulement un ami de mon père, il était aussi notre médecin de famille, dit le notaire. Pas très longtemps, je l'admets, mais durant les deux années où il a habité à Evere, il m'a souvent examiné. Je souffrais assez fortement d'allergies.

– Et ?

– Rien. Je n'ai jamais rien vécu d'inconvenant.

– Vous étiez peut-être trop âgé, dit Cavani.

Sa remarque irrita visiblement Delorge, mais il se domina.

– Croyez-moi quand je vous dis que toute cette affaire a été montée par une femme hystérique et amère. Cela n'a aucun rapport avec la réalité.

– Vous parlez d'Émilie Dupont.

Il roula des yeux pour faire bien comprendre qu'il ne voulait rien ajouter à ce propos.

– Bien, grommela Berger. Laissons cette affaire Michiels pour ce qu'elle est. Connaissez-vous Cécile Meurisse ?

– Oui. Delorge opina. La femme d'ouvrage, c'est ça ? La femme de ménage de Michaux ? Enfin, elle était beaucoup plus qu'une femme de ménage, mais soit.

– Que voulez-vous dire ? Ils avaient une relation ?

– Non, je ne dis pas cela. Il soupira, réfléchit à la meilleure façon d'expliciter sa pensée. Je veux simplement dire qu'elle s'était tellement identifiée à l'école et à Michaux qu'elle faisait quasiment tout. Elle cuisinait aussi pour lui, elle s'occupait parfois de l'accueil après l'école, quand des parents ne pouvaient pas venir chercher leurs enfants à temps, ce genre de choses. Elle réglait vraiment tout pour tout le monde, elle était un peu son bras droit. Il eut un large sourire. Et son bras gauche aussi, je pense…

– Et Michaux, vous le connaissiez comme directeur ?

Delorge haussa les épaules.

– Non, je suis allé à l'école à Bruxelles-Ville, je n'ai donc jamais fréquenté son établissement. J'ai toujours entendu dire que c'était un homme affable. Il donnait des cours particuliers quand c'était nécessaire, il organisait chaque année un grand événement de charité… Delorge réfléchit. Pour être honnête, je pense que Michaux était l'un des hommes les plus fins que mon père ait connu, mais cela, je ne le sais évidemment que par ouï-dire. Je n'ai moi-même bien connu aucun d'eux, ce n'était pas du tout ma génération, vous voyez…

– Mais en 1981, Cécile Meurisse s'en va subitement, dit Cavani. La femme qui s'est identifiée à l'école et à Michaux, cette femme toute simple, laisse tomber son emploi et part. Et la même année, le docteur Michiels s'en va aussi et s'enfuit à Anvers.

– Oui. Delorge soupira. Pour Michiels, je comprends naturellement, je ne serais pas resté une seconde de plus si on m'avait accusé de choses aussi monstrueuses. Mais pour Cécile… Il secoua la tête. Pour être honnête, je n'ai jamais compris ses raisons.

À six heures, ils étaient de retour dans le centre de Bruxelles.

Cavani se gara juste devant l'immeuble, sans respecter le moins du monde les règles de la circulation.

– Quelle chouette escapade ! Nous devrions le faire plus souvent, dit-elle.

On klaxonna derrière eux.

Berger descendit de la voiture.

– Profite bien de ton week-end, Sara.

– Toi aussi, chef.

Il avait à peine fermé la porte que Cavani démarra sur les chapeaux de roue.

C'était une soirée glaciale. Même autour du grand feu de la cour intérieure, on sentait de temps à autre un coup de vent âpre, et le vieux chien de berger se rapprocha de Daniel, posant sa tête sur la cuisse de son maître.

– Nous avons de la visite, dit une jeune femme aux cheveux gras, d'apparence un peu bourrue. C'est sans doute pour toi de nouveau…

– Merci, Silke.

Ce n'était pas une politesse…

La femme se leva, cracha dans le feu et se dirigea vers la porte entrouverte d'un des bâtiments.

Un grand maigre s'avança de quelques pas, si bien qu'il se retrouva dans le cercle de lumière du feu. Il avait en main un grand sac en plastique plein de papiers. De l'autre main, il tenait une bouteille.

– Bonjour Daniel.

Le vagabond se mit à rire.

– Bonsoir Alex. Viens donc, mon gars !

Ils burent ensemble, lentement, comme s'ils avaient toute la vie devant eux.

Après chaque gorgée, Berger s'emparait d'une liasse de documents et la jetait dans le feu.

Daniel ne lui avait pas demandé pourquoi il venait ce soir et encore moins ce que signifiait cette montagne de papiers qu'il venait brûler ici. De temps à autre, il voyait un titre, un mot écrit au feutre en grandes lettres, un bout de texte avant qu'il ne se colore de brun et d'orange dans les flammes.

Un petit texte sur le Carillon.

« AK-47 », souligné trois fois.

Un morceau de journal où figurait un titre en gras : **PARIS PLEURE**.

La masse de papier disparut avant que la bouteille ne soit vide.

– Je viens prendre congé, dit Berger.

Ils étaient assis sans rien dire à fixer le feu.

– Tu as vu Kairos, soupira Daniel.

Ce n'était pas une question, plutôt un constat.

Alex hocha la tête.

– Tu as saisi sa mèche ?

– Pas encore.

Le vagabond but ce qu'il restait de la bouteille.

– Mais cela ne durera plus longtemps, dit Berger d'une voix douce.

14

Le dimanche matin, il sortit des limbes grâce à son réveil.

Il se lava rapidement, se brossa les dents, évita de regarder son visage dans la glace.

Il était huit heures. Le soleil n'était pas encore levé, mais, au-dessus du bâtiment Citroën, le ciel commençait à s'éclairer, en douceur, d'un jaune léger avec une pointe d'orange, comme une coquille d'œuf.

Berger but deux verres d'eau près de l'évier, enfila sa veste et sortit.

Le trajet jusqu'à Maaseik dura moins longtemps que la semaine précédente, le trafic étant moindre en ce dimanche matin.

Pendant le trajet, il eut une légère nausée et s'arrêta à une station-service avant que cela ne s'aggrave.

La boutique était surchargée de décorations de Noël.

– Nous avons des guirlandes lumineuses en promo, monsieur, dit la jeune caissière d'une voix enjouée. Elle avait un anneau dans le nez. Les guirlandes avec les boules de Noël dorées sont à un prix très avantageux en ce moment.

– Non merci, grommela Berger.

Il acheta un croissant et une bouteille d'eau et s'en alla.

Le parking du centre de soins était assez grand pour y garer discrètement sa voiture. Il en fit deux fois le tour pour trouver une place suffisamment éloignée et à l'abri des regards, mais qui lui donnait malgré tout une vue sur l'entrée.

Il but quelques gorgées d'eau et s'affala contre l'appui-tête. Il se sentait vide et épuisé.

Une petite demi-heure plus tard, sa sœur cadette Anna sortit en compagnie de son mari et de leurs deux enfants.

Berger et sa sœur n'avaient jamais été très proches, malgré de nombreux efforts des deux côtés pour y arriver. Ils avaient six ans de différence et, jusqu'à l'âge adulte, ils avaient essayé avec acharnement d'établir une certaine forme de relation. Il y avait eu les repas obligatoires, les fêtes familiales, les cadeaux insignifiants pour les enfants, achetés à la va-vite le matin de l'anniversaire… Ils étaient même partis en vacances ensemble : ils avaient loué une maison pour une semaine en Bretagne, tous les quatre. Au bout de deux jours, les silences à table étaient devenus particulièrement pénibles. Le matin du troisième jour, sans s'être concertés, ils avaient fait leurs valises et étaient rentrés chez eux. Depuis, les contacts étaient devenus sporadiques entre le frère et la sœur et, après la mort de Camille, Berger comme Anna avaient cessé de jouer la comédie, de faire comme s'ils se manquaient ou avaient besoin l'un de l'autre. Ce matin, les choses étaient différentes.

Sa sœur était une femme très organisée qui rendait habituellement visite à sa mère le dimanche pour aller ensuite à la messe de onze heures avec toute la famille et Berger avait donc espéré et compté la voir ici.

Il ne savait pas très bien pourquoi. C'était un adieu, bien sûr, mais d'où lui venait cette impulsion soudaine de vouloir prendre congé de sa sœur ?

Berger l'observa tandis qu'elle mettait des affaires dans le coffre de sa voiture et se préparait à y monter. Se ressemblaient-ils ? Leur mère avait toujours estimé que oui. Ils avaient les mêmes cheveux raides et noirs, les mêmes yeux bleu clair. Sa sœur n'était heureusement pas aussi maigre que lui, mais ils avaient la même ossature. Et pour le reste ? se demanda-t-il tout en la voyant monter dans sa voiture.

Ils avaient le même groupe sanguin. Et un père commun. Y avait-il autre chose ?

Berger vit qu'elle sortait du parking et il reporta sa question.

Il descendit de sa voiture et marcha lentement jusqu'à l'entrée du bâtiment.

La chambre de sa mère était particulièrement silencieuse.

Elle dormait, ronflant légèrement. On entendait le tic-tac d'une horloge.

Il regarda sa bouche et pensa au temps passé, à la joie qui émanait toujours d'elle avant la mort de son père, à ses rides quand elle riait, aux grimaces qu'elle pouvait faire.

– Bonjour maman, chuchota-t-il.

Et il fit demi-tour.

Il revint à Bruxelles vers midi.

Sur la route du retour, il avait songé à ce qu'il ferait du reste de sa journée.

Cela allait également de soi.

La vie de freelance avait suscité peu de routine et beaucoup d'improvisation chez Camille et, les rares jours où elle pouvait disposer de son temps, elle voulait s'en tenir à des certitudes. Quand ils n'étaient pas ensemble à Paris ou que Berger n'était pas sur une affaire qui lui bouffait son week-end, leur dimanche se déroulait le plus souvent selon un schéma immuable.

Ils faisaient la grasse matinée, puis une longue promenade dans la ville qui, quel que fût leur itinéraire, finissait presque toujours par les conduire au marché aux puces de la place du Jeu de Balle et, finalement, ils prenaient un lunch tardif, le plus souvent dans l'un des bistrots qu'ils avaient découverts au fil des ans et auxquels ils tenaient beaucoup.

Il marcha donc dans la ville sans accorder trop d'attention à ce qu'il croisait sur son chemin et atterrit presque automatiquement sur la principale place, très bruyante, des Marolles où se tenait tous les jours un marché aux puces.

Et il se heurta presque aussitôt à Lucas Leroux.

S'il l'avait reconnu deux secondes plus tôt, il se serait sans aucun doute fait tout petit et se serait faufilé dans la foule, mais ils se retrouvèrent tout à coup face à face avant d'avoir réalisé ce qui leur arrivait.

– Je te l'ai toujours dit, Bruxelles est un village, lança Leroux.

Ils se trouvaient devant un étal débordant de chapeaux de toutes formes et de toutes les dimensions. Le commissaire tenait un borsalino, dont il appréciait la doublure.

– Qu'en penses-tu ? demanda-t-il à Berger en lui montrant le chapeau. J'en ai plus qu'il n'en faut, je n'en disconviens pas, mais celui-ci me plaît beaucoup.

Berger se contenta de hocher la tête.

– On s'aère ? demanda Leroux.

– Oui. Berger chercha une ouverture pour pouvoir s'en aller sans être trop grossier. Je pense que je…

– Donne-moi une minute, dit le commissaire. Je règle ici et on va boire un pot. Je voudrais avoir ton avis sur Novak.

Ils étaient installés dans un bistrot minuscule à l'ombre de l'ascenseur extérieur qui reliait le bas de la ville au palais de Justice au-dessus d'eux. Berger connaissait bien l'endroit. Avant, quand il leur restait un peu de temps entre le marché aux puces et le lunch, Camille parcourait les petites galeries et les magasins de bric-à-brac pendant qu'il observait les passants, installé devant un verre de rouge.

Il n'avait aucune envie de parler avec Lucas Leroux. Il voulait seulement se lever brusquement et s'en aller, mais une petite voix dans un coin de sa tête lui disait qu'il se trompait peut-être. Qu'il y avait un risque qu'il ait tiré des conclusions erronées sur John Novak et qu'il ait donc encore besoin de l'équipe pour le débusquer.

Il cacha ses mains le plus discrètement possible pour que Leroux ne perçoive pas leur tremblement.

– Sara m'a remis un rapport écrit hier soir sur vos entretiens d'Evere, commença Leroux après qu'ils eurent reçu leurs boissons.

Il avait son nouveau chapeau sur la tête et il lui allait bien.

– Parfait !

– Comment vois-tu tout cela ?

– Je trouve que c'est assez compliqué, répondit Berger.

Il espérait que la ficelle ne paraîtrait pas trop grosse, mais heureusement Leroux était un peu moins alerte le dimanche que les autres jours.

– Hum… Le commissaire se pencha en arrière et soupira. Suppose un instant que ce médecin n'ait rien à se reprocher. Qu'il n'y ait vraiment rien eu avec ces gamins. Ne serait-ce pas une hypothèse recevable ?

– Oui, en effet.

Leroux leva les mains.

– Alors nous ne sommes nulle part ? dit-il un peu trop fort. Qu'est-ce qui pourrait lier un homme comme Novak aux quatre victimes ?

Il remarqua que deux dames installées à une autre table regardaient d'un air un peu effrayé dans sa direction et il poursuivit sur un ton plus mesuré, en refaisant le point : une femme de ménage, une galeriste parisienne, un médecin et un directeur d'école. Et Magritte…

– Magritte n'a rien à voir dans cette histoire, Lucas. Magritte a ouvert les yeux de Novak, c'est tout.

– Oui, naturellement, je le sais aussi bien que toi. En résumé : à part Collinet, on peut tous les relier à Evere. Mais cela s'arrête là… Berger le regarda.

– Qu'est-ce que tu veux dire finalement ? Tout cela, on le savait déjà ! Il n'y a absolument rien de neuf !

En voyant les yeux de Leroux et les visages des autres clients, il se rendit compte qu'il avait véritablement crié cette dernière phrase.

– Désolé, chuchota-t-il. Je suis un peu fatigué, je crois.

Il vit que Leroux était mal à l'aise.

Ils se séparèrent quelques minutes plus tard.

Berger prit l'ascenseur.

Il longea le palais de Justice néo-babylonien. Combien de fois n'y était-il pas entré, combien d'heures de sa vie n'y avait-il pas passées durant les audiences, les procès ? Tout cela lui semblait maintenant dénué de sens. Le bâtiment était déjà corseté d'échafaudages quand il était entré tout jeune dans la police et qu'il avait dû y conduire son premier suspect et, un quart de siècle plus tard, il n'était toujours pas restauré. Depuis longtemps, il entendait dire que les échafaudages étaient si vieux qu'ils avaient eux-mêmes besoin d'être restaurés, et cela résumait bien, selon lui, l'absurdité de la situation.

Il traversa la place vers la rue de la Régence et descendit vers le centre-ville.

Il savait qu'il devait encore régler certaines choses. Pas beaucoup, quelques-unes, mais il n'y avait heureusement pas le feu.

Il avait encore quelques jours devant lui.

Sa première impulsion avait été de marcher jusqu'au parc de Bruxelles, mais, quand il arriva place Royale, il vit sur la gauche la façade blanche et majestueuse du Musée Magritte.

Il y entra sans réfléchir.

Durant la demi-heure suivante, il erra, de plus en plus nerveux, devant une succession bariolée d'images. Des peintures côtoyaient des affiches publicitaires sur trois étages, mais aussi des lettres et des citations, des photos de Magritte et d'autres artistes, et la seule peinture qui pût donner à réfléchir tandis qu'il errait dans les salles était celle des amants voilés. Il ne comprenait pas lui-même d'où lui venait cette impulsion de voir la toile qui lui avait coupé le souffle quelques jours auparavant, dans un bouquin, mais maintenant qu'il se trouvait enfin dans ces murs, c'était la seule qui comptait encore à ses yeux.

Quand il constata qu'il se remettait à trembler, il s'adressa à un gardien.

– Elle n'est pas ici, monsieur, elle est quelque part en Amérique, je crois, dit l'homme en souriant. Il vit alors le regard de Berger et ajouta doucement : mais nous avons deux cents autres œuvres de sa main, il y en aura bien une qui vous plaira.

Il remercia l'homme et s'éloigna lentement. Il sentit une grande tristesse le submerger, sans comprendre davantage pourquoi.

Je peins l'au-delà, mort ou vivant, était-il écrit en grands caractères sur un des murs, et Berger pensa : « Oui, c'est parfaitement exact ».

C'est ce que j'espère ardemment.

Comme il s'apprêtait à quitter les lieux, une toile retint son attention.

Elle n'était pas très grande.

On y voyait un oiseau qui planait dans l'air dépouillé avec, au premier plan, un nid rempli d'œufs.

Le Retour, lut Berger.

En y regardant de plus près, il vit qu'autour de l'oiseau, l'air n'était absolument pas dépouillé, mais au contraire parsemé de minuscules étoiles.

Et l'oiseau n'était pas un oiseau ordinaire, mais un oiseau transparent, ou mieux : il était empli de nuages blancs dans un ciel bleu clair, et Berger sentit ses yeux s'humidifier en un instant.

Que m'arrive-t-il donc ?

Pourquoi suis-je si fragile ?

C'est une peinture, songea-t-il, la peinture d'un oiseau. J'ignore si l'oiseau traverse les nuages ou si c'est l'inverse, mais cela n'a guère d'importance.

Il est libre.

Quoi qu'il puisse lui arriver, il est libre.

15

Il fut réveillé à neuf heures et demie le lundi matin par un appel de l'inspectrice Sara Cavani.

– Tu es réveillé ?

– Maintenant oui, grommela Berger.

– Bien. Envie de m'accompagner ?

Il sortit de sa chambre en marchant pesamment et regarda machinalement au dehors. Quelque chose qu'il avait toujours fait. Il ne pouvait pas expliquer ce rituel et n'en avait jamais ressenti la nécessité. Camille en avait souri avec attendrissement, associant cette particularité à d'autres douces excentricités comme l'habitude de mélanger, sur ses toasts matinaux, du fromage et de la confiture de fraises ou de ne porter que des chaussettes noires.

Il y avait longtemps que son petit-déjeuner ne le préoccupait plus et qu'il ne s'en faisait plus pour la couleur de ses chaussettes, mais écarter les persiennes de ses deux doigts et apprécier le temps qu'il faisait, c'était un geste auquel il n'avait jamais renoncé.

– Allô ? Il y a quelqu'un ? demanda Cavani.

Un jour gris. Sec.

– Où vas-tu ? grogna-t-il.

Sa langue était sèche comme le cuir.

– Je retourne à Evere. Ce notaire, David Delorge…il vient de me rappeler.

Berger se souvint, qu'avant de partir, Sara lui avait laissé sa carte.

– Il s'est souvenu de quelque chose à propos d'Éric Michaux, quelque chose qui, selon lui, vaut la peine.

– Donne-moi un quart d'heure, dit Berger.

Cette fois, le notaire ne les reçut pas dans sa salle de réunion lumineuse mais dans la cuisine de *La Merveille*, une assez petite pièce entièrement carrelée. Une énorme cuisinière AGA y trônait. Cela sentait le pain et le café.

– Le lundi, nous ne commençons qu'à onze heures, dit Delorge. Il portait un jean et un pull en laine, et il paraissait nettement plus jeune que lors de leur rencontre précédente. Mon père a instauré cette règle en son temps, parce que nous travaillons toute la journée du samedi, je suppose, et j'ai maintenu la tradition. Il sourit. Du café ?

– Volontiers, dit Cavani.

Berger déclina l'offre.

Il observa la façon dont le notaire détaillait sa collègue. Même selon ses propres normes, Sara Cavani était habillée de façon assez excentrique ce matin. Elle portait la veste noire imitation fourrure et les bottes de neige noires que Berger avait déjà vues précédemment, mais son T-shirt était nouveau. Il avait la couleur du sang frais, et en outre, de grands caractères blancs au milieu de ce rouge vif disaient : « Bla bla bla bla ».

Elle regarda joyeusement le notaire tout en remuant sa cuillère dans son café.

– Vous avez repensé à quelque chose, m'avez-vous dit au téléphone. À propos du directeur d'école Éric Michaux…

– En effet ! Quand nous avons parlé de Cécile Meurisse avant-hier, du fait qu'elle était partie brusquement en 1981, une petite lumière s'est allumée dans les tréfonds de ma mémoire… Mais impossible de savoir pourquoi ! Et puis, ce matin, tout à coup, ça m'est revenu. Vous ne savez probablement pas ce qui est arrivé à ce pauvre Michaux…

Cavani le regarda.

– Non, c'est ce que je pensais, c'est déjà si loin. Il avait une fille et elle s'est pendue, je pense qu'elle avait onze ou douze ans. Michaux en a été brisé. Je me rappelle que mon père était aussi cassé. Tout le monde a compati.

– Et c'était à la même époque, vous voulez dire ? demanda Cavani.

– Oui, c'était à cette époque, sauf erreur. Vous devriez pouvoir retrouver des traces de cette histoire, je suppose. Je sais que Cécile Meurisse était aussi très attachée à cette enfant, je pense qu'elle est partie peu après sa mort.

Quand ils se retrouvèrent dehors, Cavani résuma la situation.

– Il s'est passé trente-six ans depuis. Une éternité. Et est-ce si important pour notre affaire ?

– Je ne crois pas, dit Berger.

Cavani regarda autour d'elle.

Ils se trouvaient devant la maison du notaire, à moins de cinq cents mètres du centre. Cavani indiqua un petit panneau bleu au loin.

– Qu'en penses-tu ? On se donne encore une chance ? On fait un saut chez nos collègues de la police locale, histoire de voir s'ils ont quelque chose dans leurs archives ?

– Cela n'avancera à rien, je le crains.

Cavani lui jeta un regard chargé de scepticisme.

– Il y a quelque chose qu'il faut que je te dise, chef.

– Et c'est ?

Elle inspira profondément. Du coup, une bonne part de sa bonne humeur avait disparu.

– Avant, tu n'aurais pas attendu ma question... Tu aurais déjà été au comptoir du commissariat.

Il ne répondit pas.

– OK, j'y vais, dit-elle. Elle essaya de prendre un ton léger, comme si de rien n'était. Envie de m'accompagner ?

Il la suivit.

Tandis qu'ils franchissaient à pied la courte distance qui les séparait du bureau de police, Cavani téléphona à ses collègues.

Berger marchait à ses côtés, absent, perdu dans ses pensées.

– On doit pourtant pouvoir retrouver ça quelque part, non ? dit Cavani. Elle écouta et ajouta : demande à Emma, qu'elle fouille partout ! Puis, elle coupa la communication.

L'aspirant inspecteur à la réception ne savait pas très bien comment réagir à la requête de Cavani.

Il alla finalement chercher un inspecteur en chef, un quadragénaire jovial doté d'un bel embonpoint, qui soupirait continuellement, pas parce qu'il trouvait que leur requête alourdissait inutilement sa tâche quotidienne, mais parce que, s'il acceptait volontiers de se mettre à leur service, il ne savait pas très bien si cela allait déboucher sur quelque chose.

– Tout est digitalisé depuis 2000, dit l'homme qui se présenta comme Laurent Debacker, mais, pour cette époque, oh la la… C'est un peu une soupe, mes chers collègues.

– Mais la soupe existe bel et bien, dit Cavani pleine d'espoir.

L'inspecteur en chef fit oui de la tête.

– Et où se trouve cette soupe, comme vous dites ?

Il indiqua le sol.

– À la cave. Les anciennes archives papier devraient être détruites depuis des années, mais la commune n'a plus d'argent pour de telles futilités. Elles sont donc toujours là.

– Pouvons-nous y jeter un œil ?

Debacker soupira pour la énième fois.

– Oui, cela signifie… Il y a trois ans, nous avons eu une grande fuite d'eau et ensuite, tout est resté en l'état… Il regarda Cavani d'un air désolé. Quand j'ai parlé de soupe, chère madame, c'était hélas dans un sens assez littéral…

Les caves du bureau de police étaient en réalité beaucoup plus grandes que ne l'avait pensé Berger et, au grand soulagement de Cavani, l'inspecteur en chef Debacker avait été trop pessimiste. Il y avait effectivement une odeur de renfermé et de champignons, et une partie des boîtes amoncelées avait effectivement souffert de l'inondation, mais la plus grande partie des archives paraissait intacte. Pleine de poussière et très en désordre, mais intacte.

– 1981, dit Cavani.

– Pouvez-vous être plus précise ?

Elle fit travailler ses méninges.

– Cécile Meurisse est partie travailler ailleurs en août 1981. Tout ce que vous avez entre janvier et la fin juillet.

Debacker soupira…

Une demi-heure plus tard, il sortit un mince dossier d'une boîte en carton, visiblement soulagé.

Il sourit discrètement.

– Je pense que c'est ce que vous cherchez.

– Bien, qu'avons-nous donc concrètement ? demanda le commissaire Leroux.

Il était dans la voiture, haut-parleur branché, et sa voix prenait des tonalités aiguës.

Comme il fallait une requête officielle pour pouvoir emmener le dossier, Sara Cavani en avait déjà recopié la plus grande partie de son écriture en pattes de mouche. Ses notes étaient sur ses genoux.

– Sophie Vincent, douze ans, suicide par pendaison le 18 mars 1981. Trouvée par son père adoptif Éric Michaux. Tu entends ?

– Je le savais déjà.

– Pardon ? demanda Cavani.

Leroux ricana.

– Je t'expliquerai tout à l'heure. Continue Sara.

– Selon ce même rapport, aucun indice ne justifiait une enquête plus approfondie. Des marques sur le cou correspondaient à des traces de strangulation. Je cite plus ou moins, c'est horriblement mal écrit.

Leroux se gratta la gorge.

– La police n'a donc douté ni de la pendaison, ni du suicide. Aucun soupçon d'intervention extérieure…

Elle parcourut hâtivement ses notes. L'acte de décès est signé par notre bon ami André Michiels, médecin.

Il y eut un moment de silence du côté de Leroux.

– Et maintenant, je voudrais savoir comment tu es déjà au courant de cette adoption, dit Cavani.

Il s'avéra que, pour une fois, Emma Kepler n'avait pas dû recourir à ses pratiques quasi illégales de hacker pour s'introduire dans une banque de données.

– Un de ses anciens copains travaille au Laatste Nieuws. À sa demande, il a cherché dans les archives digitales du journal et il a eu de la chance. Ou plutôt, nous avons eu de la chance, car il a obtenu l'info de façon étonnamment rapide.

– C'était une enfant trouvée, dit Sara.

– Oui. Sophie Vincent a été trouvée en 1969 devant les portes de l'hôpital de Schaerbeek par un médecin et une infirmière. Le prénom de l'infirmière était Sophie, celle du docteur Vincent. L'enfant a été hébergée par le directeur d'école Éric Michaux qui a exercé le droit de garde effectif.

La gamine est enterrée au cimetière d'Evere. Tout cela est paru dans un bel article du journal à l'époque.

Cavani hocha la tête.

– Tu es toujours là ?

– Oui, je hochais la tête, précisa Cavani.

– Alex est déjà rentré chez lui ? demanda Leroux.

– Non, il est là, physiquement du moins, dit-elle. Il est à côté de moi.

– Bonjour Lucas, dit Berger.

– Quelque chose ne va pas ?

– Encore un peu fatigué.

Leroux demeura silencieux un moment.

– J'ai peut-être quelque chose qui va t'intéresser, dit-il. Sur Novak. Notre ami est vraisemblablement localisé.

– Où ça ? demanda Berger.

– Juste après Namur, sur le parking d'une station-service. Il sortait alors qu'un agent de la brigade locale était en train de payer à la caisse. Un aspirant agent, un ado en fait, il n'est en service que depuis six mois. Mais il jure que c'était John Novak, ils ont accroché sa photo en grand sur le tableau d'affichage de sa brigade.

– Et il l'a laissé partir ? s'écria Cavani.

– Ne crie pas comme ça, gémit Leroux. Mon mal de tête commence enfin à s'estomper.

– Désolée…

– L'aspirant-agent a pris sa monnaie et s'est précipité à l'extérieur, mais Novak était invisible. Il a couru rejoindre ses collègues dans la voiture de patrouille et ils ont immédiatement foncé jusqu'à la sortie de la station. Ils ont dressé un barrage rudimentaire et contrôlé toutes les voitures, mais pas de Novak.

– Son boulot est fini, chuchota Berger.

– Que dis-tu ? demanda Leroux.

Berger ne répéta pas ce qu'il venait de dire, mais demanda :

– Surveille-t-on encore en permanence l'ancien garage de Novak ?

– Non, et ne te remets pas à crier ! Nous avons monté la garde en permanence pendant deux semaines, mais c'est devenu un simple contrôle de patrouille trois fois par jour. Trop peu de personnel, tu connais l'histoire...

– Nous devons y aller, cria Berger.

– Je t'ai pourtant demandé de ne pas…

– Michaux est là ! Il continuait à crier. Michaux est dans le garage, c'est sûr et certain. Et Novak s'est envolé, son boulot est fini.

– Nous n'en sommes qu'à un jet de pierre, dit Cavani en faisant démarrer sa voiture. Cinq minutes, un peu moins même.

– J'envoie du renfort, dit Leroux.

Trois minutes plus tard, Sara Cavani pila devant l'ancien logement de Novak.

– Tu as ton arme, je suppose ?

Berger acquiesça.

– Je contrôle d'abord en haut, dit-elle en sortant son pistolet de son holster.

– Novak n'est pas ici, dit Berger. Il indiqua son arme. Nous sommes ici pour Michaux, personne d'autre…

– Je préfère ne pas avoir un trou dans mon T-shirt, donc je ne prends pas de risque.

Ils grimpèrent l'escalier déglingué, Cavani pointant son arme, Berger derrière elle.

Tout était silencieux.

Ils vérifièrent les chambres, mais l'ancienne habitation de John Novak était toujours aussi vide et sale qu'auparavant.

– Le garage, dit Berger.

À l'intérieur, tout semblait pareil à la fois précédente. Cela sentait toujours le renfermé et l'huile de moteur.

Berger et Cavani regardèrent autour d'eux, scannant les lieux.

Cavani brandissait son pistolet des deux mains.

Ils virent les mêmes pneus déchirés, le même tas de cartons. La longue fosse au milieu du garage.

Berger remarqua que quelque chose clochait… Il tourna plusieurs fois la tête vers la fosse, jusqu'à ce que Cavani s'en aperçoive.

Sur la fosse, il y avait toujours la grille d'acier. Mais, alors que, la dernière fois, elle était de travers et posée négligemment, elle était désormais bien ajustée et maintenue par un cadenas.

Ils entendirent alors un faible bruit. Assourdi, comme si quelqu'un avait le hoquet dans le lointain.

Ils s'approchèrent.

Au fond de la fosse, un homme était attaché sur une chaise.

Il avait un sac sur la tête.

Son corps bougea légèrement. Ce n'était pas un véritable mouvement, on aurait plutôt dit que ses muscles se contractaient.

Cavani se mit à tirer sur la grille d'acier comme une possédée.

– Tenez le coup ! cria-t-elle à l'homme. Tenez le coup !

Le cadenas était fixé à une lourde chaîne qui passait dans les trous de la grille et était elle-même attachée à un anneau fixé dans le sol de ciment. Berger passa les mains sous le bord de la grille et poussa de toutes ses forces vers le haut. Elle bougea légèrement.

– Continue, cria Cavani. Je vais glisser ma jambe.

Elle tenta de soulever la grille avec tout son corps, et la chaîne bougea. Mais elle se tendit rapidement et la grille resta en place.

– Merde !

Elle tira sur le cadenas, se redressa et se mit à donner des coups de pied. Le cadenas était vieux et rouillé, mais il ne se brisa pas. Elle se baissa et saisit de nouveau la grille.

Tandis que Cavani continuait à tirer et à s'écorcher les doigts, Berger se releva. Il parcourut le garage des yeux, écarta le tas de cartons, repoussa de toutes ses forces la pile de pneus déchirés. Et trouva enfin quelques bouts de tuyaux, assez fins, mais apparemment solides.

Berger prit le plus long qu'il trouvât et retourna précipitamment vers la fosse.

– Écarte-toi, Sara !

Il introduisit l'une des deux extrémités du tuyau dans la boucle du cadenas et fit levier.

Le cadenas se brisa enfin.

Berger n'avait pas encore tiré la grille d'un mètre que Cavani sautait dans la fosse. Elle arracha le sac de la tête de l'homme.

C'était effectivement Éric Michaux, ils le reconnurent d'après les photos du dossier.

Mais il était mort.

À midi, Leroux voulut commander des sandwiches à la cantine afin de gagner du temps, mais sa requête ne fut pas acceptée, ce qui le mit en colère.

– Comment est-ce possible ! rugit-il en reposant le combiné. Ils ont de nouvelles règles et, dorénavant, ils ne livrent plus. Il imita une voix geignarde : « Nous sommes une cantine, et non une sandwicherie ». Gna gna gna… Quels nuls !

– Nous descendrons ensemble tout à l'heure, temporisa Cavani.

Le débriefing dans la salle de réunion de la rue Royale avait commencé depuis un moment. En raison des circonstances, Lucas Leroux avait insisté pour que Berger en fasse partie et ce dernier s'était laissé convaincre assez aisément.

L'inspecteur Mahdouli était toujours malade, et le reste de l'équipe était réparti par genre : Kepler et Cavani d'un côté, Berger et Derijcke de l'autre et le commissaire entre eux, au tableau blanc, tel un médiateur hésitant.

– Les gens du labo sont toujours occupés sur les lieux du crime, dit-il, mais le docteur Vandevelde n'était heureusement pas trop mal luné. Le médecin légiste s'était comporté très calmement, renonçant même à ses habituelles grossièretés. Il avait fait son rapport préalable :

– La victime a été étouffée, mais tu n'as sans doute pas besoin de moi pour le deviner. Hélas pour lui, je pense que la mort n'a pas été rapide. Il avait regardé Berger dans les yeux et ajouté : je peux me tromper, mais je soupçonne qu'il ne recevait pas assez d'oxygène dans ce sac pour rester en vie, mais suffisamment pour ne pas mourir tout de suite. J'en saurai davantage demain grâce à l'autopsie.

Le médecin était parti immédiatement après.

– Vandevelde se trompe rarement, pour ne pas dire jamais, dit Leroux. Partons donc du principe que Michaux a été lentement étouffé. Qu'avons-nous d'autre ?

Emma Kepler s'en tenait aux certitudes, même si tout le monde les connaissait déjà.

– Même tableau que pour les crimes précédents. Le petit mot avec le message.

Dans un coin de la fosse, ils avaient trouvé la fameuse citation. *Ceci n'est pas un suicide.*

– Novak a été vu au-delà de Namur, sur l'autoroute E411, ajouta Paul Derijcke de sa voix rauque. On a perdu sa trace depuis…

– Résumons. Leroux indiqua avec un feutre les noms et les liens qui s'étiraient en tous sens sur le tableau. Claire Collinet a été assassinée à Paris. Elle avait une petite galerie d'art. Pour autant que nous sachions, elle n'avait aucun lien avec Bruxelles. Elle est aussi la seule étrangère dans l'histoire, les autres meurtres se sont tous produits ici.

Leroux jeta le feutre dans la rigole sous le tableau et poursuivit : Cécile Meurisse était femme de ménage, André Michiels médecin généraliste, Éric Michaux directeur d'école. Nous les retrouvons tous les trois dans un seul et même endroit : Evere, à une seule et même période : l'année 1981.

– Tous les quatre, dit Kepler. Novak a aussi fréquenté l'école.

Leroux acquiesça.

– Nous avons appris entre-temps qu'Éric Michaux avait le droit de garde d'une petite fille, une enfant trouvée, Sophie Vincent. Elle s'est suicidée, également en cette fichue année 1981, et selon les témoins, Michaux en a été brisé. Enfin, il y a les mots que Novak dépose chaque fois près des victimes, l'allusion à Magritte : Ceci n'est pas un suicide. Pour rappeler la petite fille ? Je ne vois pas d'autres possibilités.

– Nous ne savons naturellement pas si ces quatre victimes sont les dernières, ajouta Derijcke. Peut-être Novak va-t-il aller jusqu'à huit et nous devrons revoir entièrement notre raisonnement.

Cavani jeta un regard vers Berger.

– Pourquoi disais-tu tout à l'heure dans la voiture que son boulot était fini ?

Il haussa les épaules et bâilla.

– Les gars, les gars, il est à peine midi. Leroux était soucieux. Il examina le visage de Berger. Tu es un peu malade, c'est ça ?

– Possible.

– Bon, soupira le commissaire, je meurs de faim. On y va ? On peut continuer à discuter à la cantine.

– Je pense que je vais rentrer chez moi, Lucas. Berger toussa.

– Oui, rentre, dit Leroux. Et soigne-toi, va voir le médecin etc. Je t'appelle demain matin pour faire le point.

– Merci, mais c'est moi qui t'appelle quand je suis levé. Je pense que j'ai envie de dormir toute la journée.

– Bien, grommela Leroux. Et aux autres : Venez les enfants !

Tandis que les autres sortaient, Berger enfila lentement sa veste.

Il attendit le « ping » de l'ascenseur.

Passa la tête par la porte, vérifia que personne n'était dans le couloir.

Il alla ensuite jusqu'à l'armoire sécurisée dans un coin de la salle, ouvrit son casier avec sa clé et en sortit son pistolet.

Ce soir, Berger était parfaitement serein.

Il examinait systématiquement son appartement, regardait les meubles, les murs et les photos encadrées, comme s'il les voyait pour la première fois. Et il buvait relativement peu.

Il appela Chloé. Une nouvelle fois…

– C'est Alex. Je te dérange ?

Il avait à peine prononcé ces mots qu'il réalisa que cela lui était parfaitement égal de la déranger ou non.

– Il faut vraiment que tu me dises, Chloé.

Elle soupira.

– Mais Alex, je ne sais vraiment pas ce que tu attends de moi, dit-elle avec douceur.

Il attendit.

– On doit vraiment progresser. Tous. On ne peut pas rester à ne rien faire.

– Je dois savoir ce qu'elle a dit, siffla-t-il. C'est aussi simple que ça. Camille a voulu m'atteindre, mais je n'ai pas pu répondre.

– Je n'en ai aucune idée. Je ne peux vraiment pas t'aider.

– Ce n'est pas possible ! cria Berger. Il inspira profondément. Désolé mais je dois vraiment le savoir, Chloé, c'est la seule chose qui me manque. Cela imprègne littéralement chacun de mes actes. Je me lève avec et je me couche avec.

– Je suis désolée, mais je trouve que c'est une question vraiment morbide, dit-elle.

Elle semblait vexée.

– Je n'étais même pas là, Alex.

Elle chuchotait à son tour.

– Je ne me souviens vraiment pas qu'elle ait voulu te téléphoner. Il y avait du monde au *Carillon*, nous étions tous un peu pompettes…

Berger ferma les yeux. Il avait l'impression que sa gorge se nouait.

– En tout cas, j'étais depuis un moment à l'extérieur sur la terrasse quand Camille nous a rejoints, je m'en souviens très bien. J'avais un nouvel ami à l'époque. Cela n'a pas duré longtemps, mais il était présent ce soir-là. J'étais en train de fumer avec lui dehors quand Camille et Marie-Lou nous ont rejoints. C'était juste avant… avant ce qui s'est produit. Tu connais Marie-Lou, non ?

Berger se souvenait vaguement d'elle. Grande, joyeuse, elle avait un job d'indépendante, dans les fringues.

– Elle était avec Camille dans le bar pendant que tu fumais à l'extérieur, c'est bien ça ?

– Je pense. Elle fit une nouvelle tentative. Ne te tourmente pas, Alex, c'était il y a deux ans, nous avons…

– Peux-tu me donner le numéro de Marie-Lou ? demanda Berger. S'il te plaît.

Petit silence.

– Reste en ligne, soupira Chloé.

Au milieu de la nuit, il fit sa valise.

Quelques vêtements, des affaires de toilette, peu de choses en somme.

Il dissimula son pistolet entre ses vêtements, à côté d'un voile de coton et d'une petite boîte bleu foncé.

Il appela deux fois le numéro que Chloé lui avait donné, mais personne ne décrocha. La deuxième fois, il entendit une voix enjouée.

C'est Marie-Lou. Je ne suis pas là, mais dites-moi quelque chose et j'émergerai peut-être.

Il ne laissa pas de message.

La dernière chose qu'il mit dans sa valise fut un sac en plastique avec le châle de Camille.

Lorsque, dans la fosse, Cavani avait retiré le sac de la tête de Michaux et que Berger avait vu le visage blême et déformé du mort, il avait éprouvé quelque doute. Était-ce toujours l'apparence qu'on avait quand on étouffait ?

Le voulait-il vraiment ?

Il réalisa alors que, tout bien considéré, il s'en fichait plutôt.

Il se souvint qu'au cours de sa carrière, il avait vu d'autres morts et qu'on ne pouvait jamais rien prévoir en la matière. Il avait vu des grimaces horribles chez des gens qui avaient été tués par balle et qui avaient à peine eu le temps de réaliser ce qui leur arrivait. Il avait aussi vu les victimes d'assassinats brutaux et douloureux dont le visage paraissait calme, pour ne pas dire apaisé.

La dernière pensée, c'est cela, grommela-t-il en lui-même. La dernière image.

La dernière image est celle de Camille. Et alors je souris.

Il ferma sa valise.

Le lendemain matin Berger fut debout à neuf heures.

Il n'avait pas mis son réveil et son portable était éteint.

Il constata qu'il bruinait.

Une demi-heure plus tard, il était dans sa voiture, en route pour Colmar.

16

La pension s'appelait *Au Manoir* et se trouvait non loin du centre de Colmar.

Autrefois, cette maison avait sans doute été chic, mais il y avait bien longtemps. Le bâtiment carré était un peu en retrait de la rue, entouré de quelques vieux arbres noueux, et il avait grand besoin d'entretien et d'une couche de peinture. Du côté droit de la maison, la gouttière avait été réparée avec du papier bitumé.

La propriétaire était madame Deruelle. C'était une vieille et gentille dondon qui semblait lutter contre l'obésité. Elle ouvrit sa porte dans une sorte de caftan bleu foncé. Elle faisait songer à une vieille cantatrice, mais qui aurait ri en permanence.

– Je suis si heureuse de vous accueillir, dit la dame. Sa voix était un peu cassée. Et vous venez de Belgique ! Entrez donc, monsieur…

– Barvaux, Éric Barvaux, dit Berger.

– Soyez le bienvenu ! répéta-t-elle en riant et en le prenant doucement par le bras pour le faire entrer dans la chaleur du hall.

À l'intérieur également, on voyait que la maison avait connu des temps meilleurs, mais que les moyens actuels n'étaient pas suffisants pour maintenir ce niveau.

– Vous allez sûrement vous sentir ici comme chez vous, monsieur Barvaux. Nous sommes hors saison, il n'y a que deux chambres occupées en plus de la vôtre, ce sera donc bien tranquille. Je sers le petit déjeuner entre sept et neuf heures.

– Parfait.

– Combien de nuits resterez-vous chez nous ?

– Euh, trois… Disons trois nuits.

– Parfait ! J'ai encore besoin de votre carte d'identité pour l'administration, monsieur Barvaux, mais pas maintenant, vous savez, nous avons le temps. Je vous montre la chambre ? Vous avez l'Empire, dit-elle en riant sous cape comme si elle lui confiait un grand secret. Il y en a qui ont toutes les chances, n'est-ce pas ?

Quand il fut seul, il défit lentement et soigneusement sa valise. Il ne pouvait pas l'expliquer, mais il lui semblait tout à coup important que ses affaires soient bien rangées.

Qu'il ne laisse aucun désordre derrière lui.

Le sac contenant le châle, Berger le déposa sur la vieille table de nuit un peu tape-à-l'œil à côté de son lit.

Il chercha son téléphone et le trouva dans la poche intérieure de sa veste. Il vit qu'il avait un appel manqué. Sara Cavani.

Il reconnaissait le numéro.

Il pressa alors une touche.

« C'est Marie-Lou. Je ne suis pas là, mais dites-moi quelque chose et j'émergerai peut-être ».

Il s'assit sur le bord du lit et ferma les yeux. La maison était très calme.

Au loin, un avion survolait la ville. Quelques lointains aboiements de chien.

Berger se leva lentement, plaça le pistolet dans son holster d'épaule et quitta la chambre.

Au dehors, il sortit un plan de sa poche intérieure et chercha l'endroit qu'il avait marqué d'une croix.

Cela ne semblait pas très loin.

Il était parfaitement seul, ce qui le soulagea.

Il erra dans Colmar sans faire attention à quoi que ce soit.

Il faisait très froid, le soleil était un peu pâle et le ciel bleu clair, et même dans la partie la plus ancienne et la plus photogénique de la ville, les touristes étaient plutôt rares.

Il était parti ce matin par un temps bruineux, légèrement brumeux, mais, après la frontière luxembourgeoise, les conditions atmosphériques s'étaient progressivement améliorées, ce qui, curieusement, déprimait Berger.

Comme il avait froid, il entra dans une brasserie et commanda un verre de vin.

Il n'en avait pas encore bu la première gorgée que son téléphone se mit à bourdonner.

Dans l'espoir que ce fût Marie-Lou, il décrocha immédiatement.

– Où es-tu, chef ? demanda Cavani. J'ai déjà essayé de t'appeler ce matin.

Berger se gratta la gorge.

– À la maison.

Petit silence.

– Naturellement, on ne connaît jamais vraiment quelqu'un, répondit-elle sèchement, mais j'entends parler et rire autour de toi et je n'associe pas ce genre de bruit à ton appartement, pour le dire gentiment. Et ta machine à café ne geint pas.

Il soupira.

– Je suis d'ailleurs devant ta porte, grommela-t-elle. Sa voix était désabusée. Quelqu'un entrait justement en bas, nous avons pris l'ascenseur ensemble.

Berger sentit la colère monter en lui comme une vague.

– Tu me surveilles ? siffla-t-il entre les dents.

– Non, évidemment que non, mais…

– Je ne suis pas là, ça suffit, dit-il laconiquement.

Il raccrocha.

Il but plusieurs verres en peu de temps. Quand l'éclairage public s'alluma et qu'il commença à faire sombre dehors, il commanda une bouteille.

– Vous mangerez peut-être quelque chose ? demanda le serveur. Sa voix avait une intonation légèrement inquiète…

Berger le regarda d'un air absent.

– Oui, parfait, allons-y !

– Mais vous n'avez encore rien commandé ! bougonna le serveur. Berger s'aperçut alors qu'il était très jeune.

– Choisissez vous-même.

Il espérait que son sourire le rassurerait, mais quelque chose dans son regard effraya le garçon. Il grommela : nous nous en occupons, monsieur, et il s'enfuit sans un regard.

Encore un jour.

Moins même.

Si tout va bien, tout sera réglé demain après-midi.

À dix heures du soir, Berger était de retour dans sa chambre.

Il ôta sa veste, s'appuya contre le mur, pressa une touche de son téléphone.

Et entendit de nouveau la voix joyeuse de Marie-Lou dire qu'elle n'était pas là et qu'elle allait peut-être émerger un jour.

Un jour, c'est trop tard, pensa Berger.

Il se déshabilla jusqu'à ne plus porter que son boxer noir et alla s'asseoir devant la coiffeuse en acajou.

Comme le reste de la chambre, le meuble avait ses plus beaux jours derrière lui. Le grand miroir rond était abîmé en plusieurs endroits. Quelqu'un avait gravé un nom en lettres minuscules dans le bois, mais il ne parvint pas à le déchiffrer.

Berger posa son pistolet sur la table, ainsi que le voile de coton et la petite boîte ronde avec de la graisse pour armes qu'il avait placée dans sa valise.

Il démonta le pistolet et se mit à nettoyer soigneusement chacune de ses pièces.

Cette nuit-là, l'horreur le frappa de toute sa force.

Il se réveilla dans le vaste lit de la chambre Empire. Son cœur se mit à battre la chamade.

Quelque chose l'avait réveillé, il le savait, mais dans l'obscurité, on ne voyait que les vagues contours des objets. Le pied de son lit. La coiffeuse dans un coin. Une chaise. Les grands rideaux sombres qui laissaient passer un soupçon de lumière. Chaque objet semblait briller.

Il était mort de peur, et il ne savait pas bien pourquoi.

Il avait très froid aussi.

Frissonnant, il réalisa que ce n'étaient pas des éclats lumineux qu'il voyait, mais de la glace. Le froid était si intense dans la chambre qu'autour de lui, tout était recouvert d'une fine couche de givre.

Il l'entendit avant de le voir.

Un bruit lui parvint du coin de la chambre et Berger le reconnut immédiatement. Ce souffle profond comme un gargarisme. Le bruit de succion presque obscène, comme un égout que l'on purge et qui se remplit ensuite.

Alors, il vit Novak assis.

Il avait tous les traits de l'être monstrueux qui lui rendait visite depuis un an, mais c'étaient bien ses yeux, c'était même sa tronche, et il le fixait depuis le coin de la chambre, et il soufflait, ne cessait de souffler.

De l'air sortait de sa gueule en nuages glacés.

Et Berger comprit alors pourquoi il avait tellement peur. Il sut alors ce qui le terrorisait.

Camille n'était pas là.

Pour la première fois, il ne voyait pas Camille.

Elle n'était pas assise sur sa poitrine, elle n'était pas au pied de son lit, elle n'était pas dans la chambre.

Elle n'était nulle part.

Berger hurla le plus fort qu'il put.

C'était un cri rauque, blême, un cri de désespoir total, de chagrin, de vide insondable.

Il criait si fort qu'il en attrapa sur le champ un mal de tête lancinant. Quelques instants plus tard, il entendit dans le couloir une porte s'ouvrir et se refermer. Et ensuite, ce fut de nouveau le silence, à part sa respiration haletante. Et le monstre avait disparu.

Berger se redressa. Son crâne semblait près d'exploser.

Il chercha son téléphone de ses mains tremblantes, l'alluma.

Il était cinq heures et demie du matin.

Il arriva à s'extraire de son lit et alla à la salle de bains. Il but deux verres d'eau, s'habilla et rassembla ses affaires.

Il sortit en titubant.

C'était toujours la nuit.

Au bout de la rue, une voiture passa lentement, on entendit quelque part le vrombissement sourd d'un bus, puis plus rien. La ville était morte.

Au cours de cette première année troublée qui avait suivi la mort de Camille, Berger s'était souvent demandé quelle était la dernière chose qu'elle avait vue avant de mourir. Sa toute dernière vision. Il lui était insupportable de penser que cela avait peut-être été le visage d'un des terroristes. Ses yeux, deux charbons ardents pleins de haine.

Il se rappela tout à coup l'histoire qu'il avait lue à l'automne de l'année dernière, un récit qui correspondait au début des cauchemars. C'était l'histoire d'un homme qui marchait avec son ami rue du Faubourg du Temple. Il était 21 h 31. Camille était morte six minutes plus tôt, à cinq cents mètres de là, mais les deux hommes ne le savaient pas. Ils voulaient aller boire un verre au café du coin, *La Bonne Bière*. Quand ils y arrivèrent, un mec en noir ouvrit le feu.

L'homme avait tout vu, comme dans une scène de guerre, comme dans un film. Là où courait le terroriste, les clients du café touchés les premiers et ce qu'ils portaient, même ce qu'ils étaient en train de boire. Il avait décrit la façon dont le mec levait la main gauche à partir de la hanche, tendait la mitraillette devant lui et faisait feu, chaque fois par série de deux coups. Tac, Tac, puis il ramenait la main vers le bas. Et il recommençait. Il avait ainsi assassiné six personnes de sang-froid, avec vingt balles, puis il s'était enfui. Berger aurait oublié le terrible rapport oculaire – il en avait lu tellement à l'époque – si l'homme n'avait pas également décrit quelques victimes, et leur regard juste avant d'être touchées par une balle.

Cette nuit-là, Camille lui était apparue pour la première fois, dans sa haire blanche, ensanglantée au niveau de la poitrine.

Il se sentait oppressé en ce matin glacial, dans ce silence mortel. Il avait besoin de voir des gens, d'entendre des voix, mais tous les commerces devant lesquels il passait étaient fermés. Il ne voyait que des portes closes, des volets baissés, des néons éteints.

De l'autre côté de la rue, il distingua tout à coup un piéton. C'était un homme, il marchait dans la même direction que Berger et il était pressé, semblait-il. Il portait une longue veste chaude dont il avait relevé le col. Il tenait une serviette dans la main droite. Il montrait qu'il savait où il allait en cette heure matinale, et Berger le suivit sans réfléchir.

Ils remontèrent plusieurs rues, tournant à gauche et à droite, puis arrivèrent sur une place, et Berger vit devant lui la gare de Colmar, éclairée comme un phare dans la nuit. Des gens y entraient, il devait y faire chaud.

Il suivit l'homme à la serviette. Il s'arrêta devant un distributeur de billets, regardant autour de lui.

Juste au-dessus de lui, une voix claire, métallique, déversait toutes sortes d'informations, mais la seule que Berger enregistra signalait que le train de Mulhouse venait d'arriver voie 3 et qu'il y avait une correspondance pour Bâle voie 5.

À sa droite, une double porte à battants était surmontée de l'inscription *Buffet de la Gare*.

C'était une grande cafétéria à l'ancienne avec un sol de dalles blanches carrées. Une dizaine de personnes étaient assises derrière des tables de bois. Au-dessus de l'immense comptoir, une grande horloge indiquait 06 h 32.

Il alla s'asseoir et commanda une bière. Malgré l'heure matinale, le vieux serveur ne sourcilla pas et Berger vit alors que presque la moitié des hommes – il n'y avait que des hommes – avaient devant eux une pils mousseuse.

Il but sa première gorgée et attendit que le tremblement diminue.

Quand le verre fut vide, il en commanda un autre.

Son téléphone sonna vers huit heures.

Il venait de payer ses bières – il y en avait eu trois finalement – et d'avaler un croissant, pas parce qu'il avait faim mais dans l'espoir que vertige et nausée disparaissent. Il se trouvait dans le hall de la gare.

– C'est Marie-Lou Alouti. Puis-je savoir qui vous êtes ?

Berger reprit son souffle.

– Vous m'avez appelé plusieurs fois, mais je ne reconnais pas le numéro, dit-elle. Il y avait un brin d'inquiétude dans sa voix.

– Berger, Alex Berger, grinça-t-il. Le mari de Camille.

Il s'écoula un moment avant qu'elle ne le situe. Mais alors, elle devint chaleureuse et enjouée.

– Alex, bien sûr ! J'avais peur d'avoir de nouveau affaire à un harceleur. Le mois dernier, j'ai failli appeler la police, ce mec ne voulait pas me lâcher. Comment vas-tu ?

– Je dois te demander quelque chose, marmonna-t-il.

Elle ne l'avait pas entendu. Entre-temps, le hall s'était animé, une foule de gens se déplaçaient en masse compacte dans la même direction, et Berger était tellement chamboulé par la conversation qu'il se laissa emporter par le flux vers les quais.

– Croiras-tu que je me suis mariée depuis ? roucoula-t-elle. Moi ? Si tu m'avais dit ça il y a un an, je t'aurais assommé avec un marteau.

– Je dois te demander quelque chose, Marie-Lou, répéta Berger.

Elle saisit alors la nuance dans sa voix.

– Désolée, c'est tout à fait moi, je ne peux pas m'empêcher de parler. Pourquoi m'appelles-tu ?

– Il s'agit de Camille. De ce dernier soir au Carillon.

Lourd silence.

Berger était entouré de gens et il marchait sans regarder.

– Tu étais avec elle. Elle a essayé de me téléphoner, juste avant de sortir. Tu étais bien avec elle, non ?

– Oui, j'étais avec elle mais je ne comprends pas pourquoi…

Il se trouvait subitement au bout d'un couloir, tout seul. À sa droite, un escalier montait.

– Elle a essayé de me téléphoner, Marie-Lou. Il entendit qu'il suppliait presque, mais peu lui importait. Juste avant de mourir, elle a essayé de m'appeler, mais elle n'a pas laissé de message.

– Oublie tout ça, Alex, dit-elle doucement.

Il se trouvait sur un quai vide.

Le soleil venait d'apparaître et ses premiers rayons tombaient sur les voies qui, à sa gauche, couraient vers l'horizon en effectuant une légère courbe.

Il paraissait affolé.

– Je dois le savoir. Je ne peux pas t'expliquer, mais je dois le savoir.

Elle se tut si longtemps qu'il eut peur qu'elle ait raccroché. Quand elle répondit enfin, elle semblait lasse, mais aussi prudente, comme si elle avait peur de ses propres paroles.

– Ce n'était vraiment rien. Il s'agissait simplement du dîner qui avait précédé...

Berger sentit brusquement un tel vertige qu'il craignit de s'effondrer. Dans un réflexe, il voulut s'agripper de sa main libre à l'un des bancs de bois du quai, mais il n'y réussit pas. Avant de le réaliser, il était au sol.

– Tu es toujours là ? demanda-t-elle.

– Oui, oui. Il haletait un peu.

– Ce n'était vraiment pas important, Alex. Elle venait de faire quelques feintes gentilles sur toi, sur le fait que tu commandais toujours la même chose dans ce restaurant, j'ai oublié ce que c'était…

– De la daurade, dit Berger. De la daurade… Il réprima un sanglot.

– Oui, répondit-elle d'une voix triste, en effet. Toujours de la daurade. Tout me revient. De la daurade au fenouil. Tu prenais toujours la même chose et, pour une fois que tu n'étais pas là, ils ne l'avaient plus sur leur carte. C'est simplement ça qu'elle voulait te dire. Elle voulait t'asticoter un peu.

– Elle voulait simplement m'asticoter, marmonna-t-il péniblement. Il déglutissait sans cesse.

– Oui. Elle voulait simplement te dire qu'en fin de compte, tu n'avais pas raté grand-chose.

C'est alors que son cœur se brisa.

Il se mit à pleurer comme il n'avait jamais pleuré de sa vie. Son nez coulait et ses yeux crachaient des larmes et tout son corps était secoué, secoué tellement fort que son diaphragme était traversé d'élancements douloureux. Il avait l'impression de se vider, comme si une digue s'était rompue et que le chagrin se déversait en une vague interminable. Il essaya de parler, de former des mots, mais le seul bruit qui sortait de sa gorge était un gémissement lamentable, si triste que Marie-Lou se mit également à pleurer.

– Je revois tout si souvent, sanglota-t-elle, je peux me sentir mieux pendant deux mois, mais cela revient tout à coup et je suis replongée dedans. J'ai bien peur que cela ne disparaisse jamais.

Ils pleuraient tous les deux.

– C'était une si belle soirée, c'est trop bête, une si belle soirée…

– J'aurais dû être là, marmonna Berger. Il essuya plusieurs fois son visage humide avec sa manche. J'aurais dû la protéger.

– Ce n'était pas possible, Alex.

Il ne répondit pas.

– Alex ? fit-elle dans un sanglot.

– Oui.

– Tu n'aurais rien pu faire. Personne n'aurait pu. Elle chuchota : Chloé en est sortie indemne, moi aussi. C'est de l'arbitraire pur. C'est absurde. Tu n'aurais vraiment pas pu lui venir en aide, Alex. Que tu aies été là ou pas, tu n'aurais rien pu faire.

Il se tut.

Elle l'entendit haleter.

– J'étais là, chuchota-t-elle. Je les ai vus à l'œuvre, crois-moi, c'était de la folie. On ne peut jamais se protéger de la folie.

Il était crevé.

Ils restèrent encore cinq minutes au téléphone, même s'ils s'étaient arrêtés de parler.

Au bout d'un moment, il se sentit curieusement un peu plus calme.

– Merci, Marie-Lou, glissa-t-il.

– À toi aussi, répondit-elle.

La rue du Ladhof est une voie assez large, plantée de jeunes platanes, qui part du centre-ville.

À neuf heures du matin, le trafic s'était un peu calmé, mais les lieux restaient animés. L'une de ces rues de province où des supermarchés abordables côtoient des commerces à l'ancienne qui vendent tout et n'importe quoi, des stocks militaires ou des ornements de jardin en plâtre, de toutes les formes et de toutes les dimensions. Il y avait des allées et venues de voitures, souvent petites et rarement neuves, avec au volant des dames très sérieuses ou de vieux messieurs à casquette.

À la hauteur d'un commerce de bricolage, Alex Berger observait une grille fermée de l'autre côté de la rue. Un homme en uniforme gris-brun manipulait une chaîne qui y était accrochée.

Berger voyait le grand porche et les deux bâtiments peints d'agréables couleurs pastel qui marquaient l'entrée. Il inspira profondément.

Quand le portail s'ouvrit en grinçant, il traversa la rue et pénétra dans le vaste cimetière.

Il emprunta les larges sentiers bordés d'arbres, bifurqua à droite et arriva devant quelques rangées de tombes qui se trouvaient dans un coin du cimetière, au milieu des arbres. Le sol était jonché de feuilles ocre.

Comme la veille, il n'y avait personne.

Il était très tôt également.

Berger examina la pierre tombale, le nom, la date...

Il sentit alors qu'il y avait quelqu'un près de lui.

Il effectua un quart de tour.

C'était John Novak.

Le grand costaud s'accroupit, alla s'asseoir à côté de la tombe et ferma les yeux.

– Tire donc, Berger, marmonna-t-il. Tire donc.

Berger constata alors qu'il avait son arme de service à la main.

– Lève-toi !

Ils étaient face à face comme deux arbres ployant sous la bourrasque.

La main qui tenait le pistolet pendait contre sa cuisse.

Tout d'abord, Novak ne réagit pas. Quand il se mit à parler, sa voix était posée et même un peu résignée.

– Comment as-tu su où j'étais ?

– J'avais déjà trouvé sa tombe... On t'a vu rue du Prunier, juste à l'angle de la rue. J'ai été me promener et je l'ai découverte. Alors j'ai compris...

Le regard de Novak exprima brusquement une profonde aversion.

– En fait, tu ne sais rien... Tu n'y piges que dalle.

Berger secoua lentement la tête.

– Tu as raison... Je ne sais pas ce qui s'est passé, ni comment elle est finalement arrivée ici, à Colmar. Je sais seulement que tout tourne autour d'elle. Il regarda la tombe et Novak suivit son regard. Autour de Sophie... ajouta-t-il. Il soupira. Sophie Collinet, c'est le nom qui est gravé. Mais, en fait, tu ne l'as pas connue sous ce nom-là, n'est-ce pas ? Pour toi, elle s'appelait Sophie Vincent.

– Comment savais-tu que je serais ici ? répéta Novak. Je veux dire aujourd'hui...

– Parce que j'ai vu sa date de naissance sur la pierre tombale, la première fois. Parce que c'est son anniversaire. Nous sommes le vingt-huit novembre, c'est son anniversaire aujourd'hui.

Le géant acquiesça tristement.

– J'étais fou d'elle, dit-il.

Sa voix lourde se faisait grinçante par moments.

– Elle était la seule à accepter de me parler à l'école. La seule fille qui m'ait jamais aimé.

Sa grosse tête carrée s'inclina.

– Quand elle n'était pas à l'école, je n'étais pas bien. Je me tenais à l'écart et, quand ils me provoquaient, je me battais.

– Et Sophie manquait régulièrement l'école, ajouta Berger.

Il opina.

– D'après le directeur, elle avait une mauvaise santé et elle devait souvent rester à la maison.

Il haussa involontairement les épaules.

– Un jour, j'ai voulu simplement la voir, même par la fenêtre. Je suis sorti de chez moi le soir et j'ai été jusqu'à la maison de Michaux. J'ai longé le jardin.

Berger se doutait de la suite, et pourtant, elle le toucha davantage qu'il ne l'avait imaginé.

– Les rideaux étaient fermés, mais ce n'était pas si difficile de voir à l'intérieur. Sophie était debout et elle n'avait pas de vêtements, même pas de sous-vêtements. Elle pleurait. Et j'ai vu le directeur à côté d'elle. Il lui a passé une sorte de sac sur la tête. Et alors, il a…

– Je ne veux pas le savoir, dit Berger.

Novak haussa de nouveau les épaules.

– J'ai vomi. Là où j'étais, dans son jardin.

Il se tut un moment.

– Je suis retourné de temps à autre, le soir.

– Et cela s'est reproduit ?

Il chuchota.

– Oui, je l'ai vu encore deux fois, dont… la dernière fois. Michaux avait si bien attaché le sac autour de sa tête qu'elle étouffait presque.

Il cracha sur le sol.

– Et ensuite ? demanda Berger.

– Il y avait une enseignante qui n'était pas trop dure avec moi. Je lui ai raconté ce que j'avais vu. Le jour suivant, j'ai été appelé chez le directeur. Michaux était furieux contre moi, il a dit que je racontais d'horribles histoires simplement pour attirer l'attention. J'ai été renvoyé de l'école pour indiscipline aggravée.

– Tu en as aussi parlé à Sophie ?

Sa voix se brisa à nouveau.

– Oui, l'après-midi même. Je lui ai dit ce que j'avais vu et que j'étais renvoyé pour ça. Je lui ai dit qu'elle devait partir avec moi, qu'elle ne pouvait pas laisser les choses continuer de la sorte. Mais elle s'est simplement mise à pleurer.

Un couple âgé apparut non loin d'eux. Berger dissimula aussitôt le pistolet dans son sac.

L'homme marchait difficilement et s'appuyait sur l'épaule de sa femme.

Quand ils furent tout près d'eux, Berger regarda Novak et vit un instant le doute dans ses yeux : il pouvait tenter de s'enfuir maintenant, il pouvait profiter de l'occasion que lui offrait le vieux couple pour filer avant que Berger ait la possibilité de ressortir son arme.

Mais il ne bougea pas.

Berger réalisa alors que Novak n'avait plus envie de fuir.

– « Bonne journée », lança la dame. L'homme hocha la tête et poursuivit sa marche hésitante au bras de sa femme.

Ils se retrouvèrent seuls.

– Je suis retourné à la maison le soir, dit-il. Je ne sais pas pourquoi, pour revoir Sophie sans doute. Il n'y avait personne, les rideaux étaient ouverts. En rebroussant chemin, j'ai longé l'étang, et c'est alors que je l'ai vue. Elle était dans l'eau, elle portait les vêtements qu'elle avait à l'école ce jour-là. Elle était morte.

Berger déglutit et détourna le regard.

– Le lendemain, on a dit que Sophie s'était pendue dans la maison. Il secoua la tête. Elle ne s'est pas pendue, elle s'est noyée. Je n'ai jamais compris pourquoi Michaux avait fait cette mise en scène.

– Je crois que je le sais, dit doucement Berger. Elle devait avoir des marques sur le cou. En prétendant qu'elle s'était pendue avec une corde, cela n'avait plus rien d'étonnant.

Il s'écoula un moment avant que Novak réagisse. Quand il le fit, il paraissait avoir vieilli. Ses épaules étaient tombantes. Il semblait aussi plus petit, trouva Berger.

– Oui. Sans doute… Le salopard.

Il avait chuchoté ce dernier mot.

– Cela s'est passé il y a plus de trente ans, dit Berger. Pourquoi maintenant…

Il ne termina pas sa phrase, il n'en avait plus l'énergie.

Novak ne l'avait pas entendu.

– C'est fou, mais depuis lors, je n'ai fait que glisser sur la mauvaise pente. Je ne l'ai pas su à ce moment-là, bien sûr, seulement plus tard. Après la mort de Sophie… Il secoua doucement sa tête massive. Je n'ai plus jamais été joyeux, il faut me croire… Plus jamais. Je ne me suis plus jamais donné de la peine pour quoi que ce soit. Cette histoire a vraiment tout gâché, ici… à l'intérieur.

Berger acquiesça.

– Et un jour, tu as vu une peinture de Magritte.

– Oui. Il y avait un truc sur la peinture à la prison. J'y suis allé uniquement pour sortir un peu de ma cellule, je n'avais jamais entendu parler de Magritte. Quand ce type a montré cette peinture, avec ces deux personnages qui ont un voile sur la tête, alors… Alors, quelque chose a de nouveau éclaté en moi, tu piges ?

Berger ne répondit pas.

– Je ne pouvais pas laisser les choses ainsi, dit-il d'une voix étonnamment douce. Ils ont fichu sa vie en l'air et la mienne aussi, je ne pouvais pas laisser passer ça, c'est ce que j'ai compris finalement, grâce à cette peinture, c'est ce que j'ai réalisé enfin.

– Qui sont ces « ils » ? demanda Berger.

Novak le regarda interloqué.

– Tu as dit qu'ils ont fichu sa vie en l'air. Pour le directeur d'école, je comprends, mais le reste ?

– Cette Cécile Meurisse savait qu'il se passait quelque chose entre Michaux et Sophie, elle l'a su avant sa mort. Elle le savait, mais elle s'est tue, comme tant d'autres. Michaux était le directeur de l'école, donc elle s'est tue. Elle a seulement donné son préavis, afin de ne plus devoir fermer les yeux.

– Et André Michiels ? demanda-t-il, même s'il connaissait déjà la réponse.

– Michiels le respectait beaucoup. Michaux avait aidé ce médecin peu de temps auparavant par rapport à cette plainte pour…

– Pour pédophilie, dit Berger, mais c'était du vent. Michiels n'était pas pédophile.

Novak écarta la réflexion d'un geste de la main.

– Il respectait Michaux, répéta-t-il, et il était tout jeune et Michaux venait de sauver sa carrière. Il a signé cet acte de décès, c'est clair.

Un moment de silence.

Berger soupira.

– Michaux était le dernier.

Novak acquiesça.

– Michaux devait souffrir, je comprends. Et la première, Claire Collinet ? C'était la mère de Sophie ?

– Oui. C'est ce que les gars de Marco Altieri ont découvert, je l'ignorais totalement. Il fixa Berger dans les yeux. Quelle garce il faut être, tu ne trouves pas, Berger ? Tu abandonnes ton bébé et tu continues simplement ta vie comme si de rien n'était ?

– Elle a cherché Sophie, John, répondit Berger. Elle l'a cherchée… c'est la seule possibilité. Et quand elle a appris qu'elle était morte, elle s'est arrangée pour qu'elle soit enterrée ici. Ne me demande pas comment, mais c'est ainsi que les choses ont dû se passer.

On aurait dit que le colosse ne l'avait pas entendu. Il tendit ses énormes poings.

– Elle était la seule qui m'aimait. La seule, Berger. C'était la fille la plus innocente qui soit et ils l'ont assassinée.

– Et maintenant, tu dois la laisser en paix, dit Berger.

Il sentit la tristesse, le chagrin l'envahir brusquement, mais c'était moins fort qu'avant. Il se mordit les lèvres.

– Je t'ai haï, dit-il. Je pense que je n'ai jamais haï quelqu'un aussi fort que toi. Depuis un an, je fais de terribles cauchemars et la bête horrible qui apparaît chaque fois, c'est toi.

Novak le regarda sans rien dire.

– Ma femme a péri dans les attentats de Paris. Elle s'appelait Camille. J'aurais dû être avec elle, mais je devais t'auditionner, je n'ai donc pas pu. Elle a encore essayé de me téléphoner, juste avant sa mort. J'étais avec toi dans une salle d'interrogatoire, je ne pouvais pas prendre la communication. Jusqu'à ce matin, je n'ai pas su ce qu'elle avait voulu me dire.

Novak hocha la tête.

– Mais tu le sais maintenant, dit-il.

– Oui, je le sais maintenant.

Il ressortit son arme de service de sa poche et l'examina.

– J'avais déjà pris congé dans ma tête avant de venir ici, dit-il. De tout et de tout le monde, en fait. Je comptais te tuer puis me suicider. Je me serais étouffé moi-même.

Novak vacilla un peu.

– Mais tu n'as pas assassiné Camille et tous les autres, dit Berger avec douceur. Ce sont ces salauds qui l'ont fait avec leurs kalachnikovs. Personne d'autre...

– Que voulait te dire ta femme ? demanda Novak.

Berger regarda par-dessus l'épaule du colosse, partout et nulle part.

– Des choses toutes simples. Il déglutit, puis le regarda droit dans les yeux et dit d'une voix brisée... Des choses simples, John, rien d'important. Les choses qu'on se dit quand on pense qu'on a l'éternité devant soi.

Alors, pour la deuxième fois ce matin, Novak s'affaissa sur les genoux.

– Et c'est pourquoi tu dois la laisser en paix, poursuivit Berger. Tu dois laisser Sophie se reposer. Il essuya son visage avec sa manche. Elle ne trouvera pas la paix, sinon.

Novak hocha la tête.

Il laissa tomber ses grandes mains, regarda la tombe de la jeune fille et se mit à sangloter comme un enfant.

À contrecœur, Berger chercha son téléphone.

17

Il se tenait à côté de sa tombe.

Depuis quelques jours, la neige était de nouveau dans l'air. La seule chose qui faisait provisoirement oublier les gros nuages d'un gris laiteux, c'était la pluie verglaçante qui matin et soir perturbait profondément le trafic et désespérait les gens. Même la gentille vieille dame dans son échoppe d'un vert fluorescent face au cimetière s'était renfrognée quand elle s'était aperçue qu'elle ne lui vendrait rien, et elle ne lui avait pas même accordé un regard.

On était samedi après-midi, trois jours après Colmar.

Berger s'était offert un week-end de bonus à Paris et il avait réservé une chambre chez Alice, l'amie de Prieux, près du Centre Pompidou. Une vraie chambre cette fois, sans les vêtements de la bonne. Il voyait le commissaire ce soir, près de la Bastille, pour un petit dîner.

– Bonjour mon amour, dit Berger.

Il se moucha et remarqua que sa respiration était sifflante.

Il avait pris froid avec Novak. Il avait fait très froid dans le cimetière de Colmar, mais ni lui ni le grand ours n'avaient rien ressenti au moment même.

Ils n'avaient dû attendre qu'un quart d'heure à peine après l'appel de Berger. Et ensuite, quand ils s'étaient retrouvés à la brigade locale à boire du café dans des gobelets en plastique, une demi-heure de plus seulement jusqu'à l'arrivée de Sara Cavani.

Elle avait remué ciel et terre pour se rendre à Colmar le plus rapidement possible et, à son grand étonnement, on l'avait suivie, mettant à sa disposition un hélicoptère de la police. Berger se demandait comment ils avaient pu arriver sur place en si peu de temps, même en hélicoptère, mais cette réflexion s'était évanouie dès qu'il avait vu à son grand soulagement surgir Cavani, ses joues rouges d'excitation.

Elle était venue s'asseoir près de lui et ils avaient parlé.

Berger avait honte de sa dernière conversation téléphonique avec elle et avait voulu s'excuser pour sa grossièreté, mais elle avait écarté ses excuses d'un revers de la main.

– J'ai la mémoire d'un poisson rouge, chef, j'ai tout oublié depuis longtemps.

Elle avait déboutonné sa veste d'hiver d'un blanc immaculé, lui avait laissé entrevoir son T-shirt – « All I care about is pizza » – et raconté ses recherches sur Sophie Vincent.

– Selon l'article du journal, la fille était enterrée à Evere, dit-elle, mais elle n'était pas là. Elle n'y était pas, tout simplement. Après beaucoup de palabres et de menaces en tous genres, les employés de la commune ont pu me dire qu'un membre de sa famille s'était manifesté un an après sa mort, visiblement une tante de la gamine. La mère de Sophie était décédée, mais, sur son lit de mort, elle avait demandé à sa sœur de tout faire pour retrouver sa fille.

Berger éternua si fort qu'il en fut surpris lui-même.

– Hé ben, dit Cavani irritée, Leroux vient de guérir et toi, tu commences !

– Continue.

– L'histoire n'était pas des plus transparentes, dit Cavani. La tante avait visiblement commencé à chercher « au hasard » du côté de l'hôpital où la petite fille avait été abandonnée. Selon elle, la mère de Sophie était à l'époque une hippie un peu déboussolée qui était tombée enceinte à Bruxelles et, à dix-huit ans, n'avait pas su quoi faire d'une enfant. La tante avait pris tous les frais à sa charge pour faire rapatrier le corps de la fillette en France.

– C'était possible ?

Cavani opina.

– Bien sûr. La mort de Sophie avait été classée comme un suicide. D'après les autorités de l'époque, il n'y avait aucune objection juridique. En tout cas, je suis partie de ce principe, car, pour le reste du dossier, j'ai dû revenir ce matin.

Elle saisit son gobelet sans le lui demander, en but une gorgée avec volupté, mais recracha aussitôt le café dans le gobelet.

– *Shit*, c'est du marc pur.

Elle lui rendit son gobelet.

– Mais tu savais alors où elle était, dit Berger. Tu savais que le corps de Sophie…

– Avait été transporté à Colmar ? enchaîna Cavani. Je ne l'ai su que ce matin. Et j'ai donc additionné un et un, pour arriver à deux. Tu étais l'autre un.

Il la regarda d'un air interrogateur.

– J'étais si furieuse hier après ton coup de fil que j'ai fait faire un repérage téléphonique. Ne le dis pas à Leroux, sinon je ne serai pas inspectrice en chef avant cent ans.

– Tu as fait contrôler mon téléphone ?

– Yep. Reçu les résultats ce matin. Tu n'étais pas dans l'un ou l'autre bistrot de Bruxelles, mais ici, à Colmar. J'ai donc demandé de toute urgence une assistance par hélicoptère. J'étais déjà dans les airs quand ton appel nous est parvenu. C'est la raison pour laquelle je suis arrivée si vite.

Berger hocha la tête.

Elle le regarda d'un air grave.

– J'ai craint que tu ne fasses la connerie de l'abattre, chef.

– Moi aussi, répondit Berger.

Il sortit son mouchoir et regarda la tombe de Camille.

– Je dors de nouveau mieux, dit-il.

Les cauchemars avaient subitement cessé.

– Tu ne m'as jamais fait de reproches, n'est-ce pas ? dit-il avec douceur. Tu étais assise sur ma poitrine, tu saignais mais tu ne me reprochais rien. C'est moi qui m'adressais des reproches.

Il se baissa et regarda la reproduction qu'il avait fixée sur sa pierre tombale une demi-heure plus tôt.

C'était le petit oiseau bleu-blanc de Magritte. Ses ailes sont des nuages, on voyait le ciel à travers.

– Je ne suis pas un artiste, ma chérie, dit Berger. Je n'arriverai pas à transformer ta mort en quelque chose de beau…

Il haussa les épaules, comme un geste de regret.

– Mais il est peut-être plus courageux de continuer à vivre simplement, tu ne trouves pas ?

Il se releva et resta encore un moment devant sa tombe, perdu dans ses pensées, tandis que des corneilles croassaient dans les arbres et que les murmures de Paris résonnaient au loin, comme un bourdonnement frémissant, qui ne s'arrêterait jamais.

© Thomas Sweertvaegher
Toni Coppers est né en 1961. Il s'est fait connaître en Flandre grâce à ses romans policiers et a remporté de nombreux prix.

Boulevard Cauchy, 2
5000 Namur
Belgique
www.editionsdiagonale.com

Premier tirage-février 2021
France

ISBN : 978-2-930947-01-3

Dépôt légal D/2020/13.601/1

CED Diffusion
Daudin Distribution

Couverture : Kevin Deneufchatel
Composition et maquette : Antoine Van Impe
Imprimé en Europe

Vous êtes en possession d'un texte romanesque de qualité ?

Créée en 2014 par Ann-Gaëlle Dumont et Pascaline David, Diagonale s'adresse à tout auteur romanesque et se spécialise dans l'édition de romans tous genres confondus.

RÉCEPTION DES MANUSCRITS AUX ÉDITIONS DIAGONALE TOUTE L'ANNÉE

Sensible à la difficulté que rencontrent les auteurs dans leur percée du monde éditorial, la maison d'édition construit avec l'auteur une relation de confiance utile à développer une carrière littéraire au fil des différentes publications.

Les éditions diagonale sélectionnent des textes de fiction au style singulier, à l'efficacité narrative et à l'univers original tels que « Les conquêtes véritables » de Nicolas Marchal (Prix Première), « Quand les ânes de la colline sont devenus barbus » de John Henry (Prix littéraire de la Roquette à Arles, Lauréat du Festival du premier roman de Chambéry) ou « Le Modèle » de Manuel Capouet (Finaliste du Prix Senghor et du Prix des librairies CLUB).

Elle favorise les liens dans la chaîne du livre en plaçant ses formulaires de dépôt de manuscrits dans ses livres. Elle incite ainsi à la découverte et à la vente des romans en librairie. Pour plus d'infos et conditions : www.editionsdiagonale.com